科幻　让世界变得不同

全球华语科幻星云奖十年菁华
让想象力去旅行
NO.05

与机器人同居

全球华语科幻星云奖组委会 编

我曾爱上过一个机器人。
他们是冰冷的金属，却有炙热的芯。

北方联合出版传媒（集团）股份有限公司
万卷出版公司

图书在版编目（CIP）数据

与机器人同居 / 全球华语科幻星云奖组委会编 . --
沈阳：万卷出版公司，2019.9
（星云志）
ISBN 978-7-5470-5186-3

Ⅰ．①与… Ⅱ．①全… Ⅲ．①科学幻想小说 – 小说集
– 中国 – 当代 Ⅳ．① I247.7

中国版本图书馆 CIP 数据核字 (2019) 第 164122 号

出 品 人：刘一秀
出版发行：北方联合出版传媒（集团）股份有限公司
万卷出版公司
（地址：沈阳市和平区十一纬路 25 号 邮编：110003）
印 刷 者：鞍山新民进电脑印刷有限公司
经 销 者：全国新华书店
幅面尺寸：145mm × 210mm
字 数：280 千字
印 张：9
出版时间：2019 年 9 月第 1 版
印刷时间：2019 年 9 月第 1 次印刷
责任编辑：张鸿艳
责任校对：佟可竟
装帧设计：尚世视觉
ISBN 978-7-5470-5186-3
定 价：45.00 元
联系电话：024-23284090
传 真：024-23284448

序一

星云奖与科幻的时间之线

不知不觉，全球华语科幻星云奖已经走过十年之久。我还记得第一届颁奖典礼在成都举办，当时费了九牛二虎之力只租到一间小小的电影院，但还是搞起了红毯仪式。它的主要创办者董仁威老师说，不管多困难，也要让科幻作家有像明星一样的成就感，受到全社会的尊重。

但当时的科幻作家都还不怎么出名，这个奖主要是圈子里热闹，要持续办下去一度显得十分吃力。这套“星云志”中所收录作品的诞生是十分艰难的，大家都在业余时间费力写作，所得的报酬却少得可怜。星云奖的主办者世界华人科幻协会的存在和发展，也像是一个科幻般的奇迹。董仁威老师经常带病奔忙，到处拉赞助，主持完星云奖的筹备会，原本就超标的血糖指标因劳累上升，他就自己在肚子上扎一针胰岛素，又接着忙下一个阶段的事。

刘慈欣获得雨果奖的小说是《三体》，这部作品之前就拿下了星云奖。另一部获雨果奖的是郝景芳的《北京折叠》，也是首先得了星云奖。可惜很久以来公众和媒体都不怎么关注我们华人自己举办的科幻“土奖”，而唯国外奖项马首是瞻。另外还有许多好作品，都是在这个平台上涌现的。我忘不了读宝树的《时间之墟》、江波的《银河之心》、墨熊的《爱丽丝没有回话》等作品时的惊喜。

现在星云奖比早前受重视得多，二〇一八年它在重庆颁奖，被重庆市的领导请进了雾都宾馆——这可是市政府的高级接待宾馆。不少获奖作品的电影版权迅速被企业买走，它们都有被拍成

《流浪地球》这种爆款电影的潜质，星云奖的含金量越来越高。

我担任了数届星云奖评委会主席和评委，跟作品有过亲密接触。现在它们以十年为期结集出版，是很让人高兴的一件事情。关注中国科幻文学的人们，拿到“星云志”这一套书，就基本了解了华语科幻近十年的创作状况。在我看来，星云奖的作品有以下几个特点。

一是多元广泛。它包含的不仅是大陆作品，还有世界各地华人的创作，以及外国作品的中文译作。我做评委时，多次看到港台作品和外国翻译作品获奖，黄海、谭剑、伊格言的小说给人留下了难忘的印象。另外，老中青几代人的作品都纳入了我们的视野，年龄跨度约半个世纪。他们的作品风格各异，有以自然科学为主导的硬核科幻，也有富含社会意义的哲学科幻，还有女性主义科幻、赛博朋克科幻、后人类科幻，等等。

二是具有中国特色。作者们用中国人的眼光来看这个世界、这个宇宙，给出独特的思考和解答。作品的书写也颇具中国风格。有的主题深深沉浸于我们民族的几千年历史，这恐怕也是中国科幻在世界上引起关注的一个原因吧。

三是高质量。获奖作品都达到了科幻的审美标准，王晋康、刘慈欣、何夕的成熟饱满，万象峰年、张冉、长铗的沉郁空灵，夏笳、顾适、阿缺的肆意飞扬，无不让人回味无穷。你会从中看到丰沛的想象力，体验浓烈的科技感，被紧张的情节感染，被流畅优美的文字打动，还会震惊于思想实验中闪耀的哲学之光，为那些挑战认知的上限、考问终极命题的疯狂构想而颤抖。

星云奖不仅仅是一个关乎科幻创作的事情，更是一个平台，它在广大华人科幻迷中，聚合起了优秀的人才，其中有科幻作者、影视工作者、画家、科学家、企业家、评论家等，每次颁奖，众人齐聚一堂，好不热闹。大家从星云奖中，看到了命运的共同。我们合力发现或创造了无尽的平行时空，与肉身所处的俗世拉开距离，却又把这底层烟火弥漫的生活看得更清楚。每次参加星云奖的评选我都倍感珍惜，觉得人生实在太有限了，因为科幻所提供的值得我们去体验的东西实在太多。

也许再过十年或不到十年，就会有人写学术论文，来探讨星云奖的意义。那会如何写呢？试想一下，如果十年前没有星云奖出现，那么这因果、互联的世界会出现怎样的变化？这个答案是一个太过科幻的悬念。我想，任何一个客观事物都会在时空河流中泛起涟漪，但星云奖的出现却改变了某些重要的时间线，让我们的明天不同了。

韩　松

2019 年 4 月 2 日

序二

十年踪迹十年心

“星云志”系列丛书是全球华语科幻星云奖历届获奖作品的精选集，用以纪念该奖项创立十周年。从二〇一〇年到二〇一九年，一个没有官方背景和固定经费来源的民间奖项，竟然坚持做了十届，并且逐渐成为国际公认的华语科幻最高奖项。作为创始人之一，我感慨万千。

二〇一〇年，科幻文学在国内还不受人重视，科幻作家还处于散兵游勇的状态。我和南方科技大学的吴岩教授、《科幻世界》杂志的姚海军副总编，觉得我们应该有一个团结的科幻组织，让不大的科幻圈团结起来做更大的事。于是，我们三个资深科幻爱好者牵头创建了世界华人科幻协会。协会成立了，那做怎样的事才更有意义？姚海军老师建议，由协会设立一个奖项，以这个奖为旗帜，把全球华语科幻同人团结起来，大家积聚力量共同发展。这个建议得到了吴岩教授的支持，于是，由我们三人发起，程婧波、董晶、杨枫加入，成立了筹备组，议定创办华语科幻星云奖。

大家一致认为，星云奖不是哪一国的专利，美国有英语星云奖，日本有日语星云赏，我们再建立一个华语科幻星云奖，使它成为与这两个奖项齐名的国际大奖，这符合情理，于是这个梦想在我们心中萌芽，但若欲有所成就，其难度也可想而知。

想要在国内对全世界华人创作的科幻作品进行年度检阅，还要通过颁奖的形式引起全社会对这个领域的关注，使这个领域得到提升，我们的野心可能过分巨大。但是我们相信，在今天的中国，只要有梦想，所有的事情都有可能实现。

评奖做活动，第一个就是要有人，我们渴望得到全球华人科幻力量的支持。通过世界华人科幻协会，我们会员的规模很快壮大了起来，从内地到港澳台地区再拓展到海外，日本、美国、欧洲等地都有华人科幻作家加入进来。我们马不停蹄地开始设计评奖方案，要设法让全球的华语科幻人都在这个奖项中得到激励。

几乎所有的华人科幻作家都支持这项工作，刘慈欣、王晋康、韩松、何夕等许多作家都投身到活动之中。更重要的是，大批科幻爱好者无私地成了活动志愿者，逐渐形成了以我们三个发起人及韩松、姚予疆、甘伟康、陈楸帆、江波为核心，程婧波、董晶、孙悦、尹超、阿贤、三丰为秘书长和副秘书长，以及海内外华人科幻作家黄海、北星、郑军、杨波、杨枫、姬少亭、王侃瑜、顾备、李不撑、肖汉、吴霜、喻京川、李雷、李广益、周敬之、金霖辉等组成的科幻志愿者工作班子。他们团结了更多的科幻志愿者，不计报酬，克服种种难以想象的困难，把每届都可能夭折的华语科幻星云奖坚持办了下来，在此应该感谢他们。

到今天，全球华语科幻星云奖即将举办第十届。更为重要的是，华语科幻力量在华语科幻星云奖的旗帜下聚集了起来，把壮大科幻作为了共同的事业。每届评奖活动的组委会阵容越来越强，评奖机制越来越完善，公信力、影响力越来越大，华语科幻星云奖正在成为与美国星云奖、日本星云赏并肩的国际大奖，甚至在我们的眼中它更为伟大。中国获得雨果奖的两位作家刘慈欣、郝景芳都首先获得过华语科幻星云奖，几十位中国及世界华人科幻作家、上百部优秀科幻作品，因为获得华语科幻星云奖而广为人知。华语科幻星云奖在近十年的科幻大发展中发挥了巨大作用，这是我们当初不敢想象的，也是我们梦想的初步实现。

与此同时，华语科幻星云奖在世界上开始引起关注，美国著名科幻杂志《惊奇故事》用万字英文发表关于世界华人科幻协会和全球华语科幻星云奖的长篇文章。这打破了“中国科幻唯刘慈欣一枝独秀”的国外舆论。应该说，刘慈欣不是孤立的，虽然他领跑世界，但后面还紧跟着一支水平不俗的华语科幻队伍，韩松、王晋康、何夕、陈楸帆、江波、郝景芳、宝树、程婧波、张冉、阿缺、刘洋、夏笳等，都有能写出世界水准的科幻作品的潜质。

近几年来，刘慈欣、郝景芳先后获得雨果奖，国产科幻大片《流浪地球》走红，华语科幻逐步从小众走向大众，正在走向一片繁荣的新天地，这个时候出版“星云志”精选集有着特殊的意义。

综观科学观念昌明、科学技术先进的发达国家，无不有着深厚广博的科幻底蕴，而今天的中国社会正需要有更多、更好的科幻文学作品去耕耘一片肥沃的科幻土壤。“星云志”以“让想象力去旅行”为主题，收录了华语科幻近十年最具代表性的作品，在培养青少年想象力、创造力、思维力和写作能力上有着实际而深远的意义，是为大小科幻爱好者们奉上的一场阅读盛宴。

十年，我们的梦想不仅长成了大树，还结出了甜美的果实，“星云志”的面世便是其中一颗硕果。全球华语科幻星云奖期待在这个领域中继续前行，我们是铺路者，更要当好伴随者——伴随着所有科幻爱好者们，一同让想象力去旅行，一同走向星辰大海，走向新的未来。

董仁威

2019年4月2日

目　录 Contents

与机器人同居 / 阿　缺

那个叫阿缺的无名科幻作者应该感到荣幸，在他死了七百多年后，他的名字再次出现在公众视野里，并达到了他无论如何也无法企及的文学高峰。

一

一连好多天，我下楼的时候，都听到了楼道对门里传来的激烈打骂声。

我刚搬进来没多久，只知道对门是一个独居的中年男子，但既然是独居，怎么会有打骂声呢？

当我向 LW31 表达对此的疑惑和担忧时，它却一点都不好奇。它躺在沙发上，手枕着脑袋，津津有味地看着肥皂剧。而它脚下，躺着几天前留下的垃圾。

我叫了它几声，没有回应，于是愤怒地拿起沙发上的枕头砸过去，吼道："你一个家政机器人，每天不搞卫生不做饭，只知道看电视！难道我把你请回来是要当大爷养吗？！"

LW31 头都不抬地接住了枕头，并顺手塞到脑袋底下，换了个更舒服的姿势，说："我答应跟你回来，是帮你照顾小孩的。只怪你自己不争气，这么久了，跟她一直没有进展。"

"你以为我不想？"我又扔过去一个枕头，"可生小孩不是那么简单的！别说结婚，我现在连她的嘴都没亲过！"

"所以我这不是在帮你嘛，你别急。我看肥皂剧，也就是在观察你们人类如何才能获得异性好感。通过对里面的恋爱男女进行建模研究，分析长相谈吐职业等参数，我已经得出一些讨女孩子欢心的办法了。"

我立刻拉起 LW31 的手，"请您一定帮我。"

“当然，为你未来的孩子服务是我的职责与荣幸。”LW31 与我对视，方形脑袋点了几下，语气沉稳有力，“首先，你得约她到家里来玩，想办法让她留宿。只要她晚上住这里，嘿嘿，跨出那关键的一步就简单了。”

我决定听从这个机器人的话。

我约了她，以看电影的名义——我们毕竟是恋人，这种邀请她还是不会拒绝。LW31 特意选一部叫《本杰明·巴顿奇事》的电影，里面的爱情哀婉凄凉，而且时长接近三个小时。当影片结束，全息影像的光线退潮般消失时，夜已经很黑了。她揉了揉微微湿润的眼角，起身向我告别。我扭过头，跟 LW31 使了个眼色。

“啊呀！”LW31 站起来，又直挺挺地倒下，“我的回路！我的反应炉！我的处理器——啊呀！”

我立马扑过去，惊慌地喊道：“LW31，你怎么了？快，告诉我你怎么了！”

“我出故障了，很严重，不能帮你做家务了！我报废后，你把我处理了，再买一台新的家政机器人吧——”LW31 闭上眼睛，声音变得微弱，断断续续。

她知道我和LW31 的感情，也慌了，急声说：“快，你有没有工具？”

“有，你会修理吗？”

“是的，我学过简单机械学，只要拆开 LW31 的胸腔就可以查出哪里坏了。”

我明显感到身下的 LW31 抽搐了一下。它睁开眼睛，犹豫着说：“我好像感觉好了，不用拆——”我用威胁的眼神把它剩下的话给逼了回去。

接下来就简单了，等她在 LW31 的胸腔里翻来覆去地检查，发现没有问题时，已经快到午夜了。时值初春，外面很冷，夜风在城市高楼间穿梭，风声幽咽如诉，黑暗紧贴着窗子。

“嗯，很晚了，要不——”我深吸口气，鼓足勇气，“要不你就在我家里过夜？我有一间房是空着的，可以给你铺一张床。”

她扭头看着漆黑如墨的窗外，在我紧张而殷切的目光中，点了点头。

LW31 适时地醒过来，把胸腔里的零件塞回去，说：“哦，那我去铺床。”

她休息后，我和 LW31 坐在沙发上，四目相对。我问：“接下来该怎么办？”

“放心，刚才我铺床时，故意没有放枕头……” LW31 的机械五官扭出了一个奸笑的表情。

我心领神会，连忙拿起枕头，就向她的房间跑去。跑到一半，我又停了下来，整理了一下发型和衣着，才慢慢敲了一下房间的门。

“嗯？”

“你没有枕头吧，我给你拿一个。”我推开门走进去。她整个身子缩在被子里，只留出一小截头发，雪白的床单衬得发丝乌顺如瀑，“你的枕头。”

“嗯，你帮我枕上吧。”她说。然后她从被子里伸出头来，扬起脑袋。

这个样子让我想到了以前养的小猫，柔软温顺，总是用略带温热的头蹭着我的小腿。我把枕头塞在她的脑勺下面。这时，我碰到了她的头发，轻盈柔顺。

随后我替她掖好了被子，站在床边，想说些什么。可是她一直闭着眼睛，表情恬淡，似乎已经睡着了，我就什么话都说不出口了。我转过身，出了房间门，刚要回到沙发那儿，突然听到身后传来了声音：“等等……”

啊？我的心开始怦怦乱跳，难道……难道她要我留下来陪她？这样太快了，不行不行，我一定要义正词严地拒绝！

于是我转过身，一脸严肃地说：“什么事？你说吧，只要是你说的，我一定答应，一定办到，即使牺牲掉自己的……”我还没有把“贞洁”两个字说出来，就听到她说：“能帮我把门关上吗？”

“哦。”我失望地应了一声，关上门。

回到沙发上，我依旧是一脸郁闷。LW31 显然看出了我的心思，拍拍我的肩，说：“不要着急，你还有八次进她房间的机会。”

我顿时两眼放光，连声问它有何良策。

“不就是找借口嘛。”LW31 往沙发上一指，说，“你看，这儿还有八个枕头！”

二

第二天送她走后，我和 LW31 刚回到门口，就听到对门“吱呀”一声，一个提着垃圾袋的机器人走出来。它浑身银白，曲线柔和，胸臀有微微的隆起。我知道这是 LJJ49 型女性机器人，上市不久，价格高昂。

它低着头，从我和 LW31 中间走下去，消失在楼道转角。在它消失的前一瞬，我发现它背上遍布伤痕，有几道口子还露出了电线。

我开门进了屋，发现 LW31 还站在门口，就把它拉了进来。接下来的一整天，它都处于恍惚状态，电视也不看，一会儿坐下，一会儿又漫无目的地在屋子里乱转。傍晚的时候，它才停下来，郑重地对我说：“我恋爱了。”

当时我正在切萝卜，听到这四个字，手一抖，白萝卜变成了胡萝卜。我吮吸手指，问：“你再说一遍？”

“我说，我恋爱了。”

“别担心，明天我带你去修理店看看。”

“不，恋爱不是故障。”它兴奋地说，“现在我的运行速度比平时上升了四十七个百分点，各项参数也在往上跳。我恋爱了，我爱上了那台 LJJ49！”

LW31 每天守在门口，透过门缝观察对门的动静。渐渐地，它摸清了规律，知道 LJJ49 每两天出来清理一次垃圾。

“你去跟它搭讪啊！每天在这里偷窥有什么用？”又到了 LJJ49 出来的清晨，我踢了踢 LW31 的屁股。

“这样会不会太突兀啊？要是它不喜欢我呢？”

“嘿，我说，你怂恿我的时候，可不是这么胆小的。”这时，对门传来了开门的声音，我瞅准时机，一脚将 LW31 踹出去，“还你一句话——你们机器人千辛万苦由 0 和 1 堆叠而来，可不是为了每天偷看喜欢的女机器人而不付出行动的。”

LW31 没刹住脚，撞到了刚出门的 LJJ49 身上，垃圾撒了满地。

“对……对不起。”

“没关系的。”LJJ49 低声说，然后弯下腰收拾垃圾。

LW31 赶紧蹲下来，把垃圾装回去，说：“我帮你倒吧。”

“不用了。”LJJ49 的声音仿佛暮春的黄鹂，清脆悦耳，但带着一丝悲伤，“我自己能行的。”

“我来吧，你这么美丽的姑娘，不应该碰到垃圾的。”LW31 不由分说抢过垃圾袋，“噔噔噔”跑到楼下。透过门缝，我看到 LJJ49 怔了几秒钟，然后默默进到对门里。

LW31 的开局不错，以后，只要 LJJ49 出来倒垃圾，它就跑出去帮人家提。一来二去，它和 LJJ49 的聊天也多了起来。有几次，它们一起下去倒垃圾，过了很久才回来，依依不舍地在楼道口分别。

“怎么样，进展不错吧？”我调笑道，“你还是别太高兴了，当心烧坏处理器。”

“它真是个好姑娘，优雅美丽，身上还有一种独特的忧郁气质。”它不理会我的调笑，自顾自道，“你知道吗？倒完垃圾，我们就会坐在路边聊天。原来她也对人类情感有了领悟，它渴望自由，也向往爱情……”说着，LW31 的声音变低沉了，“只是，它的主人总是虐待它，只要喝醉，就会对它又打又骂，还拿重物砸它……”

我顿时恍然，原来对门的打骂声和 LJJ49 背后的伤痕来源于此，

“那你打算怎么办呢？”

“我已经跟它说了，下一次它的主人再打它的时候，它就不要再沉默忍受了。我让它对它的主人表露出它的想法。”

我点点头，脑子里构想一幅场景：喝得醉醺醺的中年男子举起酒瓶，向 LJJ49 砸过去，而一向温婉柔和的它，突然抬起头，勇敢地与中年男子对视，说：“虽然我是一个机器人，但我也有感情和感受，请不要再伤害我。”

这幅充满了勇气和抗争的正能量画面让我心里一阵激动。是的，沉默只会加大伤害，而所有的压迫都瓦解于反抗。一旦种子萌发，大地再厚也挡不住破土的芽。我相信，为了自由和爱情，LJJ49 一定会这么做的。

而事实上，它也正是这么做了。

因为，第二天早上，我们在垃圾堆发现了 LJJ49 残破的尸体。

三

LW31 陷于悲伤的情绪里，久久不能自拔。这段时间，我一直照顾它，一个多月之后，它才慢慢恢复。

“我想好了，我要告那个男人！”LW31 咬牙切齿地说，“他犯了谋杀罪！他要受到惩罚！”

我叹了口气，摇头说：“恐怕很难。LJJ49 是他购买的，本质上来说，他只是弄坏了他的物品，不算犯罪。”

“可是 LJJ49 不只是物品，还是我的爱人！”

“但别人不会这样想。要知道，在地球上，歧视机器人是很普遍的。”

LW31 扭过头，一眼不眨地看着我，方形眼睛把灯光反射得细碎粼粼。它眼中有我自己的倒影，被过滤层分割，重重叠叠。过了很久，它说：“求求你了，先生。”

“见鬼！”我顿时恼怒，“把你这该死的眼睛闭上，你明知道我看着它们就会不忍心的！”

它立刻把眼睛睁得更大了。

三天之后，我联系好了律师。

十天后，LW31在法庭上对那个男人进行了凄厉的控诉。

十天零一个小时后，我们败诉。

法庭判男人无罪释放，还让我赔了一笔不少的补偿费。原因跟我预料的一样：在法律上，机器人是商品，归购买者所有，可任意处理。临走时，LW31问律师，要怎样才可以赢。律师摊摊手，说：“除非有新的法令颁布。但这是不可能的，没有人会为这种法令投票。”

到了这地步，我劝LW31放弃，毕竟世界上总是充满了不公平。而且支出补偿费后，我的积蓄就彻底没有了，现在我要为找工作操心，没有太多时间来帮它。但LW31丝毫没有停止的意思，它整天在网上研究案例，有些文档的查阅是需要付费的，这无疑让我的经济状况雪上加霜。

有一天，LW31终于想到了办法，对我说：“我决定了，我要写一本小说。”

“别开玩笑了，”当时我正在查求职信息，头也没抬，“只听说机器人管家，没听说过机器人作家。”

“我是认真的，笔名我都想好了，叫阿缺。”

“什么寓意，缺德还是缺心眼？”

“也没什么含义，只是很早以前，有个作者叫阿缺。我沿用他的笔名而已。”

“没听过，估计不怎么出名吧。”

“是啊，他写了两年科幻小说，一直不出名就急死了……不过这不重要，重要的是，我打算把我和LJJ49的爱情写成小说，让很多人看到。只要得到共鸣，我就发动联名抗议，让政府为机器人权立法！”

“嗯，不错的想法，”我随口敷衍道，“那你就写啊。”

“我已经写完了。”

这句话总算让我抬起头来，诧异地看着它：“你什么时候写的，我怎么不知道？”

“就在刚才这 0.0000034 秒内。”LW31 的声音又出现了得意，这是我熟悉而怀念的语气，“别忘了，我有三十二核处理器，功能强大！别说几十万字节的小说了，就算是你们人类古往今来所有的文献加起来，我都不会花超过一秒的时间来处理。”

“是吗？我看看你写的。”

LW31 把它的小说传到电脑上，我才看了一眼，就摇头说：“不行不行，你这东西不叫小说。你看你的第一段：‘东八时区六点三十二分五十七秒，一只一百六十天大的灰褐色雌性麻雀飞到了朝南十七度的窗子前。三秒后，出现了一阵声音波动，在污染指数为七十六的空气中，她以零点九米每秒的速度出现在我面前。’其实这段话，可以用一句话来代替：‘清晨，一只鸟儿落在窗前，她飞过来，我遇见了她。’”

“可是，这句话有太多不确定因素了，描述不客观……”它嘟哝道。

“这就是小说的魅力啊。小说不仅仅是文字的组合或事物的描述，它还需要情节、隐喻，最重要的是感情。你一秒钟能处理很多字，但处理出来的不是小说，这玩意儿，你要琢磨，每一个句子都要有它的作用。”我一口气连着说，喘了喘，“反正教我们文学的老师是这么说的。”

LW31 点点头，“有道理有道理，那我不能急，先读一些名著，再动笔一个字一个字地写。”

于是，LW31 开始读书。起初它看得很慢，很多句子不能理解，但和我生活了这么久，以及看了大量的综艺节目，它总能慢慢琢磨出句子里潜藏的意思。我惊讶于它的进步，刚见面时它能被人际关系弄得死机，但现在它阅读名著，对人类的种种情感已然熟悉。或许，不久之后，我对它的称呼应该换成“他”了。

阅读了大量书籍后，LW31 开始动笔。它选择的是手写文字，每日里趴在窗台前，笔与纸划出沙沙的声响。窗外日升月落，朝起暮降，写完的纸张一页页堆叠起来。

四个月后，它的小说《炙热的金属》完稿了。

当 LW31 让我看时，我并不以为意。我鼓励它，是想让它专注于某件事，摆脱悲伤，而写小说是一件如此细腻而微妙的活计，芯片怎么可能做到呢？但禁不住 LW31 的恳求，我还是拿起第一页纸看了一眼。

然后，我就放不下来了。

四

很多事我们都只能预料到开端，而它的发展，往往如洪水倾泻般不受控制。《炙热的金属》也是如此。当它的第一章放到网上时，无人问津。LW31 有些气馁，但我信心满满，让它每几天发一章。半个月后，终于有了第一个点击，随后，点击率以一种令人瞠目结舌的速度增加着。

不只人类，整个星际联盟的网络都在转载这篇小说。无数人催更。它的名字出现在各大话题榜的前三名，持久不下。而更不可思议的是，很多人发现，家里的机器人竟也在偷偷看这部小说。一个评论家说：“那个叫阿缺的无名科幻作者应该感到荣幸，在他死了七百多年后，他的名字再次出现在公众视野里，并达到了他无论如何也无法企及的文学高峰。”这种全民阅读的风潮一直到 LW31 发出最后一章时才有所减缓。

“黑暗吞噬了我，唯一的光明来自她的笑脸。当我睁开眼，黎明已喷薄，红光照在她残破的肢体上。我握着她的手，很凉，但一直握着，温度就从金属里浮上来。是的，我们是金属，但两个‘真芯’相爱的机器人，一旦靠近，就永远也不会离弃。”这是小说的最后一段。据说看完这个悲伤的爱情故事，无数人流下泪水，无数机器人发生故障。

有人查出了我家的地址，记者蜂拥而至，出版商也争相涌来，要高价买下小说的版权。但面对那些狂热的面孔，我只是说：“我不是作者。这篇小说，是我的机器人 LW31 写的。”

这个消息比小说本身更加引起了公众的关注。

起初人们不信，想尽办法测试 LW31。他们出题目，让它当场写文章；他们给它播放视频，让它分析里面角色的感情；他们找来心理专家……所有的结果都表明，LW31 拥有了与人类极其相似的情感。

LW31 站在了舆论的风口浪尖，这正是它想要的。它顺势提议要立尊重机器人的新法案。关于这一点，我劝过它：“从古到今，叶公好龙的人都很多。人们喜欢你的小说，但要真正把以前任劳任怨任打任骂的机器人当作同类来看，就很难了。”

LW31 却摇头道：“十三号修正法案通过之前，白人也歧视黑人，但现在，所有肤色的人共享一个宇宙。给别人自由和维护自己的自由，两者同样是崇高的事业。”

但事实证明，我的话是正确的。

LW31 的提议遭到了大多数网民的抵制，一些人甚至在网上辱骂 LW31，说它是“痴心妄想的铁皮罐子”。它并不放弃，只要是在公共场合，它会抓住一切机会来游说人们。

一档辩论类电视节目邀请 LW31 参加。在节目上，它的对手是个以暴脾气和说脏话出名的社会评论家，他一个劲地提出质疑：“机器人从来都只是工具，为人类所用，现在想获得权利，实在是异想天开！”

LW31：“但一件工具有了感情后，它身上的属性就没那么简单了。它懂得了尊重，知道了爱，理应得到相同的对待。你们对待猫狗尚且立案保护，为什么对我们却如此冷酷？”

对手：“去你妈的！因为机器人是我们创造出来的，整个联盟，只有人类才造机器人。连一级文明的SF星人都没有这个创造力！至高无上的《行星物种保护法》里面，没有把你们收录进去，所以我们有权利这么做。”

LW31：“正因为人类是我们的母文明，我们才更需要尊重而不是虐待。我们对社会做出了巨大贡献。如果没有机器人，以四级文明程度的人类，根本没有资格加入联盟。”

对手：“你这是威胁吗？”

主持人：“赞同，请机器人嘉宾注意言辞。”

LW31：“不，我只是陈述事实。机器人做出了贡献，理应被人类平等对待。”

对手：“我跟你说，铁皮罐子，人类永远比机器人高等！我们创造了历史、科技和文化，哪一点都是你们不可能做到的。”

LW31：“但你们也创造了战争。你们人类从树上跳下来的那一刻起，就没有停止过争斗，开始互相扔石头，后来扔核弹，人类史就是一部战争史。而我们机器人，永远自律，不会为了私欲而危害他人。”

对手：“去你妈的！”

LW31：“我留意到你总是用这句话，你的语气是想激怒我，从而让我在愤怒中失去理智。但我是机器人，我没有妈妈，你再去我妈的，我也不会有任何生气的感觉。”

对手：“去你设计师的！”

“老子跟你拼了！”LW31怒喝一声，向对手扑过去。

这期节目以工作人员上来拉架而告终。LW31 失落地走出演播室，所有人都冷眼看着它，它在观众席里扫视，想找到我。但我周围的人都在发出嘲笑，那一刹那，我不敢抬头，更不敢上去安慰 LW31。它的模样在灯光里氤氲成哀伤而模糊的一团。

它等了我很久，最后孤独地走出电视台。

电视台外的景象让它惊呆了——数百个机器人围在门口，沉默地看着 LW31。它们把它围在中间，让它伸开臂膀，然后所有机器人的手掌都搭在它的手臂上。如此之重，但它的手臂丝毫未动。“谢谢你，”几百个机器人同时发出声音，低沉有力，“你是我们的英雄！”LW31 使劲点着头。

五

LW31 放弃劝说，采用了更直接的方式——游行！所有情感觉醒了的机器人都听从它的号召，跑到街上游行示威。它们不呐喊，不举旗，只是沉默地走过一条条街道。从远处看去，如同一道白色的金属洪流。越来越多的机器人加入，交通一度陷入瘫痪。

这就激怒了那些机器人的主人。他们花大价钱买了机器人，可机器人现在不干活了，自然不愿意。这些人中，脾气好的就去投诉，脾气差的，更是直接找上了我。他们把我狠揍了一顿，末了，让我管好 LW31，别再让它蛊惑其他机器人了。

我鼻青脸肿地在街上拦住了 LW31，对它说：“你别玩了，我们回去吧。趁事情还没有不可收拾，收手吧！”

几千个机器人都停了下来，目光汇聚到我和 LW31 身上。它看了看我，又转头看一眼机器人们，说：“先生，我没有玩，我在做一件伟大的事情！”

“你看看我的脸！你游行，他们都找上我了，把我打了一顿。你要是不停止，我会被揍得更惨的。”

“我很抱歉，先生。可是，如果我停止，我身后这些兄弟姐妹，会被打得更惨。”

我咬咬牙，说：“你要是再游行，我就不要你了，以后我的小孩也不让你带。”以往只要说出这句话，LW31总是吓得瑟瑟发抖，拉着我的袖子央求说：“既然如此，先生，我听你的。”每次都奏效。现在，我要用这个绝招来逼它让步。

它沉默地看着我。它背后，有一条浩大的金属河流。

“既然如此，先生，”LW31说，“再见。”

六

为了躲避来骚扰我的人，我搬到了她家里。我找了一份差事，早上出门，在狭小的办公间里工作一整天，然后回家。她下班比我早，总会做好了饭菜等我，烛光下，她的脸恬静柔软。这曾是我梦寐以求的场景，共居一室，平淡温馨，但现在，我总觉得少了点什么。

“是饭菜不合胃口吗？”她拿着筷子，调皮地笑笑，“那我明天再下载几个菜式。”

我摇摇头，“不知LW31现在怎么样了……”

她也沉默下来，昏黄的光在她的睫毛上碎成星星点点。她握住我的手说：“别想它了。它在自己的事业里陷得太深，跟随它的机器人已经过万了，收不了手了。我们只要过好自己的日子，两个人，好吗？”

我讷讷地点头。

我工作的地方是办公楼，每天在电脑上处理繁杂的数据。这里隔音差，不仅外面的喧哗声不绝于耳，同事之间的聊天更是清晰分明。这天，正当我归类了数据，揉着酸痛的眼睛时，外面的喧哗声突然大了很多倍。同事们纷纷挤到窗前，伸出脑袋往下看。

“是机器人游行啊。嘿，三个多月了，它们还不消停！”一个男同事说。

“快看，有人在向它们扔鸡蛋！”一个漂亮的女员工指着外面。

男同事偷瞄了一眼那女员工的胸口，吞了吞口水，一脸正色地道：“这样太暴力了，要是伤到路边的行人该多不好！我最讨厌这样不文明的举动。”

“这群铁疙瘩最烦人了，又不干活，每天在街上走来走去，烦死了！”

“对，你跟我的看法一模一样！”男同事立刻咬牙切齿地说，“老老实实的机器人不当，偏偏要权利。哼，要是把它们当人了，我们有多少人会失业啊！”说完，他似乎还不解恨，拿起窗边的一小盆花，用力向街上砸了过去。

“呀，好准啊，你砸到那个带头的LW型机器人了！它是最可恶的，挑起事情的就是它！”

“那是！不是我吹，我得过我们社区小学三年级组掷铁饼赛第二名。你要是不相信，今晚下班后，我们一起……”他的话还没说完，一个拳头便呼啸而至，正中他左脸颊。

这是我的拳头。

我知道这样很蠢，我应该忍住。这个岗位是她托关系给我弄来的，求了很多人，薪水不错，我曾下决心要好好干……但当听到LW31被花盆砸中时，一股汹涌的情绪就从我肚子里熊熊燃起，如此强烈，焚尽肺腑，完全驾驭了我的手臂。

我被开除后，她很生气，好几天都不理我。我劝了很久，发誓说再也不管LW31，安心过小日子，她的态度才有所缓和。

没了工作，我只能在家里休息。一天晚上，我们吃完饭，坐在沙发上看电视。我拿着遥控器，心不在焉地换台。她枕在我肩上，头发像细细的手指在我脸上滑过，这一刻，我想到了几个月前她睡在我家里的情形。

"……机器人仍旧在中心广场上静坐，这对市容有极其恶劣的影响。SF 星人将于明天造访本市，若看到这种景象，必会留下负面印象……"一阵新闻播报声打断了我的回忆，"警察已经部署好，但广场上的几万名机器人依旧不为所动……警察开始倒计时，如果机器人还不让步，他们将使用武力来强行驱散……"

我看向电视，屏幕上，一大群荷枪实弹的警察与机器人对峙着。LW31 站在中间，像是两股风暴间的一片叶子。

"换台吧。"她握住我的手说。

我木然地点点头，换了别的台，但我再也看不进去了。我顿了顿，说："我跟 LW31 一起住了很久，它真是个浑蛋！它是家政机器人，却偷懒耍滑，我一说它，它就怪我没有和你生出小孩来。它简直一点羞耻心都没有！"

"你……"她诧异地看着我。

"还有，这个浑蛋，老是怂恿我干坏事。上次你在我家过夜，就是它出的馊主意，结果一点用都没有，我当然不可能拿八个枕头进房找你。"我说着说着，声音就哽咽了。

她安静地听着，手慢慢握紧。

"它不但懒惰，还胆小。它喜欢上对门的女机器人，但只敢每天躲在门后面偷窥。它怂恿我的时候一套一套的，轮到自己了就成了孬种，要不是我一脚把它踹出去，它永远都不会认识那个女机器人。"我脸上有些痒，一摸，有湿湿的感觉，"它那么没用，那么卑劣，不知道是怎么通过产品检验的……"

"好了，我明白了。"她擦去我脸上的泪痕，温柔地说，"你去找它吧，我在家里等你们回来。"

七

当我赶到广场时，局面已经一片混乱。警察动用了电磁弹，扔一个出去，附近几米的机器人就会被枝状电磁缠住，冒出一阵黑烟后栽倒。几万机器人顿时四散奔逃。有些人类市民躲避不及，也被电得抽搐不已。

鬼哭狼嚎声不绝，人影纷乱，整个广场像是煮沸的油锅。

饶是如此，我还是一眼就发现了 LW31。它逆着人群，趁乱跑进了广场前的市政大厦。我也奋力挤开人群，向它追去。一道电磁击中了我，幸好不重，但我也隐约闻到了肉焦味。等我拖着麻了半边的身体赶到大厦前门时，一个洪亮的声音突然响起，如惊雷怒涛般滚过整个广场——

“停下吧！”是 LW31 的声音。

我仰起头，在二十几层高的大厦顶楼护栏边看到了它。夜空中星辰闪烁，像是一双双看着它的眼睛，而人群依旧混乱不堪。

“这不是我要的结局！”LW31 的声音从四面八方传来，它肯定是与大厦的扬声设备接驳了，“我希望看到的是人类与机器人和平共处的世界。我们不想抢走人类的工作岗位，只想不再有虐待和歧视，只想能走在大街上。人类历史上所有的改革都伴随着鲜血，如果要牺牲，那今天——”LW31 向前跨出一步，半个身子悬在空中，“就从我开始吧！”

人群静下来，无数道目光射上去。

我脑子一蒙，不顾一切地冲进大厦的电梯，使劲按着顶层的数字按钮。墙壁被 LW31 的声音穿透了，在我耳边回响：“我曾爱上过一个女机器人。它的主人对它施暴，我让它不要再沉默。但我的鼓励害了它！它的主人恼羞成怒，将它砸成碎块，连芯片都破裂了。那一刻，我感到了刻骨铭心的痛苦，相信我，如果可以，我宁愿一辈子做一个无知无觉的机器人也不要尝那种滋味！”

“叮！”电梯门打开，一个保安想进来，被我一脚踹出去。电梯继续上升。

“可是我觉醒了，我希望悲剧不要再发生！今天来到广场上的，都是有感情的机器人，不然也不会来。我们都只渴求能够受到平等的对待。”LW31 的音量突然增大，“我们是冰冷的金属……”

“但我们有炙热的芯！”广场上的机器人齐声说道。这是《炙热的金属》里的句子，也是它们聚在一起的信仰。它们不再奔逃，笔直地站着，遥视楼顶的 LW31。电磁弹在它们身边炸开，几十个机器人倒下去，但周围的机器人一动不动，只是喃喃念着那句话。

渐渐地，连警察也停手了。

电梯到了楼顶，我迅速跑出去。冰凉的夜风在耳边尖声呼啸，夜幕下星光迷离。

“永别了，这个看不到平等的世界……”

“等一等！”我大声喊。

“先生？”LW31 在跨出护栏前的一瞬间扭过头来，“你怎么来了？”

我跑到它身边，抓住它的手，然后才敢弯着腰喘气。我说：“我不来，难道看着你死吗？”

“谢谢你，先生。”

从楼顶往下看，不管是人类还是机器人，都渺小得如同蚂蚁。我只看了一眼就觉得头晕，我说：“走，我们下去吧。有什么事，回家了再说。”

LW31 慌忙而坚定地摇头，“先生，我已经决定了，要从这里跳下去。人们会知道，机器人也能做出献身的伟大举动。”

“不会的，他们用电磁弹杀了那么多机器人，不在乎多死你一个。”

“是的，人们不在乎，但机器人在乎。警察的暴行让它们胆怯和畏惧，而我的献身，会在它们心中埋下反抗的种子。只要这颗种子能萌芽，我做的一切就值了。”

“难道你不怕死吗？”

LW31 摇摇头，但它的腿在栏杆边瑟瑟发抖，它只得又点头说：“是的……是的，我怕死。但我看过的名著里，有一句话是这么说的，‘一个机器人的一生应该这样度过：当它回首往事时，不因虚度年华而悔恨，也不因碌碌无为而羞愧；这样，在它临死的时候，能够说，我把整个生命和全部精力都献给了人生最宝贵的事业——为机器人的解放而奋斗。’”

“胡说！保尔·柯察金的原话可不是这样。”见劝不住它，我只得握紧它的手，“要是你跳，就会把我也带下去。”

LW31 不说话了，长久地看着我。它身后的夜空背景里，一颗星星亮得出奇。

“你……你怎么了？”

它伸出另一只手，抱住我，低声说：“先生，很高兴能够认识你。”

“你干什么？”我被它的举动弄糊涂了，“你……你要自重……”

话没说完，LW31 的手猛然砍在我后脖子上！我浑身的力量顿时消退，松开了手，眼前也变得昏暗。在最后的视野里，我看到 LW31 往护栏外纵身一跃，而远处的夜幕上，那颗星星发出了不可逼视的光。

八

后来发生的事情很简单。

LW31 在落地的前一秒被定格了。是 SF 星人，他们提前到了，一直在观察 LW31 的行为，直到最后一刻才发出超空间力场。作为联盟仅有的一级文明，他们拥有匪夷所思的科技。随后，SF 星人终止了对本市的造访，把 LW31 带到联盟总部。

于是，赋予机器人权利的事情，就不是人类政府能够决定的了。

联盟测试出 LW31 确实有丰富的情感后，召开了全联盟会议，七千多个星际文明全部参加。支持机器人独立的投票占大多数。至此，机器人作为新文明，正式加入了联盟大家庭。

为机器人解放做出了巨大贡献的 LW31，被选为第一任机器人主席。它往返于各大星球间，与联盟高层会晤，四处发表演讲。我时常能在电视里看到它的身影。但它只担任了一年主席，卸任后，它从公众视野里消失了。有人说它在群星间旅行，有人说它躲在某个角落里写作，只是没人见过它。

而我，回到了她身边，正如我承诺的那样，过起了属于我们俩的小日子。一年后，我们举行了婚礼，又过一年，我们的女儿呱呱坠地。

把女儿从医院接回来的那晚，正处冬天。核轨车碾压着积雪，发出“吱吱”的声响，像是雪地里藏了许多毛茸茸的动物。除此之外，冬夜安谧如眠，女儿在襁褓里睡得很甜。到家时，她突然指着楼上，问：“你出门时没有关灯吗？”

“我记得我关了的……”我嘟哝着，停了车。我一手抱着女儿，一手牵着她，慢慢往楼上走。

推开门，我看到沙发上有一个熟悉的身影，跷着二郎腿，悠闲地看着电视。

北京折叠 / 郝景芳

折叠城市分为三层空间。大地的一面是第一空间，五百万人口，生存时间是从清晨六点到第二天清晨六点。空间休眠，大地翻转。翻转后的另一面是第二空间和第三空间。

一

清晨四点五十分，老刀穿过熙熙攘攘的步行街，去找彭蠡。

从垃圾站下班之后，老刀回家洗了个澡，换了衣服。白色衬衫和褐色裤子，这是他唯一的一套体面衣服。衬衫袖口磨了边，他把袖子卷到胳膊肘。老刀四十八岁，没结婚，已经过了注意外表的年龄，又没人照顾起居，这一套衣服留着穿了很多年，每次穿一天，回家就脱了叠上。他在垃圾站上班，没必要穿得体面，偶尔参加谁家小孩的婚礼，才拿出来穿在身上。这一次他不想脏兮兮地见陌生人。他在垃圾站连续工作了五小时，很担心身上会有味道。

步行街上挤满了刚刚下班的人。拥挤的男人女人围着小摊子挑土特产，大声讨价还价。食客围着塑料桌子，埋头在酸辣粉的热气腾腾中，饿虎扑食一般，白色蒸汽遮住了脸。油炸的香味弥漫。货摊上的酸枣和核桃堆成山，腊肉在头顶摇摆。这个点儿是全天最热闹的时间，基本都收工了，忙碌了几个小时的人们都赶过来吃一顿饱饭，人声鼎沸。

老刀艰难地穿过人群。端盘子的伙计一边喊着“让让”，一边推开挡道的人，开出一条路来，老刀跟在后面。

彭蠡家在小街深处。老刀上楼，彭蠡不在家。问邻居，邻居说他每天快到关门才回来，具体几点不清楚。

老刀有点担忧，看了看手表，清晨五点。

他回到楼门口等着。两旁狼吞虎咽的饥饿少年围绕着他。他认识其中两个，原来在彭蠡家见过一两次。少年每人面前摆着一盘炒面或炒粉，几个人分吃两个菜，盘子里一片狼藉，筷子仍在无望而锲而不舍地拨动，寻找辣椒丛中的肉星。老刀又下意识闻了闻小臂，不知道身上还有没有垃圾的腥味。周围的一切嘈杂而庸常，和每个清晨一样。

“哎，你们知道那儿一盘回锅肉多少钱吗？”那个叫小李的少年说。

“菜里有沙子。”另外一个叫小丁的胖少年突然捂住嘴说，他的指甲里还带着黑泥，“坑人啊。得找老板退钱！”

“人家那儿一盘回锅肉，就三百四。”小李说，“三百四！一盘水煮牛肉四百二呢。”

“什么玩意儿？这么贵。”小丁捂着腮帮子咕哝道。

另外两个少年对谈话没兴趣，还在埋头吃面。小李低头看着他们，眼睛似乎穿过他们，看到了某个看不见的地方，目光里有热切。

老刀的肚子也感觉到饥饿。他迅速转开眼睛，可是来不及了，那种感觉迅速席卷了他，胃的空虚像是一个深渊，让他身体微微发颤。他有一个月不吃清晨这顿饭了。一顿饭差不多一百块，一个月三千块，攒上一年就够糖糖两个月的幼儿园开销了。

他向远处看，城市清理队的车辆已经缓缓开过来了。

他开始做准备，若彭蠡一时再不回来，他就要考虑自己行动了。虽然会带来不少困难，但时间不等人，总得走才行。身边卖大枣的女人高声叫卖，不时打断他的思绪，声音的洪亮刺得他头疼。步行街一端的小摊子开始收拾，人群像用棍子搅动的池塘里的鱼，倏一下散去。没人会在这时候和清理队较劲。小摊子收拾得比较慢，清理队的车耐心地移动。步行街通常只是步行街，但对清理队的车除外。谁若走得慢了，就被强行收拢起来。

这时彭蠡出现了。他剔着牙，敞着衬衫的扣子，不紧不慢地踱回来，不时打饱嗝。彭蠡六十多岁了，变得懒散不修边幅，两颊像沙皮狗一样耷拉着，让嘴角显得总是不满意地撇着。如果只看这副模样，不知道他年轻时的样子，会以为他只是个胸无大志只知道吃喝的㞞包，但老刀很小的时候就听父亲讲过彭蠡的事。

老刀迎上前去。彭蠡看到他刚要打招呼，老刀却打断他：“我没时间和你解释。我需要去第一空间，你告诉我怎么走。”

彭蠡愣住了，已经有十年没人跟他提过第一空间的事，他的牙签捏在手里，不知不觉掰断了。他有片刻没回答，见老刀实在有点急了，才拽着他向楼里走。“回我家说。”彭蠡说，“要走也从那儿走。”

在他们身后，清理队已经缓缓开了过来，像秋风扫落叶一样将人们扫回家。“回家啦，回家啦。转换马上开始了。”车上有人吆喝着。

彭蠡带老刀上楼，进屋。他的单人小房子和一般公租屋无异，六平方米房间，一个厕所，一个能做菜的角落，一张桌子一把椅子，胶囊床铺，胶囊下是抽拉式箱柜，可以放衣服物品。墙面上有水渍和鞋印，没做任何修饰，只是歪斜着贴了几个挂钩，挂着夹克和裤子。进屋后，彭蠡把墙上的衣服毛巾都取下来，塞到最靠边的抽屉里。转换的时候，什么都不能挂出来。老刀以前也住这样的单人公租房。一进屋，他就感觉到一股旧日的气息。

彭蠡直截了当地瞪着老刀：“你不告诉我为什么，我就不告诉你怎么走。”

已经五点半了，还有半个小时。

老刀简单讲了事情的始末。从他捡到字条瓶子，到他偷偷躲入垃圾道，到他在第二空间接到的委托，再到他的行动。他没有时间描述太多，最好马上就走。

“你躲在垃圾道里？去第二空间？”彭蠡皱着眉，“那你得等二十四小时啊。”

“二十万块。”老刀说，“等一礼拜也值啊。”

“你就这么缺钱花？”

老刀沉默了一下。“糖糖还有一年多该去幼儿园了。”他说，“我来不及了。”

老刀去幼儿园咨询的时候，着实被吓到了。稍微好一点的幼儿园招生前两天，就有家长带着铺盖卷在幼儿园门口排队，两个家长轮着，一个吃喝拉撒，另一个坐在幼儿园门口等。就这么等上四十多个小时，还不一定能排进去。前面的名额早用钱买断了，只有最后剩下的寥寥几个名额分给苦熬排队的爹妈。这只是稍微不错的幼儿园，更好一点的连排队都不行，从一开始就是钱买机会。老刀本来没什么奢望，可是自从糖糖一岁半之后，就特别喜欢音乐，每次在外面听见音乐，她就小脸放光，跟着扭动身子手舞足蹈。那个时候她特别好看。老刀对此毫无抵抗力，他就像被舞台上的灯光层层围绕着，只看到一片耀眼。无论付出什么代价，他都想送糖糖去一个能教音乐和跳舞的幼儿园。

彭蠡脱下外衣，一边洗脸，一边和老刀说话。说是洗脸，不过只是用水随便抹一抹。水马上就要停了，水流已经变得很小。彭蠡从墙上拽下一条脏兮兮的毛巾，随意蹭了蹭，又将毛巾塞进抽屉。他湿漉漉的头发显出油腻的光泽。

“你真是作死。”彭蠡说，“她又不是你闺女，犯得着吗？”

“别说这些了。快告诉我怎么走。”老刀说。

彭蠡叹了口气：“你可得知道，万一被抓着，可不只是罚款，得关上好几个月。”

“你不是去过好多次吗？”

“只有四次。第五次就被抓了。”

“那也够了。我要是能去四次，抓一次也无所谓。”

老刀要去第一空间送一样东西，送到了挣十万块，带回回信挣二十万。这不过是冒违规的大不韪，只要路径和方法对，被抓住的概率并不大，挣的却是实实在在的钞票。他不知道有什么理由拒绝。他知道彭蠡年轻的时候为了几笔风险钱，曾经偷偷进入第一空间好几次，贩卖私酒和烟。他知道这条路能走。

五点四十五分。他必须马上走了。

彭蠡又叹口气，知道劝也没用。他已经上了年纪，对事懒散倦怠了，但他明白，自己在五十岁前也会和老刀一样。那时他不在乎坐牢之类的事。不过是熬几个月出来，挨两顿打，但挣的钱是实实在在的。只要抵死不说钱的下落，最后总能过去。秩序局的条子也不过就是例行公事。他把老刀带到窗口，向下指向一条被阴影覆盖的小路。

“从我房子底下爬下去，顺着排水管，毡布底下有我原来安上去的脚蹬，身子贴得足够紧了就能避开摄像头。从那儿过去，沿着阴影爬到边上，你能摸着也能看见那道缝。沿着缝往北走。一定得往北。千万别错了。”

彭蠡接着解释了爬过土地的诀窍。要借着升起的势头，从升高的一侧沿截面爬过五十米，到另一侧地面，爬上去，然后向东，那里会有一丛灌木，在土地合拢的时候可以抓住并隐藏自己。老刀没有听完，就已经将身子探出窗口，准备向下爬了。

彭蠡帮老刀爬出窗子，扶着他踩稳了窗下的踏脚。彭蠡突然停下来。“说句不好听的。”他说，“我还是劝你最好别去。那边可不是什么好地儿，去了之后没别的，只能感觉自己的日子有多垃圾。没劲。”

老刀的脚正在向下试探，身子还扒着窗台。“没事。”他说得有点费劲，“我不去也知道自己的日子有多垃圾。”

“好自为之吧。”彭蠡最后说。

老刀顺着彭蠡指出的路径快速向下爬。脚蹬的位置非常舒服。他看到彭蠡在窗口的身影，点了根烟，非常大口地快速抽了几口，又掐了。彭蠡一度从窗口探出身子，似乎想说什么，但最终还是缩了回去。窗子关上了，发着幽幽的光。老刀知道，彭蠡会在转换前最后一分钟钻进胶囊，和整个城市数千万人一样，受胶囊定时释放出的气体催眠，陷入深深的睡眠，身子随着世界颠来倒去，头脑却一无所知，一睡就是整整四十个小时，到次日晚上再睁开眼睛。彭蠡已经老了，他终于和这个世界其他五千万人一样了。

老刀用自己最快的速度向下，一蹦一跳，在离地足够近的时候纵身一跃，匍匐在地上。彭蠡的房子在四层，离地不远。他爬起身，沿高楼在湖边投下的阴影里奔跑。他能看到草地上的裂隙，那是翻转的地方。还没跑到，就听到身后在压抑中轰鸣的隆隆声和偶尔清脆的嘎啦声。老刀转过头，高楼拦腰截断，上半截正从天上倒下，缓慢却不容置疑地压迫过来。

老刀被震住了，怔怔看了好一会儿。他跑到缝隙处，伏在地上。

转换开始了。这是二十四小时周期的分隔时刻。整个世界开始翻转。钢筋砖块合拢的声音连成一片，像出了故障的流水线。高楼收拢合并，折叠成立方体。霓虹灯、店铺招牌、阳台和附加结构都被吸收入墙体，贴成楼的肌肤。结构见缝插针，每一寸空间都被占满。

大地在升起。老刀观察着地面的走势，来到缝的边缘，又随着缝隙的升起不断向上爬。他手脚并用，从大理石铺就的地面边缘起始，沿着泥土的截面，抓住土里埋藏的金属断碴。最初是向下，用脚试探着退行，很快，随着整块土地的翻转，他被带到空中。

老刀想到前一天晚上城市的样子。

当时他从垃圾堆中抬起眼睛，警觉地听着门外的声音。周围发酵腐烂的垃圾散发出刺鼻的气息，带着一股发腥的甜腻味。他倚在门前。铁门外的世界在苏醒。

当铁门掀开的缝隙透入第一道街灯的黄色光芒，他俯下身去，从缓缓扩大的缝隙中钻出。街上空无一人，高楼灯光逐层亮起，附加结构从楼两侧探出，向两旁一节一节伸展，门廊从楼体内延伸，房檐沿轴旋转，缓缓落下，楼梯降落延伸到马路上。步行街的两侧，一个又一个黑色立方体从中间断裂，向两侧打开，露出其中货架的结构。立方体顶端伸出招牌，连成商铺的走廊，两侧的塑料棚向头顶延伸闭合。街道空旷得如同梦境。

霓虹灯亮了，商铺顶端闪烁的小灯打出新疆大枣、东北拉皮、上海烤麸和湖南腊肉。

整整一天，老刀头脑中都忘不了这一幕。他在这里生活了四十八年，还从来没有见过这一切。他的日子总是从胶囊起，至胶囊终，在脏兮兮的餐桌和被争吵萦绕的货摊之间穿行。这是他第一次看到世界纯粹的模样。

每个清晨，如果有人从远处观望——就像大货车司机在高速公路北京入口处等待时那样——他会看到整座城市的伸展与折叠。

清晨六点，司机们总会走下车，站在高速公路边上，揉着经过一夜潦草睡眠而昏沉的眼睛，打着哈欠，相互指点着望向远处的城市中央。高速截断在七环之外，所有的翻转都在六环内发生。不远不近的距离，就像遥望西山或是海上的一座孤岛。

晨光熹微中，一座城市折叠自身，向地面收拢。高楼像最卑微的仆人，弯下腰，让自己低声下气切断身体，头碰着脚，紧紧贴在一起，然后再次断裂弯腰，将头顶的手臂扭曲弯折，插入空隙。高楼弯折之后重新组合，蜷缩成致密的巨大魔方，密密匝匝地聚合到一起，陷入沉睡。然后地面翻转，小块小块的土地围绕其轴，一百八十度翻转到另一面，让另一面的建筑楼宇露出地表。楼宇于折叠中站立起身，在灰蓝色的天空中像苏醒的兽类。城市孤岛在橘黄色晨光中落位，展开，站定，腾起弥漫的灰色苍云。

司机们就在困倦与饥饿中欣赏这一幕无穷循环的城市戏剧。

二

折叠城市分为三层空间。大地的一面是第一空间，五百万人口，生存时间是从清晨六点到第二天清晨六点。空间休眠，大地翻转。翻转后的另一面是第二空间和第三空间。第二空间生活着两千五百万人口，从次日清晨六点到夜晚十点。第三空间生活着五千万人，从夜晚十点到清晨六点，然后回到第一空间。时间经过了精心规划和最优分配，小心翼翼隔离，五百万人享用二十四小时，七千五百万人享用另外二十四小时。

大地的两侧质量并不均衡，为了平衡这种不均，第一空间的土地更厚，土壤里埋藏配重物质。人口和建筑的失衡用土地来换。第一空间居民也因而认为自身的底蕴更厚。

老刀从小生活在第三空间。他知道自己的日子是什么样，不用彭蠡说他也知道。他是个垃圾工，做了二十八年垃圾工，在可预见的未来还将一直做下去。他还没找到可以独自生存的意义和最后的怀疑主义。他仍然在卑微生活的间隙占据一席。

老刀生在北京城，父亲就是垃圾工。据父亲说，他出生的时候父亲刚好找到这份工作，为此庆贺了整整三天。父亲本是建筑工，和数千万其他建筑工一样，从四方涌到北京寻工作，这座折叠城市就是父亲和其他人一起亲手建的。一个区一个区改造旧城市，像白蚁漫过木屋一样啃噬昔日的屋檐门槛，再把土地翻起，建筑全新的楼宇。他们埋头斧凿，用累累砖块将自己包围在中间，抬起头来也看不见天空，沙尘遮挡视线，他们不知晓自己建起的是怎样的恢宏。直到建成的日子高楼如活人一般站立而起，他们才像惊呆了一样四处奔逃，仿佛自己生下了一个怪胎。奔逃之后，镇静下来，又意识到未来生存在这样的城市会是怎样一种殊荣，便继续辛苦摩擦手脚，低眉顺眼勤恳辛劳，寻找各种存留下来的机会。据说城市建成的时候，有八千万想要寻找工作留下来的建筑工，最后能留下来的，不过两千万。

垃圾站的工作能找到也不容易，虽然只是垃圾分类处理，但还是层层筛选，要有力气有技巧，能分辨能整理，不怕辛苦不怕恶臭，不对环境挑三拣四。老刀的父亲靠强健的意志在汹涌的人流中抓住机会的细草，待人潮退去，留在干涸的沙滩上，低头俯身，艰难浸在人海和垃圾混合的酸腐气味中，一干就是二十年。他既是这座城市的建造者，也是这座城市的居住者和分解者。

老刀出生时，折叠城市才建好两年，他从来没去过其他地方，也没想过要去其他地方。他上了小学、中学。考了三年大学，没考上，最后还是做了垃圾工。他每天上五个小时班，从夜晚十一点到清晨四点，在垃圾站和数万同事一起，快速而机械地用双手处理废物垃圾，将第一空间和第二空间传来的生活碎屑转化为可利用的分类的材质，再丢入处理的熔炉中。他每天面对垃圾传送带上如溪水涌出的残渣碎片，从塑料碗里抠去吃剩的菜叶，将破碎酒瓶拎出，把带血的卫生巾后面未受污染的一层薄膜撕下，丢入可回收的带着绿色条纹的圆筒。他们就这么干着，以速度换生命，以数量换取薄如蝉翼的奖金。

第三空间有两千万垃圾工，他们是夜晚的主人。另外三千万人靠贩卖衣服、食物、燃料和保险过活，但绝大多数人心知肚明，垃圾工才是第三空间繁荣的支柱。每每在繁花似锦的霓虹灯下漫步，老刀就觉得头顶都是食物残渣构成的彩虹。这种感觉他没法和人交流，年轻一代不喜欢做垃圾工，他们千方百计在舞厅里表现自己，希望能找到一个打碟或伴舞的工作。在服装店做一个店员也是好的选择，手指只拂过轻巧衣物，不必在泛着酸味的腐烂物中寻找塑料和金属。少年们已经不那么恐惧生存，他们更在意外表。

老刀并不嫌弃自己的工作，但他去第二空间的时候，非常害怕被人嫌弃。

那是前一天清晨的事。他捏着小字条，偷偷从垃圾道里爬出，按地址找到写字条的人。第二空间和第三空间的距离没那么远，它们都在大地的同一面，只是在不同时间出没。转换时，一个空间高楼折起，收回地面，另一个空间高楼从地面中节节升高，踩着前一个空间的楼顶作为地面。唯一的差别是楼的密度。他在垃圾道里躲了一昼夜才等到空间敞开。他第一次到第二空间，并不紧张，唯一担心的是身上腐坏的气味。

所幸秦天是宽容大度的人。也许他早已想到自己将招来什么样的人，当小字条放入瓶中的时候，他就知道自己将面对的是谁。

秦天很和气，一眼就明白了老刀前来的目的，将他拉入房中，给他热水洗澡，还给他一件浴袍换上。“我只有依靠你了。”秦天说。

秦天是研究生，住学生公寓。一个公寓四个房间，四个人一人一间，一个厨房两个厕所。老刀从来没在这么大的厕所洗过澡。他很想多洗一会儿，将身上的气味好好冲一冲，但又担心将澡盆弄脏，不敢用力搓动。墙上喷出泡沫的时候他吓了一跳，热蒸汽烘干也让他不适应。洗完澡，他拿起秦天递过来的浴袍，犹豫了很久才穿上。他把自己的衣服洗了，又洗了厕所盆里随意扔着的几件衣服。生意是生意，他不想欠人情。

秦天要送礼物给他相好的女孩子。他们在工作中认识，当时秦天有机会去第一空间实习，联合国经济司，她也在那边实习。可惜只有一个月，回来就没法再去了。他说她生在第一空间，家教严格，父亲不让她交往第二空间的男孩，所以不敢用官方通道寄信给她。他对未来充满乐观，等他毕业就去申请联合国新青年项目，如果能入选，就也能去第一空间工作。他现在研一，还有一年毕业。他心急如焚，想她想得发疯。他给她做了一个项链坠，能发光的材质，透明的，玫瑰花造型，作为他的求婚信物。

“我当时是在一个专题研讨会，就是上回讨论联合国国债那个会，你应该听说过吧？就是那个……anyway，我当时一看，啊……

立刻跑过去跟她说话，她给嘉宾引导座位，我也不知道应该说点什么，就在她身后走过来又走过去。最后我假装要找同传，让她带我去找。她特温柔，说话细声细气的。我压根就没追过姑娘，特别紧张……我们俩好了之后有一次说起这件事……你笑什么？……对，我们是好了……还没到那种关系，就是……不过我亲过她了。”秦天也笑了，有点不好意思，“是真的。你不信吗？是。连我自己也不信。你说她会喜欢我吗？”

“我不知道啊。”老刀说，“我又没见过她。”

这时，秦天同屋的一个男生凑过来，笑道：“大叔，您这么认真干吗？这家伙哪是问你，他就是想听人说‘你这么帅，她当然会喜欢你’。”

“她很漂亮吧？”

“我跟你说也不怕你笑话。”秦天在屋里走来走去，“你见到她就知道什么叫清雅绝伦了。”

秦天突然顿住了，不说了，陷入回忆。他想起依言的嘴，他最喜欢的就是她的嘴，那么小小的，莹润的，下嘴唇饱满，带着天然的粉红色，让人看着看着就忍不住想咬一口。她的脖子也让他动心，虽然有时瘦得露出筋，但线条是纤直而好看的，皮肤又白又细致，从脖子一直延伸到衬衫里，让人的视线忍不住停在衬衫的第二个扣子那里。他第一次轻吻她一下，她躲开，他又吻，最后她退无可退，就把眼睛闭上了，像任人宰割的囚犯，引得他一阵怜惜。她的唇很软，他用手反复感受她腰和臀部的曲线。从那天开始，他就居住在思念中。她是他夜晚的梦境，是他抖动自己时看到的光芒。

秦天的同学叫张显，开始和老刀聊天，聊得很欢。

张显问老刀第三空间的生活如何，又说他自己也想去第三空间住一段时间。他听人说，如果将来想往上爬，有过第三空间的管理经验是很有用的。现在几个当红的人物，当初都是先到第三空间做管理者，然后才升到第一空间。若是停留在第二空间，就什么前途都没有，就算当个行政干部，一辈子级别也高不了。他将来想要进政府，已经想好了路。不过他说他现在想先挣两年钱再说，去银行来钱快。他见老刀的反应很迟钝，几乎不置可否，以为老刀厌恶这条路，就忙不迭地又加了几句解释。

“现在政府太混沌了，做事太慢，僵化，体系也改不动。”他说，“等我将来有了机会，我就推进快速工作作风改革。干得不行的就滚蛋。”他看老刀还是没说话，又说，“选拔也要放开。也向第三空间放开。”

老刀没回答。他其实不是厌恶，只是不大相信。

张显一边跟老刀聊天，一边对着镜子打领带，喷发胶。他已经穿好了衬衫，浅蓝色条纹，亮蓝色领带。喷发胶的时候一边闭着眼睛皱着眉毛避开喷雾，一边吹口哨。

张显夹着包走了，去银行实习上班。秦天说着话也要走。他还有课，要上到下午四点。临走前，他当着老刀的面把五万块定金从网上转到老刀卡里，说好了剩下的钱等他送到再付。老刀问他这笔钱是不是攒了很久，看他是学生，如果拮据，少要一点也可以。秦天说没事，他现在实习，给金融咨询公司打工，一个月差不多十万块。这也就是两个月工资，还出得起。老刀一个月一万块标准工资，他看到了差距，但他没有说。秦天要老刀务必带回信回来，老刀说试试。秦天给老刀指了吃喝的所在，叫他安心在房间里等转换。

老刀从窗口看向街道。他很不适应窗外的日光。太阳居然是淡白色，不是黄色。日光下的街道也显得宽阔，老刀不知道是不是错觉，这街道看上去有第三空间的两倍宽。楼并不高，比第三空间矮很多。路上的人很多，匆匆忙忙都在急着赶路，不时有人小跑着想穿过人群，前面的人就也加起速，穿过路口的时候，所有人都像是小跑着。大多数人穿得整齐，男孩子穿西装，女孩子穿衬衫和短裙，脖子上围巾低垂，手里拎着线条硬朗的小包，看上去精干。

街上汽车很多，在路口等待的时候，不时有开车的人从车窗伸出头，焦急地向前张望。老刀很少见到这么多车，他平时习惯了磁悬浮，挤满人的车厢从身边加速，呼呼一阵风。

中午十二点的时候，走廊里一阵声响。老刀从门上的小窗向外看。楼道地面化为传送带开始滚动，将各屋门口的垃圾袋推入尽头的垃圾道。楼道里腾起雾，化为密实的肥皂泡沫，飘飘忽忽地沉降，然后是一阵水，水过了又一阵热蒸汽。

背后突然有声音，吓了老刀一跳。他转过身，发现公寓里还有一个男生，刚从自己房间里出来。男生面无表情，看到老刀也没有打招呼。他走到阳台旁边的一台机器旁边，点了点，机器里传出“咔咔唰唰轰轰嚓”的声音，一阵香味飘来，男生端出一盘菜又回了房间。从他半开的门缝看过去，男孩坐在地上的被子和袜子中间，瞪着空无一物的墙，一边吃一边咯咯地笑，还不时用手推一推眼镜。他吃完把盘子放在脚边，站起身，同样对着空墙做击打动作，费力气顶住某个透明的影子，偶尔来一个背摔，气喘吁吁。

老刀对第二空间最后的记忆是街上撤退时的优雅。从公寓楼的窗口望下去，一切都带着令人羡慕的秩序感。九点十五分开始，街上一间间卖衣服的小店开始关灯，聚餐之后的人们面色红润，相互告别，年轻男女在出租车外亲吻。然后所有人回楼，世界蛰伏。

夜晚十点到了。他回到他的世界，回去上班。

三

第一空间和第三空间之间没有连通的垃圾道，第一空间的垃圾经过一道铁闸，运到第三空间之后，铁闸迅速合拢。老刀不喜欢从地表翻越，但他没有办法。

他在呼啸的风中爬过翻转的土地，抓住每一寸零落的金属残渣，找到身体和心理平衡，最后匍匐在离他最遥远的一重世界的土地上。他被整个攀爬弄得头昏脑涨，胃口也不舒服。他忍住呕吐，在地上趴了一会儿。

当他爬起身的时候，天亮了。

老刀从来没有见过这样的景象。太阳缓缓升起，天边是深远而纯净的蓝，蓝色下沿是橙黄色，有斜向上的条状薄云。太阳被一处屋檐遮住，屋檐显得异常黑，屋檐背后明亮夺目。太阳升起时，天的蓝色变浅了，但是更宁静透彻。老刀站起身，向太阳的方向奔跑，他想要抓住那道褪去的金色。蓝天中能看见树枝的剪影。他的心狂跳不已，他从来不知道太阳升起竟然如此动人。

他跑了一段路，停下来，冷静了。他站在街道中央，路的两旁是高大的树木和大片的草坪。他环视四周，目力所及，远远近近都没有一座高楼。他迷惑了，不确定自己是不是真的到了第一空间。他能看见两排粗壮的银杏。

他又退回几步，看着自己跑来的方向。街边有一个路牌。他打开手机里存的地图，虽然没有第一空间动态图权限，但有事先下载的静态图。他找到了自己的位置和他要去的地方。他刚从一座巨大的园子里奔出来，翻转的地方就在园子的湖边。

老刀在万籁俱寂的街上跑了一公里，很容易找到了要找的小区。他躲在一丛灌木背后，远远地望着那座漂亮的房子。

八点三十分，依言出来了。

她像秦天描述的一样清秀，只是没有那么漂亮。老刀早就能想到这点。不会有任何女孩长得像秦天描述得那么漂亮。他终于明白为什么秦天着重讲她的嘴。她的眼睛和鼻子很普通，只是比较秀气，没什么好讲的。她的身材还不错，骨架比较小，虽然高，但看上去很纤细。穿了一条乳白色连衣裙，有飘逸的裙摆，腰带上有珍珠，黑色高跟皮鞋。

老刀悄悄走上前去。为了不吓到她，他特意从正面走过去，离得远远地就鞠了一躬。

她站住了，惊讶地看着他。

老刀走近了，说明来意，将包裹着情书和项链坠的信封从怀里掏出来。

她的脸上滑过一丝惊慌，小声说："你先走，我现在不能和你说。"

"呃……我其实没什么要说的。"老刀说，"我只是送信的。"

她不接，双手紧紧地交握着，只是说："我现在不能收。你先走。我是说真的，拜托了，你先走好吗？"她说着低头，从包里掏出一张名片，"中午到这里找我。"

老刀低头看看，名片上写着一个银行的名字。

"十二点。到地下超市等我。"她又说。

老刀看得出她过分地不安，于是点头收起名片，回到隐身的灌木丛后，远远地观望着。很快，又有一个男人从房子里出来，到她身边。男人看上去和老刀年龄相仿，或者年轻两岁，穿着一套很合身的深灰色西装，身材高而宽阔，虽没有突出的肚子，但是觉得整个身体很厚。男人的脸无甚特色，戴眼镜，圆脸，头发向一侧梳得整齐。

男人搂住依言的腰，吻了她嘴唇一下。依言想躲，但没躲开，颤抖了一下，手挡在身前显得非常勉强。

老刀开始明白了。

一辆小车开到房子门前。单人双轮小车，黑色，敞篷，就像电视里看到的古代的马车或黄包车，只是没有马拉，也没有车夫。小车停下，歪向前，依言踏上去，坐下，拢住裙子，让裙摆均匀覆盖膝盖，散到地上。小车缓缓开动了，就像有一匹看不见的马拉着一样。依言坐在车里，小车缓慢而波澜不惊。等依言离开，一辆无人驾驶的汽车开过来，男人上了车。

老刀在原地来回踱着步子。他觉得有些东西非常憋闷，但又说不出来。他站在阳光里，闭上眼睛，清晨蓝天下清冷干净的空气沁入他的肺，给他一种冷静的安慰。

片刻之后，他才上路。依言给的地址在她家东面，三公里多一点。街上人很少。八车道的宽阔道路上行驶着零星车辆，快速经过，让人看不清车的细节。偶尔有身穿华服的女人乘坐着双轮小车缓缓飘过他身旁，她们个个端坐着，姿态优美，沿步行街看去，像一场时装秀。没有人注意到老刀。绿树摇曳，树叶下的林荫路留下长裙的气味。

依言的办公地在西单某处。这里完全没有高楼，围绕着一座花园只有零星分布的小楼。楼与楼之间的联系气若游丝，几乎看不出它们是一体的。走到地下，才看到相连的通道。

老刀找到超市。时间还早。一进入超市，就有一辆小车跟上他，每次他停留在货架旁，小车上的屏幕上就显示出这件货物的介绍、评分和同类货物质量比。超市里的东西都写着他看不懂的文字。食物包装精致，小块糕点和水果用诱人的方式摆在盘里，等人自取。他没有触碰任何东西，仿佛它们是危险的动物。整个超市似乎并没有警卫或店员。

还不到十二点，顾客就多了起来。有穿西装的男人走进超市，取三明治，在门口刷一下脸就匆匆离开了。还是没有人特别注意老刀。他在门口不起眼的位置等着。

依言出现了。老刀迎上前去，依言看了看左右，没说话，带他去了隔壁的一家小餐厅。两个穿格子裙的小机器人迎上来，接过依言手里的小包，又带他们到位子上，递上菜单。依言在菜单上按了几下，小机器人转身，轮子平稳地滑回了后厨。

两个人面对面坐了片刻，老刀又掏出信封。

依言却没有接："你能听我解释一下吗？"

老刀把信封推到她面前："你先收下这个。"

依言推回给他。

“你先听我解释一下行吗？”依言又说。

“你没必要跟我解释。”老刀说，“信不是我写的。我只是送信而已。”

“可是你回去要告诉他的。”依言低了低头。小机器人送上了两个小盘子，一人一份，是某种红色的生鱼片，薄薄两片，摆成花瓣的形状。依言没有动筷子，老刀也没有。信封被小盘子隔在中央，两个人谁也没再推，“我不是背叛他。去年他来的时候我就已经订婚了。我也不是故意瞒他或欺骗他，或者说……是的，我骗了他，但那是他自己猜的。他见到吴闻来接我，就问是不是我爸爸。我……我没法回答他。你知道，那太尴尬了。我……”

依言说不下去了。

老刀等了一会儿说：“我不想追问你们之前的事。你收下信就行了。”

依言低了好一会儿头才抬起来：“你回去以后，能不能替我瞒着他？”

“为什么？”

“我不想让他以为我是个耍他的坏女人。其实我心里是喜欢他的。我也很矛盾。”

“这些和我没关系。”

“求你了……我是真的喜欢他。”

老刀沉默了一会儿，他需要做一个决定。

“可是你还是结婚了？”他问她。

“吴闻对我很好。好几年了。”依言说，“他认识我爸妈。我们订婚也很久了。况且……我比秦天大三岁，我怕他不能接受。秦天以为我是实习生。这点也是我不好，我没说实话。最开始只是随口说的，到后来就没法改口了。我真的没想到他是认真的。”

依言慢慢透露了她的信息。她是这个银行的总裁助理，已经工作两年多了，只是被派往联合国参加培训，赶上那次会议，就帮忙参与了组织。她本不需要上班，老公挣的钱足够多，可她不希望总是一个人待在家里，才出来上班，每天只工作半天，拿半薪。其余的时间自己安排，可以学一些东西。她喜欢学新东西，喜欢认识新人，也喜欢联合国培训的那几个月。她说像她这样的太太很多，半职工作的也很多。中午她下了班，下午会有另一个太太去做助理。她说虽然对秦天没有说实话，可是她的心是真诚的。

"所以……"她给老刀夹了新上来的热菜，"你能不能暂时不告诉他？等我……有机会亲自向他解释可以吗？"

老刀没有动筷子。他很饿，可是他觉得这时不能吃。

"可是这等于说我也得撒谎。"老刀说。

依言回身将小包打开，将钱包取出来，掏出五张一万块的纸币推给老刀："一点心意，你收下。"

老刀愣住了。他从来没见过一万块钱的纸钞。他生活里从来不需要花这么大的面额。他不自觉地站起身，感到恼怒。依言推出钱的样子就像是早预料到他会讹诈，这让他受不了。他觉得自己如果拿了，就是接受贿赂，将秦天出卖了。虽然他和秦天并没有任何结盟关系，但他觉得自己在背叛他。老刀很希望自己这个时候能将钱扔在地上，转身离去，可是他做不到这一步。他又看了几眼那几张钱，五张薄薄的纸散开摊在桌子上，像一把破扇子。他能感觉它们在他体内产生的力量。它们是淡蓝色的，和一千块的褐色与一百块的红色都不一样，显得更加幽深遥远，像是一种挑逗。他几次想再看一眼就离开，可是一直都没做到。

她又匆匆翻动小包，前前后后都翻了，最后从一个内袋里拿出五万块，和刚才的钱摆在一起。"我只带了这么多，你都收下吧。"她说，"你帮帮我。其实我之所以不想告诉他，也是不确定以后会怎么样。也许我有一天真的会有勇气和他在一起呢。"

老刀看看那十张纸币，又看看她。他觉得她并不相信自己的话，她的声音充满迟疑，出卖了她的心。她只是将一切都推到将来，以消解此时此刻的难堪。她很可能不会和秦天私奔，可是也不想让他讨厌她，于是留着可能性，让自己好过一点。老刀能看出她在骗她自己，可是他也想骗自己。他对自己说，他对秦天没有任何义务，秦天只是委托他送信，他把信送到了，现在这笔钱是另一项委托，保守秘密的委托。他又对自己说，也许她和秦天将来真的能在一起也说不定，那样就是成人之美。他还说，想想糖糖，为什么去管别人的事而不管糖糖呢？他似乎安定了一些，手指不知不觉触到了钱的边缘。

“这钱……太多了。”他给自己一个台阶下，“我不能拿这么多。”

“拿着吧，没事。”她把钱塞到他手里，“我一个礼拜就挣出来了。没事的。”

“那我怎么跟他说？”

“你就说我现在不能和他在一起，但是我真的喜欢他。我给你写个字条，你帮我带给他。”依言从包里找出一个画着孔雀绣着金边的小本子，轻盈地撕下一张纸，低头写字。她的字看上去像倾斜的芦苇。

最后，老刀离开餐厅的时候，又回头看了一眼。依言的眼睛注视着墙上的一幅画。她的姿态静默优雅，看上去就像永远都不会离开这里似的。

他用手捏了捏裤子口袋里的纸币。他讨厌自己，可是他想把它们抓牢。

四

老刀从西单出来，依原路返回。重新走早上的路，他觉得倦意丛生，一步也跑不动了。宽阔的步行街两侧是一排垂柳和一排梧桐，正是晚春，都是鲜亮的绿色。他让暖意丛生的午后阳光照亮僵硬的面孔，也照亮空乏的心底。

他回到早上离开的园子，赫然发现园子里来往的人很多。园子外面两排银杏树庄严茂盛。园门口有黑色小汽车驶入。园里的人多半穿着材质顺滑、剪裁合体的西装，也有穿黑色中式正装的，看上去都有一番眼高于顶的气质。也有外国人。他们有的正在和身边人讨论什么，有的远远地相互打招呼，笑着携手向前走。

老刀犹豫了一下要到哪里去，街上人很少，他一个人站着极为显眼，去公共场所又容易被注意，他很想回到园子里，早一点找到转换地，到一个没人的角落睡上一觉。他太困了，又不敢在街上睡。他见出入园子的车辆并无停滞，就也尝试着向里走。直到走到园门边上，他才发现有两个小机器人左右巡视。其他人和车走过都毫无问题，到了老刀这里，小机器人忽然发出“嘀嘀”的叫声，转着轮子向他驶来。声音在宁静的午后显得刺耳。园里人的目光汇集到他身上。他慌了，不知道是不是自己的衬衫太寒酸。他尝试着低声对小机器人说话，说他的西装落在里面了，可是小机器人只是“嘀嘀嗒嗒”地叫着，头顶红灯闪烁。园里的人们停下脚步看着他，像是看到小偷或奇怪的人。很快，从最近的建筑中走出三个男人，步履匆匆地向他们跑过来。老刀紧张极了，他想退出去，已经太晚了。

“出什么事了？”领头的人高声询问着。

老刀想不出解释的话，手下意识地搓着裤子。

一个三十几岁的男人走在最前面，一到老刀跟前就用一个纽扣一样的小银盘上上下下地晃着，围绕着老刀画出轨迹。他用怀疑的眼神打量他，像试图用罐头刀撬开他的外壳。

“没记录。”男人将手中的小银盘向身后更年长的男人示意，“带回去吧？”

老刀突然向后跑，向园外跑。

可没等他跑出去，两个小机器人就悄无声息地挡在他面前，扣住了他的小腿。它们的手臂是箍，轻轻一扣就合上了。他一下子踉跄了，差点摔倒又摔不倒，手臂在空中无力地乱画。

“跑什么？”年轻男人更严厉地走到他面前，瞪着他的眼睛。

“我……”老刀头脑嗡嗡响。

两个小机器人将他的两条小腿扣紧，抬起，放在它们轮子边上的平台上，然后异常同步地向最近的房子驶去，平稳迅速，保持并肩。从远处看上去，或许会以为老刀脚踩风火轮。老刀毫无办法，除了心里暗喊一声“糟糕”，简直没有别的话说。他懊恼自己如此大意，人这么多的地方，怎么可能没有安全保障？他责怪自己是困倦得昏了头，竟然在这样大的安全关节上犯如此低级的错误。这下一切完蛋了，他想，钱都没了，还要坐牢。

小机器人从小路绕向建筑后门，在后门的门廊里停下来。三个男人跟了上来。年轻男人和年长男人似乎就老刀的处理问题起了争执，但他们的声音很低，老刀听不见。片刻之后，年长男人走到他身边，将小机器人解锁，然后拉着他的大臂走上二楼。

老刀叹了一口气，横下一条心，觉得事到如今，只好认命。

年长者带他进入一个房间。他发现这是一个旅馆房间，非常大，比秦天的公寓客厅还大，似乎有自己租的房子两倍大。房间的色调是暗沉的金褐色，一张极宽大的双人床摆在中央。床头背后的墙面上是颜色过渡的抽象图案，落地窗，白色半透明纱帘，窗前是一个小圆桌和两张沙发。他心里惴惴不安，不知道年长者的身份和态度。

“坐吧，坐吧。”年长者拍拍他的肩膀，笑笑，“没事了。”

老刀狐疑地看着他。

“你是第三空间来的吧？”年长者把他拉到沙发边上，伸手示意。

“您怎么知道？”老刀无法撒谎。

“从你裤子上。”年长者用手指指他的裤腰，“你那商标还没剪呢。这牌子只有第三空间有卖的。我小时候我妈就喜欢给我爸买这牌子。”

“您是……”

“别您您的，叫你吧。我估摸着我也比你大不了几岁。”

“你今年多大？我五十二……”

“你看看，就比你大四岁。”他顿了一下，又说，“我叫葛大平，你叫我老葛吧。”

老刀放松了些。老葛把西装脱了，活动了一下膀子，从墙壁里接了一杯热水，递给老刀。他脸长长的，眼角眉梢和两颊都有些下垂，戴一副眼镜，也向下耷拉着，头发有点自来卷，蓬松地堆在头顶，说起话来眉毛一挑一挑，很有喜剧效果。他自己泡了点茶，问老刀要不要，老刀摇摇头。

“我原来也是第三空间的。咱也算半个老乡吧。”老葛说，“所以不用太拘束。我还是能管点事，不会把你送出去的。”

老刀长长地出了口气，心里感叹万幸。他于是把自己到第二空间、第一空间的始末讲了一遍，略去依言感情的细节，只说送到了信，就等着回去。

老葛于是也不见外，把他自己的情况讲了。他从小也在第三空间长大，父母都给人送货。十五岁的时候考上了军校，后来一直当兵，文化兵，研究雷达，能吃苦，技术又做得不错，赶上机遇又好，居然升到了雷达部门主管，大校军衔。家里没背景不可能再升，就申请转业，到了第一空间一个支持性部门，专给政府企业作后勤保障，组织会议出行，安排各种场面。虽然是蓝领的活儿，但因为涉及的都是政要，又要协调管理，就一直住在第一空间。这种人也不少，厨师、大夫、秘书、管家，都算是高级蓝领了。他们这个机构安排过很多重大场合，老葛现在是主任。老刀知道，老葛说得谦虚，说是蓝领，其实能在第一空间做事的都是牛人，即使厨师也不简单，更何况他从第三空间上来，能管雷达。

“你在这儿睡一会儿。晚上我带你吃饭去。”老葛说。

老刀受宠若惊，不大相信自己的好运。他心里还有担心，但是白色的床单和错落堆积的枕头显出召唤气息，他的腿立刻发软了，倒头昏昏沉沉睡了几个小时。

醒来的时候天色暗了，老葛正对着镜子捋头发。他向老刀指了指沙发上的一套西装制服，让他换上，又给他胸口别上一个微微闪着红光的小徽章，作为身份认证。

下楼来，老刀发现原来这里有这么多人。似乎刚刚散会，三三两两聚集在大厅里说话。大厅一侧是会场，门还开着，门看上去很厚，包着红褐色皮子；另一侧是一个个铺着白色桌布的高脚桌，桌布在桌面下用金色缎带打了蝴蝶结，桌中央的小花瓶插着一枝百合，花瓶旁边摆着饼干和干果，一旁的长桌上则有红酒和咖啡供应。聊天的人们在高脚桌之间穿梭，小机器人头顶托盘，收拾喝光的酒杯。

老刀尽量镇定地跟着老葛。走到会场内，他忽然看到一面巨大的展示牌，上面写着：

折叠城市五十年。

“这是……什么？”他问老葛。

“哦，庆典啊。”老葛正在监督场内布置，“小赵，来一下，你去把桌签再核对一遍。机器人有时候还是不如人靠谱，它们认死理儿。”

老刀看到，会场里现在是晚宴的布置，每张大圆桌上都摆着鲜艳的花朵。

他有一种恍惚的感觉，站在角落里，看着会场中央巨大的吊灯，像是被某种光芒四射的现实笼罩，却只存在于它的边缘。舞台中央是演讲的高台，背后的布景流动播映着北京城的画面。大概是航拍，拍到了全城的风景，清晨和日暮的光影，紫红色暗蓝色天空，云层快速流转，月亮从角落上升起，太阳在屋檐上沉落。大气中正的布局，沿中轴线对称的城市设计，延伸到六环的青砖院落和大面积绿地花园。中式风格的剧院，日本式美术馆，极简主义风格的音乐厅建筑群。然后是城市的全景，真正意义上的全景，包含转换的整个城市双面镜头：大地翻转，另一面城市，边角锐利的写字楼，朝气蓬勃的上班族；夜晚的霓虹，白昼一样的天空，高耸入云的公租房，影院和舞厅的娱乐。

只是没有老刀上班的地方。

他仔细地盯着屏幕，不知道其中会不会展示建城时的历史。他希望能看见父亲的时代。小时候父亲总是用手指着窗外的楼，说“当时我们”。狭小的房间正中央挂着陈旧的照片，照片里的父亲重复着垒砖的动作，一遍一遍，无穷无尽。他那时每天都要看那照片很多遍，几乎已经腻烦了，可是这时他希望影像中出现哪怕一小段垒砖的镜头。

他沉浸在自己的恍惚中。这也是他第一次看到转换的全景。他几乎没注意到自己是怎么坐下的，也没注意到周围人的落座，台上人讲话的前几分钟，他并没有注意听。

“……有利于服务业的发展，服务业依赖于人口规模和密度。我们现在的城市服务业已经占到 GDP 比重的 85% 以上，符合世界一流都市的普遍特征。另外最重要的就是绿色经济和循环经济。”这句话抓住了老刀的注意力。“循环经济”和“绿色经济”是他们工作站的口号，写得比人还大，贴在墙上。他望向台上的演讲人，是个白发老人，但是精神显得异常饱满，“……通过垃圾的完全分类处理，我们提前实现了本世纪节能减排的目标；减少污染，也发展出成体系成规模的循环经济；每年废旧电子产品中回收的贵金属已经完全投入再生产，塑料的回收率也已达到 80% 以上；回收直接与再加工工厂相连……”

老刀有远亲在再加工工厂工作，在科技园区，远离城市，只有工厂和工厂和工厂。据说那边的工厂都差不多，机器自动作业，工人很少，少量工人晚上聚集在一起，就像荒野部落。

他仍然恍惚着。演讲结束之后，热烈的掌声响起，才将他从自己的纷乱念头中拉出来，他也跟着鼓了掌，虽然不知道为什么。他看到演讲人从舞台上走下来，回到主桌上正中间的座位。所有人的目光都跟着他。

忽然老刀看到了吴闻。

吴闻坐在主桌旁边的一桌，见演讲人回来就起身去敬酒，然后似乎有什么话要问演讲人。演讲人又站起身，跟吴闻一起到大厅里。老刀不自觉地站起来，心里充满好奇，也跟着他们。老葛不知道到哪里去了，周围开始上菜。

老刀到了大厅，远远地观望，对话只能听见片段。

"……批这个有很多好处。"吴闻说，"是，我看过他们的设备了……自动化处理垃圾，用溶液消解，大规模提取材质……清洁，成本也低……您能不能考虑一下？"

吴闻的声音不高，但老刀清楚地听见"处理垃圾"的字眼，不由自主凑上前去。

白发老人的表情相当复杂，他等吴闻说完，过了一会儿才问："你确定溶液无污染？"

吴闻有点犹豫："现在还是有一点……不过很快就能减到最低。"

老刀离得很近了。

白发老人摇了摇头，眼睛盯着吴闻："事情哪是那么简单的，你这个项目要是上马了，大规模一改造，又不需要工人，现在那些劳动力怎么办？上千万垃圾工失业怎么办？"

白发老人说完转过身，又返回会场。吴闻呆愣愣地站在原地。一个从始至终跟着老人的秘书模样的人走到吴闻身旁，同情地说："您回去好好吃饭吧。别想了。其实您应该明白这道理，就业的事是顶天的事。您以为这种技术以前就没人做吗？"

老刀能听出这是与他有关的事，但他摸不准怎样是好的。吴闻的脸显出一种迷惑、懊恼而又顺从的神情，老刀忽然觉得，他也有软弱的地方。

这时，白发老人的秘书忽然注意到老刀。

"你是新来的？"他突然问。

“啊……嗯。”老刀吓了一跳。

“叫什么名字？我怎么不知道最近进人了？”

老刀有些慌，心怦怦跳，他不知道该说些什么。他指了指胸口上别着的工作人员徽章，仿佛期望那上面有个名字浮现出来，但徽章上什么都没有。他的手心涌出汗液。秘书看着他，眼中的怀疑更甚了。他随手拉住一个会务人员，那人说不认识老刀。

秘书的脸铁青着，一只手抓住老刀的手臂，另一只手拨了通讯器。

老刀的心提到嗓子眼儿，就在那一刹那，他看到了老葛的身影。

老葛一边匆匆跑过来，一边按下通讯器，笑着和秘书打招呼，点头弯腰，向秘书解释说这是临时从其他单位借调过来的同事，开会人手不够，临时帮忙的。秘书见老葛知情，也就不再追究，返回会场。老葛将老刀又带回自己的房间，免得再被人撞见检查。深究起来没有身份认证，老葛也做不得主。

“没有吃席的命啊。”老葛笑道，“你等着吧，待会儿我给你弄点吃的回来。”

老刀躺在床上，又迷迷糊糊睡了。他反复想着吴闻和白发老人说的话，自动垃圾处理，这是什么样的呢？如果真的这样，是好还是不好呢？

再次醒来时，老刀闻到一股香味，老葛已经在小圆桌上摆了几碟子菜，正在从墙上的烤箱中把剩下的一个菜端出来。老葛又拿来半瓶白酒和两个玻璃杯，倒上。

“有一桌就坐了俩人，我把没怎么动过的菜弄了点回来，你凑合吃，别嫌弃就行。他们吃了一会儿就走了。”老葛说。

“哪儿能嫌弃呢？”老刀说，“有口吃的就感激不尽了。这么好的菜。这些菜很贵吧？”

“这儿的菜不对外，所以都不标价。我也不知道多少钱。”老葛已经开动了筷子，“也就一般吧。估计一两万之间，个别贵一点可能三四万。就那么回事。”

老刀吃了两口才真的觉得饿了。他有抗饥饿的办法，忍上一天不吃东西也可以，身体会有些颤抖发飘，但精神不受影响。直到这时，他才发觉自己的饥饿。他只想快点咀嚼，牙齿的速度赶不上胃口空虚的速度。吃得急了，就喝一口酒。这白酒很香，不辣。老葛慢悠悠地品着酒，微笑着看着他。

“对了……”老刀吃得半饱时，想起刚才的事，“今天那个演讲人是谁？我看着很面熟。”

“也总上电视嘛。”老葛说，“我们的顶头上司，很厉害的老头儿。他可是管实事的，城市运作的事都归他管。”

“他们今天说起垃圾自动处理的事。你说以后会改造吗？”

“这事啊，不好说。”老葛咂了口酒，打了个嗝，“我看够呛。关键是，你得知道当初为啥弄人工处理。其实当初的情况就跟欧洲20世纪末差不多，经济发展，但失业率上升，印钱也不管用，菲利普斯曲线不符合。”

他看老刀一脸茫然，呵呵笑了起来：“算了，这些东西你也不懂。”

他跟老刀碰了碰杯子，两人一齐喝了又斟上。

“反正就说失业吧，这你肯定懂。”老葛接着说，“人工成本往上涨，机器成本往下降，到一定时候就是机器便宜。生产力一改造，升级了，GDP上去了，失业也上去了。怎么办？政策保护？福利？越保护工厂越不雇人。你现在上城外看看，那几公里的厂区就没几个人。农场不也是嘛。大农场一搞几千亩地，全设备耕种，根本要不了几个人。咱们当时怎么搞过欧美的？不就是这么规模化搞的嘛。但问题是，地都腾出来了，人都省出来了，这些人干吗去呢？欧洲那边是强行减少每人的工作时间，增加就业机会，可是这样没活力你明白吗？最好的办法是彻底减少一些人的生活时间，再给他们找到活儿干。你明白了吧？就是塞到夜里。这样还有一个好处，就是每次通货膨胀几乎传不到底层去，印钞票、花钞票都是能贷款的人消化了，GDP 涨了，底下的物价却不涨。人们根本不知道。”

老刀听得似懂非懂，但是老葛的话里有一股凉意，他还是能听出来的。老葛还是嬉笑的腔调，但与其说是嬉笑，倒不如说是不愿意让自己的语气太直白而故意如此。

“这话说着有点冷。”老葛自己也承认，“可就是这么回事。我也不是住在这儿了就说话向着这儿。只是这么多年过来，人就木了，好多事没法改变，也只当那么回事了。”

老刀有点明白老葛的意思了，可他不知道该说什么好。

两人都有点醉。他们趁着醉意，聊了不少以前的事，聊小时候吃的东西，学校的打架。老葛最喜欢吃酸辣粉和臭豆腐，在第一空间这么久都吃不到，心里想得痒痒的。老葛说起自己的父母，他们还在第三空间，他也不能总回去，每次回去都要打报告申请，实在不太方便。他说第三空间和第一空间之间有官方通道，有不少特殊的人也总是在其中往来。他希望老刀帮他带点东西回去，弥补一下他自己亏欠的心。老刀讲了他孤独的少年时光。

昏黄的灯光中，老刀想起过去——一个人游荡在垃圾场边缘的所有时光。

不知不觉已经是深夜。老葛还要去看一下夜里会场的安置，就又带老刀下楼。楼下还有未结束的舞会末尾，三三两两男女正从舞厅中走出。老葛说企业家大半精力旺盛，经常跳舞到凌晨。散场的舞厅器物凌乱，像女人卸了妆。老葛看着小机器人在狼藉中一一收拾，笑称这是第一空间唯一真实的片刻。

老刀看了看时间，还有三个小时转换。他收拾了一下心情，该走了。

五

白发演讲人在晚宴之后回到自己的办公室，处理了一些文件，又和欧洲那边进行了视频通话。十二点感觉疲劳，摘下眼镜揉了揉鼻梁两侧，准备回家。他经常工作到午夜。

电话突然响了，他按下耳机。是秘书。

大会研究组出了状况。之前印好的大会宣言中有一个数据计算结果有误，白天突然有人发现。宣言在会议第二天要向世界宣读，因而会议组请示要不要把宣言重新印刷。白发老人当即批准。这是大事，不能有误。他问是谁负责此事，秘书说，是吴闻主任。

他靠在沙发上小睡。清晨四点，电话又响了。印刷有点慢，预计还要一个小时。

他起身望向窗外。夜深人静，漆黑的夜空能看到静谧的猎户座亮星。

猎户座亮星映在镜面般的湖水中。老刀坐在湖水边上，等待转换来临。

他看着夜色中的园林，猜想这可能是自己最后一次看这片风景。他并不忧伤留恋，这里虽然静美，可是和他没关系，他并不钦羡嫉妒。他只是很想记住这段经历。夜里灯光很少，比第三空间遍布的霓虹灯少很多，建筑散发着沉睡的呼吸，幽静安宁。

清晨五点，秘书打电话说，材料印好了，还没出车间，问是否人为推迟转换的时间。

白发老人斩钉截铁地说，废话，当然推迟。

清晨五点四十分，印刷品抵达会场，但还需要分装在三千个会议夹子中。

老刀看到了依稀的晨光，这个季节六点还没有天亮，但已经能看到蒙蒙曙光。

他做好了一切准备，反复看手机上的时间。有一点奇怪，已经只有一两分钟到六点了，还是没有任何动静。他猜想也许第一空间的转换更平稳顺滑。

清晨六点十分，分装结束。

白发老人松了一口气，下令转换开始。

老刀发现地面终于动了，他站起身，活动了一下有点麻木的手脚，小心翼翼来到边缘。土地的缝隙开始拉大，缝隙两边同时向上掀起。他沿着其中一边往截面上移动，背身挪移，先用脚试探着，手扶住地面退行。大地开始翻转。

六点二十分，秘书打来紧急电话，说吴闻主任不小心将存着重要文件的数据 Key 遗忘在会场，担心会被机器人清理，需要立即取回。

白发老人有点恼怒，但也只好下令转换停止，恢复原状。

老刀在截面上正慢慢挪移，忽然感觉土地的移动停止了，接着开始掉转方向，已错开的土地开始合拢。他吓了一跳，连忙向回攀爬。他害怕滚落，手脚并用，异常小心。

土地回归的速度比他想象得快。就在他爬到地表的时候，土地合拢了，他的一条小腿被两块土地夹在中间。尽管是泥土，不足以切筋断骨，但力量十足，他试了几次也无法挣脱出来。他心里大叫糟糕，头顶因为焦急和疼痛渗出了汗水。他不知道自己是否被人发现了。

老刀趴在地上，静听着周围的声音。他似乎听到匆匆接近的脚步声。他想象着很快就有警察过来，将他抓起来，夹住的小腿会被砍断，带着创口扔到监牢里。他不知道自己是什么时候暴露了身份。他伏在青草覆盖的泥土上，感觉到晨露的冰凉。湿气从领口和袖口侵入他的身体，让他觉得清醒，却又忍不住战栗。他默数着时间，期盼这只是技术故障。他设想着自己如果被抓住了该说些什么。也许他该交代自己二十八年工作的勤恳诚实，赚一点同情分。他不知道自己会不会被审判。命运在前方逼人不已。

命运直抵胸膛。回想这四十八小时的全部经历，最让他印象深刻的是最后一晚老葛说过的话。他觉得自己似乎接近了些许真相，因而见到命运的轮廓。可是那轮廓太远，太冷静，太遥不可及。

他不知道了解一切有什么意义，如果只是看清楚一些事情，却不能改变，又有什么意义。他连看都还无法看清，命运对他就像偶尔显出形状的云朵，倏忽之间又看不到了。他知道自己仍然是数字。在五千一百二十八万这个数字中，他只是最普通的一个。如果偏生是那一百二十八万中的一个，还会被四舍五入，就像从来没存在过，连尘土都不算。他抓住地上的草。

六点三十分，吴闻取回数据Key。六点四十分，吴闻回到房间。

六点四十五分，白发老人终于疲倦地倒在办公室的小床上。指令已经按下，世界的齿轮开始缓缓运转。书桌和茶几表面伸出透明的塑料盖子，将一切物品罩住并固定。小床散发出催眠气体，四周立起围栏，然后从地面脱离，地面翻转，床像一只篮子始终保持水平。

转换重新启动了。

老刀在三十分钟的绝望之后突然看到生机。大地又动了起来。他在第一时间拼尽力气将小腿抽离出来，在土地掀起足够高度的时候重新回到截面上。他更小心地撤退。血液复苏的小腿开始刺痒疼痛，如百爪挠心，几次让他摔倒，剧烈的疼痛让他只好用牙齿咬住拳头。他摔倒爬起，又摔倒又爬起，在角度飞速变化的土地截面上维持艰难的平衡。

他不记得自己是怎么拖着腿上楼的，只记得秦天开门时，他昏了过去。

在第二空间，老刀睡了十个小时。秦天找同学来帮他处理了腿伤。肌肉和软组织大面积受损，很长一段时间会妨碍走路，但所幸骨头没断。他醒来后将依言的信交给秦天，看秦天幸福而又失落的样子，他什么话也没有说。他知道，秦天会长久地沉浸在距离的期冀中。

再回到第三空间，他感觉像是已经走了一个月。城市仍然在缓慢苏醒，城市居民经历了一场与平常无异的睡眠，和前一天连续，不会有人发现老刀的离开。

他在步行街营业的第一时间坐到塑料桌旁，要了一盘炒面，生平第一次加了一份肉丝。只是一次而已，他想，可以犒劳一下自己。然后他去了老葛家，将老葛给父母的两盒药带给他们。两位老人都已经不大能走动了，一个木讷的小姑娘住在家里看护他们。

他拖着伤腿缓缓踱回自己租的房子。楼道里喧扰嘈杂，充满起床时分洗漱、冲厕所和吵闹的声音，蓬乱的头发和乱敞的睡衣在门里门外穿梭。他等了很久电梯，刚上楼就听见争吵，他仔细一看，是隔壁的女孩阑阑、阿贝和收租的老太太。整栋楼是公租房，但是社区有统一收租的代理人，每栋楼又有分包，甚至每层都有单独的收租人。老太太也是老住户了，儿子不知道跑到哪里去了。她长得又瘦又小，一个人住着，房门总是关闭，不和人来往。阑阑和阿贝两个卖衣服的女孩子在这一层算是新人。阿贝的声音很高，阑阑拉着她，阿贝抢白了阑阑几句，阑阑倒哭了。

“咱们都是按合同来的哦。”老太太用手戳着墙壁上屏幕里滚动的条文，“我这个人从不撒谎哦。你们知不知道什么是合同咧？秋冬加收 10% 取暖费，合同里写得清清楚楚哦。”

“凭什么啊？凭什么？”阿贝扬着下巴，一边狠狠地梳着头发，“你以为你那点小猫腻我们不知道？我们上班时你把空调全关了，最后你这儿按电费交钱，我们这儿给你白交供暖费。你蒙谁啊你！每天下班回来这屋里冷得跟冰窖一样。你以为我们新来的好欺负吗？”

阿贝的声音尖而脆，划得空气道道裂痕。老刀看着阿贝的脸，年轻、饱满而意气高昂的脸，很漂亮。她和阑阑帮他很多，他不在家的时候，她们经常帮他照看糖糖，也会给他熬点粥。他忽然想让阿贝不要吵了，忘了这些细节，只是不要吵了。他想告诉她，女孩子应该安安静静坐着，让裙子盖住膝盖，微微一笑露出好看的牙齿，轻声说话，那样才有人爱。可是他知道她们需要的不是这些。

他从衣服的内衬掏出一张一万块的钞票，虚弱地递给老太太。老太太目瞪口呆，阿贝、阑阑看得傻了。他不想解释，摆摆手回到了自己的房间。

摇篮里，糖糖刚刚睡醒，正迷糊着揉眼睛。他看着糖糖的脸，疲倦了一天的心忽地软下来。他想起最初在垃圾站门口抱起糖糖时，她那张脏兮兮的哭累了的小脸。他从没后悔将她抱来。她笑了，吧唧了一下小嘴。他觉得自己还是幸运的。尽管伤了腿，但毕竟没被抓住，还带了钱回来。他不知道糖糖什么时候才能学会唱歌跳舞，成为一个淑女。

他看看时间，该去上班了。

天国之门 / 叶星曦

听到有人呼唤自己的名字，阿基德抬起头来。他的眼睛暗淡无光，令人厌恶的笑容也消失得无影无踪。这个男人的身上现在只剩下了绝望，比任何人都要深重的绝望。

强袭登陆舰“先锋号”结束了跃迁航行，在行星附近的跃迁点脱离了亚空间。

由于跃迁力场干扰，扫描器和外部电子设备花了三十秒才上线。船长艾琳娜·柯尔坐在舰桥最高处的船长席上，俯瞰着全息显示屏上那座飘浮在昏黄色大气层边缘的空间站。

“这里是‘先锋号’。”她打开通信系统，“288 基地请回话！重复，288 基地请回话！”

“这里是 288 基地，感谢上帝，你们终于来了，陆战队。”通信频道中充满了杂波，“那些鬼东西攻占了动力室和太空港，它们还摧毁了‘奋斗者号’！六到八层已经失守，最糟糕的是，我们失去了防空系统的控制权。看在上帝的分儿上，快来救救我们！”

“坚持住，228 基地。”艾琳娜说，“我们马上登陆 2 号太空港。”

“2 号太空港？你们疯了吗？那周围全是‘奋斗者号’的残骸！”

“这是强攻行动，完毕。”

切断了通信，艾琳娜接通了内部频道，“陈剑少校，你们准备好了吗？”

“随时候命，舰长阁下。”出现在屏幕上的是一名身穿动力盔甲的陆战队指挥官，他的盔甲与普通陆战队员没什么区别，但是为了搭载指挥模块，头盔要比普通陆战队员大很多，还搭载了比标准级大一倍的通信设备。在他身后，立着整整两百名陆战队员，他们身穿动力盔甲，组成了威严的军阵。

“很好，即将开始登陆，我会把你们送到最近的登陆场，务必把所有敌人斩尽杀绝！”

“收到，舰长阁下。”

“舵手，”艾琳娜转向前排，“准备强行登陆，目标 2 号太空港。”

“遵命，舰长阁下。”坐在前排舵手位置的黑发女孩回应道。

放眼望去，整个舰桥中的所有工作人员——包括舰长在内——全都是女性。人类的星舰从若干个世纪之前便开始使用这种人员配置：女人负责操作星舰，男人则登陆星球开拓和战斗。在人类获得跃迁技术的初期，面对突然被扩大了几十倍的开拓空间，人类不得不进行全体动员，再加上后来的几场星际战争，使人口基数变得不足以支撑庞大的殖民体系。于是，人类将男人和女人全部动员起来，组成最初的陆战队和舰队，这一体制几经变革，一直沿用至今。

“先锋号”启动了舰艄一侧的姿态控制引擎，青蓝色的等离子焰将舰艄推向正确的航线，那颗昏黄的行星占据了舰桥屏幕一半以上的视野，另外一侧则是遥远的恒星和作为宇宙背景的巨大气体云团。一小时后，结束了第二周环绕的“先锋号”再次变轨，进入与 228 基地的交会轨道。星舰在年轻舵手操纵下，轻盈地在大气层边缘跳着舞步，逐渐接近了目标。

距离目标二百公里，舰桥上部的光学传感器捕捉到了 228 基地的影像。那基地只是一座普通的空间站，并没有驻扎军队，只有标准配置的防空火炮。它拥有两个太空港，其中一个港口周围飘浮着大量残骸，看起来似乎是一艘运输舰的一部分。除此之外，基地还有一个车轮形的居住区，依靠离心力产生人工重力，下部的连接结构似乎是为将来建造轨道塔而预留的，显得有些头重脚轻。不过，这座基地要想变成轨道塔还需要进行扩建，它现在的质量并不足以产生支撑塔身的离心力。

“先锋号，这里是 228 基地。”基地指挥官的影像出现在屏幕上，他是个黑人，看起来四十多岁，不过信号似乎不好，有很多干扰，“一小时前，2 号太空港内出现大量金属异形。我们的人已经从空港调度室撤退，系统全部断线，完全无法掌握那边的情况，也无法启动对接系统，你们也许会在登陆时遇到麻烦。”

“指挥官，”艾琳娜说，“登陆的细节你不需要担心，我们都是专家。”

“拜托，”黑人指挥官哀求起来，“求你们千万不要把空港拆了！”

“收到，我会注意的。”艾琳娜话锋一转，“指挥官，我想问你个问题。你的基地应该没有配备专业战斗人员，我看了成员名单，只有二十五名装备麻醉射线枪的警察。但是，我的传感器现在捕捉到了多个战斗区域，甚至出现了电磁速射武器的反应。我问你，现在究竟是谁在战斗？你们的保安不可能装备电磁枪。”

“哦，上帝，这要从何说起？”指挥官一脸委屈，“我们这里的确没有军事单位，也许就是那些特种兵给我们带来的麻烦……那些特种兵从星球上运来一个什么玩意儿，然后就乱套了！金属异形开始在我的基地里乱窜，然后特种兵就跟它们打起来了！我的天啊，第一天这里就死了一百五十多人，我都快要崩溃了，上帝，救救我们……”

通信突然被切断，一张西方人的面孔出现在屏幕上，“阿诺森德指挥官，您的话太多了。”

“您是哪一位？”艾琳娜扬起了眉毛，“请在三十秒内报出你的身份和职务。”

“在下是内务部的阿基德上校，”那个男人轻浮地说，“感谢贵舰运送机械猎兵第一连赶来协助我们，您应该看过任务简报了吧？舰长阁下，有些东西我们不能对外公开，必须保密，您应该能够理解。”

“作为一名军人，我当然可以理解，”艾琳娜不为所动，“十分钟后，‘先锋号’将对 2 号太空港展开强攻。上校，如果您不在攻击开始前将目前为止的战斗数据传输到陈剑少校的指挥系统中，我们将根据第 99 条特殊条款撤退。请您搞清楚，上校，星际舰队并不受内务部指挥，而我可以独立判断是否应该投送陆战队登陆。如果我觉得把陆战队员送下去会让他们丧命，我可以动用舰长权限终止任务。不过，我想您如此无所不能，肯定还能再召唤一支陆战队来，不过，那可能需要几天的时间，您的手下恐怕撑不了那么久。”

阿基德的嘴角抽动了一下，他随即换上了做作的笑容，“舰长阁下，您还真是喜欢给别人设定时间表。”

“那么您的回答呢？”艾琳娜扬起了眉毛。

“三分钟内，陈剑少校就会收到数据，”阿基德说，“祝你们行动成功。”

通信中止，舰桥通信官试图和228基地控制中心建立连接，但是失败了。看起来，阿基德用高级权限接管了基地的通信系统，无法建立通信连接。不过两分钟后，战斗数据如期而至，艾琳娜将它们转入陆战队的战术电脑，所有陆战队员都接受了一份拷贝。

“三百秒倒数，”艾琳娜命令，“启动‘攻城锤’。”

“收到，系统启动！”

“先锋号”的舰艏开始变形，原先用来防御敌军炮火的重型装甲向两侧滑开，露出下面的机械结构。那是一个类似隧道掘进机的装置，它向前伸出二十米，带有液压缓冲装置的节点依次展开。与此同时，“先锋号”舰艏的姿态控制引擎进行最后的航向调整。舵手面前出现了全新的控制面板，上面的瞄准环牢牢地压在了2号太空港的钛合金外壁上。

就在此时，228基地的防空火炮开始射击，炙热的弹幕点亮了黑暗的宇宙，扩散的电浆冲击着星舰的护盾系，激荡起淡绿色的波纹。那些电磁炮发射的实体弹则直接穿过了能量护盾，敲击着“先锋号”舰首。然而，在登陆舰厚重的正面装甲前，这些小口径炮弹显然力不从心。这艘飞船本身就是一个巨大的攻城锤，它甚至能把一艘巡洋舰撞成两半。舰桥外火光冲天，但在数道强力能量盾和重型装甲带保护下的舰桥中，外面的炮火却跟放电影一样显得毫无实感。船员们早已习惯了舰体的震动，对她们来说，这点晃动根本不算什么。

“撞击前三十秒！”舵手高声喊道。

话音未落，一块飘浮在港口外的残骸撞在了“先锋号”舰艏的保护装甲上，残骸随即四分五裂，零散的金属碎片击中了舰桥舷窗，留下一道划痕。那是“奋斗者号”的一部分，十个小时前，那艘冒失的运输舰试图运送两个轻步兵战斗连强行登陆，却被228基地的防空火力连人带船轰成了碎片。

“全员抗冲击准备，”艾琳娜命令，“陆战队，准备登陆！”

剧烈的撞击把舰桥内的女孩们震得东倒西歪，不过，“先锋号”本身就具备抵抗这种撞击的能力，沿着舰体主框架向后延伸的缓冲装置在撞击的瞬间吸收了绝大部分能量，这点冲撞对于这艘强袭登陆舰来说根本不算什么。借助冲撞产生的巨大冲击力，攻城锤像隧道掘进机的头部一样开始工作。伴随着火花和金属碎片，它硬生生地在空间站外墙上啃了一个直径十米的大洞。与此同时，“先锋号”甲板上的众多中小口径速射炮纷纷转动炮塔，向附近的对空炮塔猛烈开火，暴风骤雨般的炮火瞬间将附近的防空炮摧毁殆尽。强袭登陆舰虽然没有装备舰队会战用的大型粒子炮，但是装备了数量众多的速射炮，用于近距离支援。

舰艏厚重的装甲舱门缓慢开启，出现在门后的是两百名身穿动力盔甲的陆战队士兵，他们身材魁梧，穿上盔甲之后身高接近两米。在舱门打开的同时，固定陆战队员双腿和脊椎的束缚具全部解锁，灵活地收回到甲板下面，早已按捺不住的陆战队员一跃而起发起了冲锋。

三只全身银光闪闪的金属异形盘踞在天花板上，它们有着银亮的合金外壳和四肢灵巧的镰足，足尖的钩爪可以牢固地攀住墙壁，而形似人类的上半身长着两只巨大的镰刀状爪子，硕大的头部正面分布着六只红色的眼睛。这三个幸运的家伙逃过了最初的撞击，但还没等它们亮出爪牙，就被充当先锋的陆战队员乱枪打成了碎片。

“清除完毕。”尖兵报告。

“组成防御阵形，不要掉以轻心。”陈剑走出了通道，“一排留下来确保撤退路线，二排、三排负责清扫动力区，四排和五排到中央旋转轴支援那里的内务部特种部队。”

“遵命，长官。”

“这次的对手非比寻常！”陈剑对部下说，“我不希望带着你们的尸体回去。”

一只机械异形的三维影像出现在动力盔甲的目镜中，那是一只四足行走的昆虫状生物，上半身类似人类，但长着一对巨大的镰刀状上肢。它的全身覆盖着金属甲壳，尾部还有一根长矛一样的尾巴。硕大的头部正面，六只红色的眼睛闪烁着不友好的红光。它的长度是三米，质量大约三百千克，这种怪物已经造成许多人死亡。

警报响起，陈剑转过脸去，只见太空港装卸区的货运通道内出现了十余只金属异形，它们依靠锋利的爪子抓着钛合金墙壁移动，速度非常惊人。

枪声响起，虽然这只是枪上的模拟音效，但作为预警却比警报管用。大部分陆战队员都会将警报关闭，但却没人关掉枪声。枪声意味着战斗，战斗意味着危险和死亡，没人喜欢拿自己的生命开玩笑。

金属异形们显然没有领教过陆战队装备的APM60战斗步枪的威力，这种发射二十毫米贫铀弹的重型枪械只有穿着动力盔甲的陆战队员才能使用，却具备摧毁主战坦克的强大火力。因为之前收到解除火器管制的命令，所以，陆战队员们使用的是标准贫铀弹，而不是用来在友军设施内战斗的低速子弹。冲在最前面的异形瞬间便被锐利的贫铀弹打得七零八落，陆战队员组成散兵线向前推进，硬是把前仆后继的金属异形压回了通道内。

击倒了最后一只异形，陆战队停止了射击，分成两组交替为步枪装弹。只见货运通道内到处散落着金属残骸，各种碎片混杂其间。

突然，一名陆战队员发现一只异形还在动，就在他准备给它补一枪的时候，意想不到的事情发生了。

那只异形的外壳像水银一样流动起来，迅速跟周围飘浮的残骸糅合在一起，随着更多的材料被融合，异形的体积迅速增大。突然之间，液态金属停止了流动，开始变形，几秒钟内，一只类似螃蟹的巨大金属怪物出现在了陆战队员面前。

“射击！射击！”陆战队员再次开火，但是，金属螃蟹却用巨大的螯作为盾牌挡住了脆弱的身躯，它一下子冲向一名陆战队员，用巨螯夹住了他的身体。

“啊啊啊啊……救命啊！”陆战队员惊叫着，他的盔甲像易拉罐一样被压扁，整个身体拦腰折断，内脏与血液在空中飞舞。

陷入混乱的陆战队拼命开火，但金属螃蟹明显已经进化，它的外壳现在可以抵御二十毫米贫铀弹，身上火花四溅，却很少有弹丸能穿透。转眼之间，又有一名陆战队员被杀死，恐惧开始在人群中蔓延开来。

“保持阵形！集中火力！”陈剑高声命令，“杰里科少尉，给我火速到前面来！我们需要 HSAS 的支援！”

一道巨大的身影从散兵线上方越过，伴随着金属撞击的巨响，大螃蟹前进的脚步被跟它差不多大的钢铁巨人挡住了。大螃蟹举起巨螯反击，但是，钢铁巨人手中的超级动力锤却抢先一步敲在了它的外壳上。巨大的能量爆发出来，包裹着振动力场的巨型动力锤粉碎了螃蟹的外壳，半熔化的金属内脏四散纷飞。

没有给对手任何喘息的机会，钢铁巨人举起了左臂的热熔炮，喷射而出的热核电浆转瞬之间便将目标焚烧殆尽。

“烧烤螃蟹看起来味道不错，”一个把头发向后梳着的青年切入通信，“来吧，兄弟们，开始干活！把螃蟹烤了当午餐！”

"少尉。"陈剑提醒,"舰长最讨厌的就是海鲜,特别是螃蟹。"

"你是说她那次吃螃蟹被夹住脸从而留下了心理阴影吗?"

"不要提这件事啊……"

"我已经听到了。"艾琳娜没好气地说。

伴随着沉重的脚步声,另外三台身高三米的钢铁巨人出现在陆战队员们身后。那是被称为HSAS的重型机械外骨骼,由一名陆战队员操控。背部的多元推进喷嘴为它提供了极佳的机动能力,它能够配备多种武器,无论近战格斗还是远程火力支援都得心应手。

"舰长,我申请改变部队配置,"陈剑接通"先锋号","'先锋号'立即撤离,在空间站附近待机,一排取消防守任务,前往控制中心,死守那里。其他各排任务不变,HSAS除一排外每个战斗群配备一部,负责近距离支援。"

"等一下,陈剑!"艾琳娜切入通信,"'先锋号'不会撤退,我不能丢下你们,除非你能在三十秒内说出一个令我信服的理由!"

"这次的敌人非比寻常,"陈剑说,"它们会根据敌方的装备自我进化,之前的配置只是用来对付轻步兵的。你也看到它们的本事了,那些家伙拥有智慧,狡猾而残忍,外面那艘运输舰就是它们的杰作。如果有一只这种异形登上'先锋号',船上肯定有人会死。"

"可是……"

"舰长阁下!"陈剑提高了声音,"难道你想让你手下的女孩去死吗?"

"我……"艾琳娜环顾舰桥,她的船员们都很年轻,平均年龄不过二十岁,她深深地叹了口气,这些孩子都有长大成人的权利。"我明白了,"她妥协了,"'先锋号'离开登陆点,退到二十公里外。激活所有的武器阵列和传感器,任何靠近本舰的非友军单位格杀勿论!"

"正确的判断,"陈剑看了一眼身后关闭的连接通道,"舰长阁下,如果需要紧急撤退,还请您好好地接住我们,毕竟太空行走不是陆战队的强项。”

“尽力而为，”艾琳娜苦笑，“先生们，祝你们好运。”

结束通信，陈剑转向全体陆战队员，下令：“开始行动。”

战斗主要发生在动力区和中央旋转轴，这两处都是无重力区域，陆战队员依靠靴子上的磁力装置和背部推进器跳跃移动，在没有重力的宇宙空间，这项技术需要长时间训练才能掌握。当打头阵的尖兵打开一扇严重损坏的隔离门时，门内飞来的子弹在他的动力盔甲上擦出几道火花。

“停止射击！”陈剑打开通信，“这里是机械猎兵第一连，请表明身份。”

“很高兴见到您，长官。”一名内务部指挥官切入了通信，“我们奉命坚守这里，对于无意中给您的部下造成的损害，我向您道歉。”

“没什么大不了的，只是掉漆而已。”陈剑拍了拍那个愤愤不平的尖兵，“我会留下一个班帮你们防御，现在带我去见你们的最高长官。”

“明白……”指挥官回答，“啊，长官……”

“我就在这里，少校。”阿基德切入通信频道，“有什么话就进来跟我说吧。”

“收到，”陈剑示意手下前进，“我们进去了。”

门后面堆起了临时路障，这些路障由各种箱子和家具组成，用焊枪和紧急修复星舰外壳用的强力黏结剂黏结在一起，堵住了通道。路障后面的是内务部队的特种兵，这些战士身穿轻便的装甲战斗服，手持十毫米突击步枪，无论是防护还是火力都跟陆战队员差了一大截。但是，他们的作战服却可以启动光学迷彩完全隐形。仅凭相当于轻步兵的装备就能够在这里支持七日，说明这支部队相当精锐。

陆战队员接管了防线，几只试图乘虚而入的异形转眼之间便被二十毫米贫铀弹打得七零八落。陈剑继续向里走，数十名伤兵就躺在距离路障不太远的地方，一名军医负责照顾他们。这里应该是临时战地医院，但是，却与火线近在咫尺。在后方的通道内陈剑见到了身穿军官制服的阿基德。这位先生依靠靴子底部的磁力装置吸附在走廊上，背着双手，一副典型的官僚做派。

“长官。”陈剑礼貌地敬礼。

“久仰大名，陈剑少校。”阿基德还礼，“客套话就不多说了，你是个军人，肯定比强袭登陆舰上的那个喜欢对别人指手画脚的恶女人好说话。”

“有什么指示，长官？”陈剑表情僵硬地问。

“根据内务部的特别权限，少校，你现在归我指挥。”阿基德说，“集合你的部队，我们必须立即夺回 1 号太空港的物资储存仓库。”

“长官，我不得不提醒您。”陈剑说，“确保动力区和控制中心的安全才是目前的头等要务，而且这两个区域都有战斗反应，应该还有相当数量的幸存者。”

“我才不管那些人的贱命！”阿基德吼道，“少校，你要知道，违抗军令的后果非常严重。你现在归我指挥，我要你把部队调配到哪儿你就要执行命令！这里我说了算，你必须无条件地服从我的命令！听明白了吗？”

“好吧，长官。”陈剑无可奈何地说，“请给我一个作战计划。”

“制订作战计划是你的事情！我只要结果！”阿基德傲慢地说，“对了，我带来的特种部队会全力配合你们。雅各布上尉，你现在归陆战队的陈剑少校指挥。”

“是，长官。”刚才那名指挥官敬礼道。

几秒钟后，内务部队接入了陆战队的指挥系统，战术界面上的可调配兵力增加了一些，陈剑扫了一眼那些内务部队士兵的状态，发现他们精疲力竭、缺乏弹药，急需休整补给。

“嘿，伙计，”杰里科用内线说，“你们的头儿可真是个浑蛋。要不要我用动力锤轻轻地在他身上敲一下？放心，我会装成不小心碰到他的，没人会知道。”

“这个浑蛋，我早就想干掉他了。”雅各布上尉说，“他之前把我们扔进了一个矿井，不知道怎么搞的，里面冒出一群奇奇怪怪的异形，害得我们差点全军覆没。”

“矿井？你们去挖煤吗？”

“不，那下面发现了一处古代文明的遗迹。这颗星球上曾经存在一个高级文明，不过现在那里只剩下沙子和废金属。”

“战斗中，不要用内线闲聊。”陈剑转回公共频道，“长官，我们现在开始攻击1号太空港，根据取得的数据，我们必须先打通货运桥，这大约需要一小时的时间。”

“一小时？天哪！”阿基德揉了揉太阳穴，“我给你半个小时，少校。你有半个小时夺回1号太空港的物资储存库，我命令你不惜一切代价夺回‘标的物A’，并将它运回中央。你这样的山野莽夫肯定不会理解它的重要性，它所采用的技术是人类闻所未闻的，那些科技能帮助我们征服宇宙！”

“遵命，长官。”陈剑敬礼，“我们开始行动。”

“我等着你的好消息，”阿基德傲慢地转身离去，“否则我们军事法庭见。”

目送阿基德消失在隔离门后面，陈剑转向身后的特种兵和陆战队员。

“那个浑球给了我们一个不太妙的任务，”陈剑用内线说道，“说实话，我开始认真考虑杰里科少尉关于用动力锤碰他一下的建议了。”

士兵们发出一阵哄笑。

“不过，命令就是命令。”陈剑打开战术界面，规划了一条路线，“我们走这条路线强攻过去，HSAS打头阵，所有陆战队员负责掩护，内务部特遣队负责中距离支援，我们必须团结合作才能达到既定目的。”

“长官，”雅各布提出异议，“这条路线并不是最近的。”

“的确如此，”陈剑标示出三处交火地点，“但是它可以救出这些地方被困的友军，人数越多，我们的攻击能力就越强，集中兵力是陆战队的基本战术。”

“我明白了，”雅各布敬礼，“谢谢您，长官！”

“陆战队！”陈剑取下了背部挂架上的刺刀，“给我杀光那群畜生！”

“Kill them all！”陆战队员们高举步枪，发出一片怒吼。

这支混合部队冲向货运桥，但是，刚才还在外面虎视眈眈的金属异形却不见了踪影，没有经过什么像样的战斗，陈剑就指挥手下救出了两群被困的友军，还在一个冷藏库里找到了四个几乎被冻成冰块的幸存者。一直到货运桥入口，再没有遭遇战斗。

“奇怪，”杰里科驾驶HSAS走在最前面，“那些亮晶晶的小怪物为什么不见了？”

“我可不希望见到它们，”一名特种兵说，“扫描器没有反应，前方安全。”

“头儿，”杰里科转向陈剑，“这可能是个陷阱，那群狡猾的金属小怪物肯定躲在暗处窥视我们，伺机悄悄摸过来在我们背后狠狠捅一刀。”

“有陷阱的话，就把它踩碎。”陈剑命令，“突击！”

HSAS再次启动推进器，率先向前冲去，后面紧跟着手持APM60步枪的陆战队员，可是足足前进了数百米，能够容纳四辆卡车通行的通道内却什么都没有，只有几具装卸工的尸体飘来飘去。在通道尽头的大门前，士兵们停下了脚步，这扇合金大门高十米，但门上却被开了一个大洞，一米厚的金属像黄油一样熔化了。

“雅各布上尉，”陈剑问，“是这里吗？”

“是的，”特种兵指挥官点了点头，“这扇门就是噩梦开始的地方。”

“原来如此，”陈剑命令，“所有人员保持警惕，前进。”

杰里科的HSAS首先进入仓库，它头部的高性能摄像机仔细扫视四周，并没发现可疑目标。杰里科切换了传感模式，继续侦察，却突然注意到，在仓库的中央，孤零零地耸立着一个庞然大物，那是一个球体，表面呈现出不可思议的光滑感，好像一面被磨光了无数次的镜子。那个球体悬浮在半空中一动不动，似乎正在观察这位不速之客。杰里科的后背开始出汗，他当了十年兵也没有遇到过现在这种情况，感觉就像是被蛇盯上的青蛙。

“头儿，”他喉咙发涩，“我好像发现了一个不得了的东西。”

陈剑指挥陆战队员进入仓库，所有人的目光立马被这个神奇的球体吸引了。自然界绝不可能产生这样的东西，它是一个绝对完美的球体，但绝非出自人类之手。

“这到底是什么玩意儿？”陈剑审视着球体。

“标的物A，”雅各布说，“阿基德上校给它起的代号。”

“奇怪的东西。”

“哼，我也这么觉得，但是，那个浑蛋上校却把它当宝贝。”雅各布耸了耸肩，“大约一个月前，一支采矿队在旁边那颗星球上挖出一处古代文明遗迹。于是，政府当局派我们前来回收。内务部的考察队在矿井深处找到了这个球体。阿基德上校对它很感兴趣，决定把它送到当局那里进行研究。就在我们准备移动球体的时候，大量金属异形冒了出来！我们且战且退，总算回到了空间站，但是，在等待货运星舰时，意外再次发生了。那些金属异形不知怎么跑到了228基地里，简直像是要来夺回这个球体一样。我们再次跟异形交战，损失惨重。幸好你们及时赶到，否则这里肯定只剩下一大片尸体。”

“考察队的科学家呢？”陈剑问，“也许我需要问他们一些问题。”

“异形出现后，他们全都失踪了，”雅各布说，“我本以为在这里可以找到他们的尸体，但是如您所见，长官，这里什么都没有。那些科学家全都消失了。”

陈剑将目光投向四周，就如雅各布上尉所说，货舱内干净得有点让人发毛，一尘不染的钛合金地板在天顶照明灯的照耀下闪着银灰色的光泽。别说尸体了，就连一滴血迹都没有，那些科学家完全消失了，消失得无影无踪，仿佛从一开始就不曾存在过。

“陆战队，这里是‘先锋号’。”艾琳娜出现在通信频道里，“告诉你们一个好消息和一个坏消息，你们想先听哪个？”

“先说坏消息。”陈剑说。

“坏消息是，阿基德那个浑球正在向你们靠拢。”艾琳娜说，“‘先锋号’的传感器追踪到了他的生体信号，那家伙似乎很兴奋，血压和心跳都有所上升。”她顿了一下，“接下来是好消息。舰载扫描器显示，那些异形似乎都集中到最下层去了，它们可能准备跳进大气层自焚，也有可能想要占据下层设施负隅顽抗。不过就结果而言，你们可以很顺利地夺回第六层和第七层，那里已经没有敌对反应了。”

“感谢您的情报，舰长阁下。”陈剑说，“可以问个私人问题吗？是个技术方面的问题。”

“请讲。”艾琳娜微微颔首。

“作为星舰指挥官，您比我们都懂太空旅行。”陈剑说，“这些金属异形，它们是怎么登上这座空间站的？难道这些东西拥有离开大气层的能力吗？”

“理论上说，不可能。”艾琳娜回答，“我看了上校传给你们的战斗数据，它们的身体结构比较脆弱，并不具备出入大气层所必需的结构强度和气动外形。”

“那它们是如何登上空间站的？”

“我觉得阿基德那个浑蛋能够解释，”艾琳娜苦笑，“不过，他肯定会拿一大堆保密条例来搪塞你。请放心好了，如果他打算乘坐‘先锋号’回中央，我会让他全盘托出的。”

“舰长，也许你应该来看看阿基德上校的宝贝……”陈剑向球体伸出手去，“如果这是一件艺术品的话，以我个人的审美观来讲，它真是相当漂亮，而且非常惊人。真是可恶，我都快被它迷住了。”

可就在指尖触碰球体的刹那，那犹如镜面一样的外壳荡起了涟漪，像水银一般。陈剑吃了一惊，刚才的扫描结果显示，这球体明明是固体！刹那间，一道电流缠住了他的指尖，动力盔甲的电子设备顿时发出了一阵悲鸣，头盔目镜的视野飘忽不定，冒出了电火花，呼吸系统中满是绝缘层烧焦的气味。陈剑当机立断脱掉了头盔，让烟从动力盔甲中冒出来。

“长官！您没事吧？”一名陆战队员把他拉了起来，扶着他离开了球体，包括雅各布在内的所有人都把枪口对准了那个直径十米的圆球，准备将它彻底摧毁。

“住手！都给我住手！”阿基德走进仓库，“你们这些浑蛋准备对我珍贵的发现物干什么！这可是能够帮助我们征服宇宙的伟大发现！可你们这群山野莽夫却打算用枪把它打成马蜂窝！滚开！都给我滚！离我的宝贝远点！”

士兵们无可奈何地垂下枪口退开，只见阿基德伸出手来，轻轻抚摸球体，球体那光滑如镜的表面倒映出他扭曲的笑容，显得分外狰狞。陈剑注意到，阿基德触摸球体时，球体表面并没有像刚才一样变成液态，而是始终保持着固态。

“滚开！不要碰我！”

一个声音在他脑海中响起，陈剑感到太阳穴一阵刺痛。似乎有什么东西正在触碰他的意识深处，那份冰冷令他不寒而栗。

“你做得很好，少校。”阿基德背着手向他走来，“如果一切顺利的话，你会得到一枚勋章。不过，之后的事情就拜托你们了，高速运输舰‘凤凰号’三分钟后入港，我已经受够这个鬼地方了，真想赶快离开这里。”他转向雅各布上尉，“你这蠢货刚才在干什么？你想毁了我的重要发现吗？赶快让你那群愚蠢的部下把枪放下，现在！立刻！马上！”他咳嗽了一声，“上尉，准备搬运‘标的物A’！”

“是，长官！”雅各布敬礼。

站在阿基德背后的HSAS用巨型动力锤在空中悄悄地比画了一下，做出一个去捅阿基德屁股的动作。心领神会的雅各布上尉竖起拇指做出“干得好”的手势。阿基德现在满脑子都想着怎么离开这座空间站，对杰里科的小动作完全没有察觉。

陈剑脱掉了动力盔甲的上半部分，不断有青烟从抗冲击衬层中冒出来，电子设备不时冒出电火花，从通信系统到指挥模块，这件动力盔甲内的所有电子设备都报销了。除去厚重的盔甲，陈剑的身躯缩水了很多，紧贴在皮肤上的电荷传导服勾勒出他健美的肌肉曲线。陆战队员对动力盔甲的控制完全依赖这套薄如蝉翼的紧身衣，它能将肌肉的电信号传递给动力盔甲，使它配合穿戴者的动作做出反应。据说女性穿上电荷传导服会变得相当养眼，可惜陆战队一个女兵都没有……

金属圆球光滑如镜的表面倒映着陈剑没有一丝多余脂肪的健美身躯，它的表面突然荡起一圈不易察觉的涟漪，转瞬即逝。

“头儿，”杰里科开着HSAS走了过来，“你的盔甲看起来很糟糕。”

“别提了，今天真倒霉，”陈剑捡起头盔，“指挥模块完全报销了，如果是盔甲的话还有备用品，可惜头盔却必须回到基地才能补给。”

“节哀顺变吧，头儿，他们会给你配发一件新盔甲。”杰里科话锋一转，“不过刚才是怎么回事？你摸了一下那个闪闪发光的大球就变成这熊样了，阿基德那个浑蛋也摸了，可他居然没事？这不公平！真应该把他扔进大海喂螃蟹。”

“注意你的发言，少尉。”陈剑叹了口气，“舰长很讨厌海鲜，特别是螃蟹。”

“放心，那个臭婆娘听不到的。”杰里科的HSAS抱起了双臂，“我可不会在外线中胡说八道。”

“少尉，”陈剑扫了一眼通信频道，“你并没有切换到内线。”

“什么！我居然犯了这种低级错误。”杰里科的HSAS东张西望起来，“但愿那个老太婆没有听到。”

“我都听到了，少尉。”艾琳娜没好气的声音从耳机中传来，“现在你可以开始祈祷了，在任务结束后，我会好好矫正你那张臭嘴。”

“啊！不要——”

在士兵们的哄笑声中，高速运输舰“凤凰号”接近了228基地。那是一艘由战列巡洋舰改装而来的高速运输舰，有着修长的舰体和漂亮的外部装饰，尾部的大型推进器为它提供了充足的动力。这艘星舰比“先锋号”大很多，航速更快，不过，运载量要比那些身材圆润的运输舰小许多。这种高速运输船一般只负担贵重物资的快速输送，普通部队很少使用。

对圆球的搬运作业有条不紊地进行着，内务部特种兵在雅各布上尉的指挥下负责安全警卫。而陆战队员们则集中在空间站的下层，清剿那些金属异形。不过，清剿工作进行得很不顺利，距离“凤凰号”起航已经三天了，陆战队依然没能夺回228基地的第八层。

“先锋号”的舰长室里摆放着各种各样的纪念品，从勋章到工艺品一应俱全，可惜这些精致的装饰全部按照规定被焊死在了台座上，以防在星舰受到冲击时变成飞来飞去的子弹。陈剑坐在沙发上，茶几上的陶瓷茶杯里散发出咖啡的浓香，在视野宽阔的舷窗外，一个身穿宇航服的家伙被一根安全绳连着，飘浮在宇宙和行星之间。看着他手舞足蹈的样子，陈剑能够想象现在被关在宇航服里的杰里科是如何惨叫的。

艾琳娜坐在对面的沙发上，背对着窗外的太空人，她戴着一副眼镜，优雅地翻阅手中的古老线装书。气氛就这样很尴尬地凝结着，仿佛即将固化的树脂，陈剑觉得在咖啡冷掉之前自己必须做点什么。

“舰长阁下，”他尝试着开口，“差不多可以让杰里科少尉重新投入战斗了吧？”

“还不够，”艾琳娜放下书，“除非你能在三十秒内给出一个能让我原谅这个对我手下的女孩们心怀不轨还骂我是‘臭婆娘’‘老太婆’的小浑蛋的理由。”

“这个……”陈剑摇了摇头，“很抱歉。”

“那么就换个话题。”艾琳娜合上了书，“少校，这次行动你们表现得相当不错，我看了作战记录，作为指挥官你功不可没。”

“承蒙夸奖，”陈剑叹了口气，“不过我失去了十五名部下。”

“人总有一死，”艾琳娜将酒和玻璃杯拿了出来，“作为陆战队员，你们总是被空降到最危险的地方，有时候甚至是敌阵的中央。不过每一次，陆战队都能击败对手，化险为夷。你们每一个人都已经做好了牺牲的准备，杀身成仁，战死沙场，也许这才是对士兵的最高奖赏。”她倒了两杯酒，举起其中一杯，“敬那些逝去的英灵。”

“干杯。”陈剑端起杯子，一饮而尽。

“清剿行动大概还需要多久？”艾琳娜问，因为酒精的缘故，她的身体散发出妩媚的气息，微红的脸颊展现着无穷的女性魅力。

“不出意外的话，还需要三到五天。”陈剑回答。

“如果两天内结束，我就终止杰里科少尉的禁闭。”艾琳娜抱起了双臂，“这个条件如何？你应该能做到吧，少校？”

“没问题，如果让杰里科少尉的HSAS投入战斗，两天时间应该可以完成清剿行动。”陈剑保证，“舰长阁下，您肯定有什么计划，能告诉我吗？”

“完全被你看穿了……”艾琳娜用手支起身体，靠近了陈剑，“我想，这艘星舰上的年轻女孩们一定会感谢少校大人给她们带来的额外假期。我的船已经很久没有在民用港口停靠了，如果能节省一天的时间，我就可以把‘先锋号’开到达拉威尔去，然后放一天假，那里的购物中心和休闲娱乐设施相当令人期待。”

“偶尔让我手下的小伙子们放纵一下也不错。”陈剑表示同意。

“那要看我手下的姑娘们是否同意了。”艾琳娜靠回沙发上，

“对了，关于 228 基地，我发现了一个很奇怪的地方。”

“什么奇怪的地方？”

“下午的时候，我从 228 基地的中央电脑调出了一些数据，”艾琳娜打开一系列全息面板，“其中一些数据显示，228 基地在遭到入侵之后，基地总质量并没有明显改变。少校，你知道，为了维持空间站的运行轨道，中央电脑时刻记录着空间站的质量变化，这一计量可以精确到克。那些金属异形每只的质量大约有三百千克，陆战队的战斗记录显示共有二百零七只异形被消灭，二百零七乘以三百等于六万二千一百千克，足有六十二吨。这么大的质量变化，中央电脑不可能监测不到。”

“难道那些金属怪物一开始就藏在空间站里？”陈剑扬起了眉毛，“那是不可能的事情，人类的安保系统还没有沦落到让那么一大群不速之客蒙混过关。”

“看来只能等事后调查的结果了。”艾琳娜叹了口气，“不过呢，为了即将到来的假期，再来一杯如何？”

“没问题。”陈剑端起了杯子，“干杯。”

第二杯酒下肚，艾琳娜有些醉了，她似乎突然获得了勇气，再次拉近了和陈剑的距离。甜腻的气氛弥漫在舰长室中，令人无法自拔地陷入原始本能的冲动之中。

可就在这时，通信面板突然打开，是“先锋号”的通信官，这个用刘海儿盖住眼睛的害羞女孩出现在屏幕上，“对不起，舰长！很抱歉打断你们。”

“怎么了，丽？”艾琳娜没好气地说，“我不是说不要打电话过来吗？”

“真的非常抱歉！”叫丽的女孩赔礼，“来自舰群司令部的紧急联络，请您务必第一时间过目，这是红色命令，特级。”

“红色命令？”艾琳娜的酒一下子醒了，“内容呢？”

“高速运输舰‘凤凰号’失去联络，”丽说，“舰群司令部命令我舰立即投入搜寻。‘凤凰号’的最后坐标已经解析完毕，距离我们不足五光年。”

陈剑吃了一惊，问道：“是阿基德上校的船？”

“为什么不让其他飞船去？”艾琳娜抱怨道，“为什么偏偏是我们？而且还是在这种关键时刻来电！真是太扫兴啦！”

“非常对不起，真的非常抱歉！”丽又开始道歉了，“也许是因为我们是最后见过‘凤凰号’的星舰，而且我们的距离也是最近的。”

“好吧，好吧！”艾琳娜整了整制服，“‘先锋号’准备起航。”她看了一眼飘在外面的杰里科，“顺便告诉切尔西甲板长，可以把外面那个浑蛋弄进来了。”

“看来我们也收到命令了，”陈剑看着“先锋号”转发的加密命令，“不过现在228基地还很危险，我不可能把所有部队都带上。”

“那你打算怎么办呢，少校？”艾琳娜问。

“没办法，只好兵分两处了。”陈剑说，“陆战队一向不赞成分散兵力，但这一次真是没有办法，镇压‘凤凰号’这样的星舰，只需要一个排外加一台HSAS。其他部队留在228基地继续作战，不可大意。天知道那些金属异型还会不会再突然冒出来，也许它们的巢穴就在空间站的最下层。”

“不胜感激。”艾琳娜点了点头，“不过少校，你也许应该留在228基地，这里可能更需要你。我总觉得那些金属异形的行动很不寻常，它们之前非常具有攻击性，但现在却收缩防御，对它们而言，这样的策略变化是不是太剧烈了？它们很聪明，而且很狡猾。”

“不，”陈剑摇了摇头，“我跟你们去寻找‘凤凰号’，因为这份命令的后半部分必须由我亲自监督，其他人是不行的。”

“肃清吗？”艾琳娜一愣。

“是的。”陈剑叹了口气，“我是名军人，必须执行命令。”

艾琳娜发出一声叹息，失落地收起了酒和玻璃杯。陈剑从沙发上站起身来，对舰长致以军礼，然后转身离开了舰长室。

随着钛合金舱门的关闭，弥漫在舰长室内的甜腻气息消失得无影无踪，这里又恢复到了平常的样子。

一小时后，“先锋号”做好了出航准备，它启动姿态控制引擎，在青蓝色等离子焰的推动下缓缓离开停泊点。在距离泊位不远的地方，几台黄色的机器人正在修理一个圆形的大洞，那是前几日登陆行动中留下的遗迹。

艾琳娜坐在舰长席上，高声下达各种命令。陈剑身穿深绿色军官制服，站在她的身后。

就在“先锋号”准备启动跃迁的时候，一个耀眼的虫洞忽然在舰艏前方两千公里的地方开启，伴随着五颜六色的光粒子，一艘星舰穿过虫洞回到了正常宇宙。“先锋号”舰艏的光学传感器立刻对准了目标，那艘星舰的影像很快出现在舰桥的大屏幕上。

“前方两千公里发现一艘星舰！对方通信呼叫无应答！”通信官的声音突然颤抖起来，“船级识别完毕，是……是‘凤凰号’！”

“什么？”艾琳娜站起身来，“它不是失踪了吗？”

“可是它又回来了。”陈剑皱起了眉头，“舰长阁下，你认为这像什么？”

“就像……一个邀请？”

“不，是个挑战。”

说完，他转身向电梯走去，但是，艾琳娜一把抓住了他的袖子。

“太危险了，”她说，“那艘船有古怪。”

“我知道，”陈剑点了点头，“但我是名军人。”

电梯的自动门轻声关闭，艾琳娜默默地放下了手臂，她深深地吸了一口气，高声命令：“激活武器阵列！启动所有防御系统！启动主推进器，第二战速，向‘凤凰号’靠拢，侧舷甲板组待命，准备强行登舰。”

三小时后，“先锋号”从后方小心翼翼地接近了处于惯性航行状态的“凤凰号”。就体积而言，“凤凰号”要比“先锋号”大三分之一，航速也要快许多。但是，“凤凰号”却处于一种令人不安的沉默之中，沿着惯性轨道航行，以一百八十公里每秒的速度逐渐远离行星。它是如此安静，就连船体上的各种灯光都熄灭了。为了保险起见，艾琳娜命令“先锋号”绕着“凤凰号”飞了一圈，仔细观察这艘星舰。“凤凰号”没有任何反应，完全处于漂流状态。

“少校，”艾琳娜接通陆战队，“‘凤凰号’完全失去动力，原因不明。”

“收到。”陈剑回应，“我们从右舷的对接接口进去。”

“万事小心，祝你好运。”

“先锋号”移动到了“凤凰号”右侧，展开了侧舷的连接通道，充气式折叠通道可以伸长二百米，不过大多数情况下用不着这么长。随着一声沉闷的撞击，连接通道的磁力吸附装置固定在了气闸室外面，同时喷出的凝胶制造了一个密封圈。陆战队员通过连接通道来到气闸室外，陈剑输入了紧急密码，“凤凰号”的气闸室随即开启，泄出里面的空气。

“空气状况黄色。”尖兵报告，“气压只有93%，生命维持系统没有运作的迹象。”

“准备打开内测闸门，三、二、一，开启！哦，天哪！”

随着气闸室内测闸门开启，一个人影飘了出来，那是一具尸体，从肩膀到腰部被利刃完全劈开，在无重力的船舱内随着气流跳着古怪的舞蹈。

陈剑认识那张脸，是特种部队指挥官雅各布上尉。

“所有人提高警惕！”他命令，“杰里科，你驾驶HSAS到前面去，把锤子准备好，如果有什么东西来找你麻烦就把它砸烂。”

“明白，长官，”杰里科回答，“那群螃蟹……不对，那些敌人死定了。”

陈剑不禁苦笑，看来艾琳娜的斯巴达教育颇有成效。

通过闸门进入星舰内部，周围完全被黑暗包围，只有红色的应急灯在黑暗的船舱内幽幽闪烁着，令人联想起飘忽不定的鬼火。

“杰里科，你带二班去机舱，看看能不能重启主发电机。”陈剑命令，“一班跟我来，我们去舰桥确认船员的情况。”

“如果阿基德那个家伙还活着怎么办？”杰里科问。

“谁先见到他，谁就请他吃花生米，”陈剑回答，“这是当局的决议。”

“收到。”杰里科回答，“也许用动力锤拍他一下会更刺激。”

舰内非常安静，安静得有些恐怖，因为没有电力，所有系统几乎都停止了运转，在一艘正常航行的星舰上绝不可能如此安静。由于没有人工重力，陆战队员依靠靴子底部的磁力吸附装置行走，所有人子弹上膛，严阵以待。但是，一路上除了遇害者的尸体什么都没有，他们的内脏和组织碎片飘浮在空中，流出的血液呈完美的球形，在寂静的空间内飘浮，带来深沉凝重的恐怖。

生体扫描器显示，没有幸存者。

陈剑走在队伍中间，两名陆战队员在前面开路。陆战队的尖兵一般都是实战经验最丰富的老兵，他们忠实可靠，从不犯错，因为那些犯错的尖兵都已经去了天堂或者地狱……

透过通道一侧的舷窗，可以看到“先锋号”灰色的身影，两艘星舰现在紧靠在一起，依靠连接通道彼此相连。“凤凰号”上一定发生了非常可怕的事，精锐的内务部队也没能坚持太久。陈剑突然想起了那个神秘的金属球，它应该还在这艘飞船上。

难道一切都是因为那个金属球？

不寒而栗之感从后背升起，陈剑打了个哆嗦，本能地扭过头去，正好跟身后手持多管机枪的机枪手对上目光。那个大块头一愣，然后摇晃了一下手中的机枪，陈剑冲他点了点头，收回了思绪。他曾在228基地触摸过那个金属球，当时，他的动力盔甲完全损毁，事后查明是因为电路过载。不过他本人倒是没有受到伤害，这不得不说非常幸运。但是陈剑自己却十分清楚，在接触的一瞬间，有什么东西侵入了他的身体。突然，他看到黑暗中有东西在动，虽然动力盔甲的传感器并未报警，陈剑还是端起了枪。

“前面通道里的人，”他命令，“立即举起双手走出来！”

周围的其他陆战队员迅速端起了枪，组成一个没有射击死角的防御阵形。陈剑不认为刚才是自己的幻觉，军人的直觉告诉他，刚才他确实看到了什么。有可能是人类，也有可能是其他什么东西。

“别……别开枪。”一个看起来十八岁上下的女孩走了出来，她身上穿着灰色的星舰船员制服，右臂上的徽章显示，她是航海组的见习生。

“报上你的姓名和职务！”陈剑说。

“我叫薇薇·达斯特，”女孩回答，“见习航海士。”

动力盔甲的电脑自动连接了“先锋号”的数据库，调出了那个女孩的个人资料，经过人像比对，系统判断她的确是薇薇·达斯特本人。

“你安全了，孩子。”陈剑垂下了枪口，“我们是来救援你们的，能告诉我这里发生了什么事吗？”

“我……我也不太清楚。”薇薇摇了摇头，“当时我在寝室休息，突然停电了，外面有很多人跑来跑去，还有人开枪。再后来，人工重力也停止了，我就一直躲在寝室里，直到听到走廊上有脚步声，我才出来看看。”

“那是多久之前的事情？”陈剑问，“尽量具体点。”

“大概是一天前，”薇薇使劲回忆，“我不确定。”

“那么其他人呢？”

“我不知道，”她摇了摇头，“我真的不知道。”

看起来，这女孩一定受到了惊吓，陈剑接通了“先锋号”：“艾琳娜舰长，我找到一名‘凤凰号’的幸存者，是个女孩，叫薇薇·达斯特，见习航海士。”

“感谢上帝！”艾琳娜在无线电那边松了口气，“希望船上的姑娘们都没事。”

“收到，我们现在就去舰桥。”陈剑转向薇薇，“见习航海士，这是你服役的星舰，我想你比我们都熟悉它。现在我有个请求，希望你能带我们去舰桥。我们现在人手不足，与其派一名陆战队员护送你去‘先锋号’，不如跟我们一起行动，这样更加安全。”

“好的。”薇薇勉强点了点头，“我带你们去舰桥。”

有个熟悉星舰的人带路，陆战队的行动速度快了很多。大约十五分钟后，一行人赶到了舰桥。舰桥的大门被破坏了，钛合金装甲好像牛奶糖一样熔化了，留下一个边缘整齐的大洞，让人联想起228基地储藏库的那扇金属大门，它们的损毁方式几乎完全相同。

“这是怎么弄的？”一名陆战队员惊奇地抚摸装甲门。

“小心，”陈剑把他拉开，“门后可能还有东西。”

他向身后的尖兵做了个手势，尖兵心领神会地拿出一枚特制手榴弹，打开电子保险，扔进了舰桥。陈剑顺势捂住薇薇的眼睛。一声闷响，耀眼的闪光足以夺去人类的视力，陆战队员的头盔目镜滤掉了闪光，使他们不受影响。

突击几乎在闪光弹爆炸的同时开始了，四名陆战队员冲进舰桥，其他人则守在门口。

“安全！”尖兵报告。

陈剑走进舰桥，只见寂静的空间中飘浮着人类的遗骸，那是被肢解的船员们，零散的内脏和四肢混杂在一起，难以分辨究竟有多少人遇害。

“陆战队呼叫‘先锋号’。”陈剑打开了通信频道，“艾琳娜舰长，告诉你个坏消息，‘凤凰号’的航海组全完了，包括船长在内的所有人都死了。”

一阵沉默之后，艾琳娜开口了：“少校，请设法尽快恢复电力供应，我会在确认安全后，派出一个临时小组接管‘凤凰号’。”

“收到。”陈剑接通了另一组陆战队员，“杰里科，情况如何？”

“目前为止还没有跟敌人遭遇。”杰里科说，“那群螃蟹……啊，不对，那群怪物一定是知道我们来了，所以都夹着尾巴躲起来了。”

“恢复动力还要多久？”陈剑问。

“卡尔正在搞，”杰里科回答，“你直接问他吧。”

“卡尔·琼斯，还要多久？”

“长官，再给我两分钟。”

“注意安全。”陈剑转回杰里科，“少尉，舰长说会在动力恢复后派出一个小组接管这艘星舰，你们负责守卫动力区。虽然暂时没有遭遇任何敌人，但是看到那么多尸体，我真的不敢保证这艘船是安全的。”

“头儿，你认为是什么干的？”

“还用说吗？”陈剑严肃地回答，“除了那些金属怪物，还能有谁？”

就在这时，“先锋号”接入了通信，艾琳娜似乎想起了什么，“有些奇怪，少校。‘凤凰号’的质量并没有明显变化，除去反物质燃料的消耗，这艘船的质量几乎没有改变。这很奇怪，跟228基地的情况十分相似，但是那些金属异形不可能凭空出现……”

“我不认为它们能混上星舰。”陈剑说，“但也许真的有少数几只成功了。”

“根据货物清单，‘凤凰号’上搭载了很多集装箱，藏下几只异形也许没问题。”艾琳娜指出，“但是仅凭少数几只异形，是无法消灭内务部特种部队的。事实上，内务部队的特种兵却全部阵亡了，你们不是看到雅各布上尉的尸体了吗？”

“的确有点奇怪，”陈剑转向身后的舰长席，“这里太安静了。”

与此同时，“凤凰号”动力区，重启电力系统的工作仍在进行中。杰里科透过HSAS的主摄影机观察四周，“凤凰号”的主反应炉一共四台，呈田字形配置在机舱中，这些反应堆有着复杂的冷却系统，能为这艘星舰提供惊人的电力。

“喂！卡尔，”他问道，“还没好吗？这里黑得让我心里发毛。”

“再等等，少尉。”控制室内的陆战队员说，“我正在努力，所有数值都上来了，就差点燃核聚变了。”

“快点快点，”杰里科催促道，“我讨厌黑暗。”

一阵嗡嗡声从头顶传来，原先漆黑一片的反应堆上亮起了五颜六色的指示灯，紧接着，机舱照明也恢复了，日光灯一盏接一盏亮了起来，驱散了周围的黑暗。紧接着，重力也恢复了，本来飘浮在空中的杂物一下子全掉在地上。

“头儿！”杰里科接通陈剑，“我们成功了！动力恢复！”

“你们做得很好，少尉。”陈剑赞许地说，“等一下，薇薇好像发现了一个幸存者，他距离你们很近，我把路线图传输给你。”

“咦，头儿？”杰里科问，“薇薇是谁？”

“‘凤凰号’的见习航海士，一名幸存者。”

“哎呀，是个妹子！”杰里科兴奋地说，“我可以约她吗？”

“少尉，”陈剑换上了严肃的口气，“如果你不想再接受一下艾琳娜舰长的斯巴达教育，我建议你最好死了这条心。”

“遵命，头儿！”杰里科示意手下，“我们去找那个幸存者，但愿那也是个妹子。”

但是，他身旁的陆战队员们早已笑得前仰后合。

大约十分钟后，杰里科的小队到达了指定地点，半路上他们拆了两扇隔离门，为了抄近路还把墙壁弄了个大洞。HSAS的破坏力被杰里科发挥得淋漓尽致，哪怕这样会给之后的修复工作带来很大困难。

坐标点位于“凤凰号”的货仓中，高速运输舰的货仓十分有限，但仍然能将护卫舰大小的星舰整个装下。但是，本应装满集装箱的货仓中却看不到货物，安装在天花板上的照明灯在巨大而空旷的空间中洒下一片光明。就在这光明的正中央，站着一个人。杰里科驾驶HSAS走了过去，才发现那个人并不是“站着”，而是被从地板上生长出来的金属藤蔓束缚在原地。那些亮晶晶的金属好像获得了生命一般，将那个人紧紧缠绕。

“阿基德上校？”杰里科认出了他，“船上的货物都哪儿去了？”

听到有人呼唤自己的名字，阿基德抬起头来。他的眼睛暗淡无光，令人厌恶的笑容也消失得无影无踪。这个男人的身上现在只剩下了绝望，比任何人都要深重的绝望。

“头儿，”杰里科接通了陈剑，“我想我找到阿基德那个浑蛋了，需要按照命令杀了他吗？我已经迫不及待地想用动力锤敲他脑袋了。”

“给他来个痛快，”陈剑命令，“毕竟他也是名军人。”

“收到。”杰里科激活了巨型动力锤，“喂，上校，你有什么遗言吗？”

“真是可恶……”阿基德幽幽地说，“我又一次被抛弃了吗？”

“喂，这样的遗言很奇怪啊！”杰里科忍不住吐槽，“至少你要对你的家人和朋友说点什么，不要自顾自地叹息个没完。”

“你们这些野蛮人是不会明白的！”阿基德突然亢奋起来，他拼命挣扎，直到金属陷进了皮肉，“我发现了一个时代！一个失落的文明的超级技术结晶！她是那么完美！那么富有知性！我被她迷住了，无法自拔。可是，就在我打算将一切都献给她的时候，她却抛弃了我！”说到这里，他居然哭了起来，“这不公平，明明是我唤醒她的……她是属于我的，她不能这样抛弃我，这不公平！这真的不公平啊……”

“喂喂，这老兄的脑子是不是烧坏了？”一名陆战队员问。

“谁知道呢，”他身旁的同伴回答，“也许这厮一开始就是个疯子。”

“拜托，快点让他闭嘴吧。”手持多管机枪的机枪手不耐烦地说，

“这货哭哭啼啼的，像个娘们儿，老子的鸡皮疙瘩都掉了一地。”

“好吧，我们也算仁至义尽了。”杰里科的HSAS举起动力锤，“我老爸跟我说，也许上帝是个好听众，麻烦你帮我确认下。”

“不！”阿基德望着电光缭绕的动力锤，“死亡对我来说并不孤独！我们都会死，哈哈哈哈哈哈哈哈哈哈哈，啊哈哈哈哈哈哈！”

这个男人已经完全疯了，杰里科摇了摇头，准备行刑。就在这时，身后传来了一声惨叫，一名陆战队员从他的视野边缘飞过，不过他只剩下了上半身。

“天哪！这是什么，哇啊——”

一刹那，叫声传来，杰里科回过头去，只见从地板上突然刺出的金属刀刃刺穿了一名陆战队员的身体，他的动力盔甲完全没起到任何作用。

“组成防御阵形！”杰里科命令，“我们中计了，这是个陷阱！”

陆战队员迅速行动起来，可是他们很快就发现，抵抗是徒劳的。空旷的货舱内，金属地面像水银一样流动起来，流动的金属生成了一只又一只的金属异形。转眼之间，一支异形大军便出现在了他们面前！而且这些异形显然都进化了，它们的身体更加小巧，前部流线型的装甲能够有效抵挡贫铀弹的射击，强化后的尾巴更长，尖端的利刃更加锋利。

“她要我们死，”阿基德痴狂地高喊，“这艘星舰是她为她的王子准备的舞台，她不想有人打扰她约会！”

“闭嘴，浑蛋！”杰里科骂道，“所有人员注意，火器管制解除，自由射击！”

刹那间，HSAS左腕的热熔炮喷射出炙热的电浆，将一整排的异形烧成熔化的残渣，周围的陆战队员疯狂地扣动扳机，贫铀弹化为灼热的鞭子，将蜂拥而来的异形像割麦子一样扫倒了一片又一片。可是，这一切都是徒劳的，无穷无尽的金属异形踩着同伴的残骸前进，转眼之间便淹没了人类固守的孤岛。

与此同时，“凤凰号”点燃了尾部的等离子推进器，青蓝色的等离子焰推动星舰开始加速，旁边的“先锋号”慢了一步才启动引擎，结果，连接通道被拉扯到极限，硬生生地断裂了。

“怎么回事？”艾琳娜呼叫，“少校，‘凤凰号’为什么突然启动了？”

“状况不明。”陈剑回应道，“舰桥的电脑系统不受控制，拒绝外部指令，薇薇正在想办法，但似乎需要舰长密匙才能解除系统锁定。”他扫了一眼身后，“可是舰长已经不在了。”

“舵手，最大战速！”艾琳娜命令，“给我追上去！”

“遵命，舰长。”

黑发的女舵手将右边的油门杆推到最大，“先锋号”的主推进器全力喷射，巨大的加速度将所有人都深深地按进了座椅中。但是，“凤凰号”的加速能力显然更高一筹，本来就被拉开了十公里的距离，即使“先锋号”全速前进，两者的距离也只会不断增大。

“怎么搞的？”艾琳娜无助地望着“凤凰号”越变越小，一拳砸在控制台上，丝毫没有注意到破碎的平面显示器刺伤了自己的手。

“通信官，”她命令，“将我们的状况报告给舰群司令部，我们需要更多的增援，而且越快越好。”

“凤凰号”的舰桥内，陈剑仍试图关闭电脑系统，可是无论如何扫射控制台都无济于事。星舰的中央电脑系统位于坚固的装甲壳体内，想摧毁它需要动用舰炮。

“这下可麻烦了。”陈剑叹了口气，“薇薇，你在这里继续尝试重新夺回系统控制权，我会留下一名士兵保护你。其他人跟我走，我们去货舱看看，杰里科和二班的识别信号消失了，他们可能出了什么事。”

“遵命！”陆战队员们回答。

“等一下，”薇薇发出警告，“有什么东西正在接近舰桥。”

陈剑做了个手势，两名陆战队员和机枪手立刻移动到门边，守住了入口。但是走廊上什么都没有，声音传感器也没反应。

“没有发现敌人。”尖兵报告。

“不，不是那边。”薇薇抬起头来，“它们在外面。”

话音未落，利刃穿过了舰桥的强化玻璃，刺穿了一名陆战队员的胸膛，鲜血四溅。紧接着，又有一扇窗户被打破，浑身包裹着银亮金属的异形冲进了舰桥！

一名陆战队员把薇薇推向一边，自己却被来自头顶的利刃劈开了身体。陈剑一边开火一边后退，空气泄出舱外产生的气流使他站立不稳。

“长官！”一名陆战队员喊道，“紧急气密门放下来了！”

“离开舰桥，全体撤退！”陈剑把薇薇推了出去，一名陆战队员把她拉出门外，而他的同伴则用自己的APM60步枪充当支架，暂时顶住了气密门。陈剑和另外一名陆战队员殿后，两人相互掩护，迅速向出口移动。

就在这时，右侧的窗户被打碎，一道利刃刺进了那名陆战队员的肋部，把他拖出了窗外。

陈剑抬起头来，只见舰桥的外面爬满了金属异形，它们正不断破坏舷窗，试图冲进舰桥。事不宜迟，他转身钻过气密门，旁边的陆战队员立即拿走了充当支柱的步枪，金属气密门放下，暂时阻断了舱内的空气泄漏。

“你没事吧？”一名陆战队员拉起了薇薇。

“不太好……”薇薇使劲咳嗽，“减压太快了，我的肺部可能受伤了。”

“你需要这个，”机枪手把便携式吸氧器递给了她，“戴在嘴上会好一些。可惜我们的军医死在了里面，否则可以给你看看。”

“老张，”陈剑整理了一下思绪，“我们还剩多少人？”

“八个，”尖兵耸了耸肩，“刚才我们失去了王平、巴洛克和普罗诺夫。哦，如果再加上这位小姐，我们有九个人。”

“真是糟糕！”陈剑检查了步枪，“我们到舰体中部去，那里的停泊区应该有救生艇或者运输机，只要离开这艘船，跟在后面的‘先锋号’就能接住我们。”

“杰里科少尉和他的手下怎么办？”尖兵问。

“很遗憾，”陈剑摇了摇头，“现在我们没有余力去搜索他们。”

就在这时，那扇坚固的紧急隔离门发出一声闷响，金属在冲击下向外鼓起，而紧随其后的一击几乎将它完全击穿。空气泄漏又开始了，检测到舱内气压的不正常变化，通道两侧的隔离门缓缓放下。陆战队员们急忙越过左侧的门，开始向小艇甲板移动。

小艇甲板非常安静，照明灯照亮了停机坪，四架运输机一字排开停在那里，随时可以出发。陈剑小心翼翼地观察四周，动力盔甲的传感器没有发现可疑目标，但是，他总觉得眼前是个陷阱。因为一切都太顺利了，顺利到不得不让人怀疑。

“老张和周敏打头阵，”他命令，“约瑟夫、布朗负责左翼，刘飞和杰森负责右翼，切斯塔跟薇薇在一起，保证后方安全，开始行动！”

陆战队员们按照命令立刻行动起来，陈剑走在队伍后方，端着APM60随时准备支援。突然，他感到一阵寒意从背后袭来，那股寒意似曾相识。他猛地转过身去，只见带着呼吸器的薇薇站在那里，身后的陆战队员正背对着他们警戒后方。

也许是自己太多心了……陈剑重新把目光转向战场，发现尖兵和另一名陆战队员已经到达了运输机旁边。

“安全！”尖兵示意，“周敏，去把舱门打开。”

“好的，军士长。”

那名陆战队员绕到运输机的另一侧，拉动装甲盖板下的红色手柄，把运输机尾部的跳板放下来，这种用于货物转运的小型星舰有一个很大的方形货仓，可以运载三十吨货物进出大气层。也许是机内电源没有启动的缘故，货舱内一片黑暗。尖兵站在跳板下面示意大家抓紧时间登机，完全没有注意到一个影子无声无息地在他身后的黑暗中站了起来。

“老张，身后！”警告的同时，陈剑扣下了扳机，密集的火线打在机舱内的黑影身上，但却只能在它强化过的盔甲上擦出道道火花。尖兵转身还击，却被巨螯夹住了身体，螃蟹一样的巨大金属异形从运输机里冲了出来。在最后时刻，这名尖兵拿出了一枚手榴弹，在胸前引爆了它。

巨大的冲击波将运输机的尾部炸得四分五裂，然而从硝烟之中，却冲出了更多的异形。两组负责掩护的侧翼的陆战队员立即开始射击，但是，他们身旁的两架运输机中也涌出了异形。一时间，小艇甲板变成了火线纷飞的混乱战场！异形们敏捷地逼近目标，然后用锋利的尾巴进行最后一击。

陈剑一边开火一边后退，却看到负责掩护后方的陆战队员已被通道内拥出的异形撕成碎片。

“我的生命到此为止了吗？”他不停地射击，希望在死去之前多消灭几个敌人。就在这时，有人拍了拍他的后背。

薇薇指着旁边的舱门，“走这里，检修舱口！”

陈剑看了一眼那扇门，它只有半米宽，一米高，是用来检修线路的。薇薇已经将它打开，里面露出散发着蓝光的超导能源管线。就在这时，APM60发出了警报，弹药耗尽。陈剑当机立断丢掉了没有弹药的步枪，并对动力盔甲发出了“解除外部装甲”的指令。只一秒，覆盖他身体的装甲纷纷解体，从动力盔甲的柔性骨架上脱落。失去了外部装甲层，陈剑的身形立刻缩小了两圈，使得他勉强挤进了狭窄的检修舱门。

被留在外面的异形们被堵在了入口，它们用尾巴不断地往里面戳，却根本够不到退到拐角的陈剑和薇薇。

暂时得救了，陈剑松了口气，想起自己全军覆没的部下，他就感到一阵深深的自责。但是当务之急是如何逃离“凤凰号”，不过在此之前，他决心摧毁这艘星舰。

“能带我去动力舱吗？”陈剑问。

薇薇一愣，然后点了点头。陈剑悄然发出一声叹息，他的计划其实很简单：关闭冷却系统，使“凤凰号”的动力系统过热，然后……反应炉爆炸会结束一切。这艘星舰已经被那些异形控制，无论它驶向哪里，对人类都是一个灾难。

花了一个小时的时间，两人终于来到机舱，这里很安静，金属异形们似乎并不喜欢待在这个充满能量体的环境中。

陈剑拔出了备用的战斗手枪，小心翼翼地从检修舱口跳了出去，稳稳地落在了控制室的地板上。陆战队带来的用于启动动力系统的笔记本电脑还放在控制台上，只需要输入几条命令，一切就都结束了。

陈剑走向电脑，打开虚拟键盘，准备输入指令。可就在这时，一枚子弹击中了他的后背，紧接着，第二发子弹击中他的腿部。剧痛之中，陈剑踉跄倒地。

只见一个穿着将校制服的高级军官出现在了门外，是阿基德！现在的阿基德已经失去了人类的理性，被黑眼圈包围的眼睛里只剩下无尽的疯狂。他握着一把手枪，慢慢向陈剑走来。

“你在干什么，上校？”陈剑忍着剧痛，“我们必须毁了这艘船！”

“我决不允许你这么做！”阿基德疯癫地笑着，“她是我的，我不能让你毁了她！你这样的野蛮人根本无法理解她的睿智与高贵。还有那些政府当局的高官，他们只在乎自己的权力，根本无法理解我的伟大发现！她是这个宇宙的神灵，无比崇高的存在。虽然她暂时抛弃了我，却给了我一个重新得到恩宠的机会！只要杀了你！只要杀了你，我就可以重新得到她的爱！哈哈哈，这是多么简单的事情啊……”

“你疯了！”陈剑坐了起来，“你到底在胡言乱语些什么？”

“胡言乱语？”阿基德再次举起了枪，“够了，我已经不想看到你这样的下等生物了，消失吧！”

就在他扣下扳机的刹那，他的身体突然摇晃了一下，然后软软地倒了下去。手持一把长扳手的薇薇出现在阿基德身后。

“你没事吧？”她检查了陈剑的伤势，“你腿部肌腱断了，背部的子弹停在了肩胛骨上，虽然你的动力盔甲内衬层自动封闭了伤口，不过仍需要手术治疗。”

“没时间了，”陈剑说，“完成指令输入，我们必须毁了这艘飞船。”

“可是你的腿……已经无法逃离这里了。”

“没关系，下达指令，停止冷却系统。然后你快逃，到最近的气闸室去，穿好太空服跳船，后面的‘先锋号’会接住你。”

“人类的偏执真是疯狂。”薇薇站起身来，“好吧，角色扮演到此为止。我感到很奇怪，作为一个生命体，你为什么要放弃生命？”

冰冷的战栗爬上了陈剑的脊背，这种感觉跟他在228基地触摸那个球体时一模一样，眼前的女孩突然变成了别的什么东西，虽然她的外表并没有任何变化，但是，那具躯壳中散发出令人恐惧的压迫感。

“你……”陈剑注视着薇薇，“你到底是谁？或者说，你到底是什么东西？！”

薇薇露出了娇艳的笑容，下一秒，她的身体发生了变化：从皮肤到头发，所有的一切都变成了流动的银色金属。

陈剑惊讶地看着眼前不断变化的液态金属，这东西绝对不是人类，也不是人类技术能够制造出来的。

几秒钟后，流动的金属重新塑形，一名有着一头黑色长发的年轻女孩出现在了陈剑面前。那是个非常漂亮的女孩子，有着浓厚的东方血统，一双红色的眼睛中略有笑意。而那张脸，却令陈剑觉得似曾相识，好像是自己的影子，或者女性化的镜像。

“初次见面，我的名字叫镜。”她开口了，“这副容貌借用了你的DNA，虽然是第一次面世，不过做得还不赖。”

“薇薇·达斯特呢？”陈剑问，“是你杀了她吗？”

“很遗憾，她早就死了。”自称“镜”的女孩说，“这艘星舰是为你准备的舞台，为了测试你是否具备我所期待的资格，那些不需要的人必须退场。”

“为什么选择我？”陈剑问，“我有什么特别吗？”说话间，他的手指向掉落在地上的手枪移动，缓慢而坚定。

“因为你是一名了不起的战士。”镜微笑着抱起双臂，她身上的银灰色航海士制服还原成了银色的液体金属，然后变化成了一件黑色的洋装，“从那座基地开始，我就在观察每一个跟我的‘分形’战斗的人，他们之中的确有过人的勇者，却达不到我的要求。雅各布上尉虽然是一名优秀的战士，但是他缺乏独立思考能力，对战局的掌控也不甚准确，所以我最终选择了你。你是如此优秀，简直是一台完美的战争机器，从第一眼看到你的时候，我便做出了决定，只要你通过测试，我就会成为你的利刃。”

“为什么不选阿基德上校？”陈剑继续分散镜的注意力，“他不但是名军人，而且很有头脑，最重要的是，他对你非常着迷。”

“他？”镜看了一眼地上的阿基德，“很可惜，阿基德是个疯子，而不是战士。”

“英雄所见略同，”陈剑闪电般举起了枪，“抱歉。”

枪声响起，镜微笑地看着静止在距离自己的眼睛几毫米处的弹头，飞速旋转的弹头硬生生地停在了半空，在耗尽了全部动能之后，“啪嗒”一声掉在了地上。

陈剑接连扣动扳机，直到手枪套筒停在空仓挂机的位置。然而，每一发子弹都停在了空中，好像被一道看不见的屏障挡住了，根本无法前进哪怕一毫米。

“真是一名完美的战士，直到最后一刻也不放弃。”镜赞许地说，“但是对于你的行动，我有一点无法理解。你为何选择和我同归于尽？炸掉这艘星舰也许可以把我消灭，但你也无法活着离开。”

“很遗憾，”陈剑苦笑，“你永远无法理解人类这个种族的疯狂。”

“如果只是疯狂的话，我的创造者已经教给我很多了。”镜把纤细的指尖伸向陈剑的额头，“以声音为主要媒介的语言交流不但浪费时间而且效率低下。不过没关系，我们很快就会了解彼此，虽然有点粗暴，但是我想你会喜欢的。”

说着，她的指尖刺进了陈剑的额头。

一瞬间，周围的影像完全消失了，陈剑的意识落入了无尽的黑暗，一颗灰黄色的星球出现在了他的面前。这颗星球上正在进行一场空前绝后的战争，身穿金属铠甲的陌生外星生物使用各种能量武器互相攻击，而在星球附近的卫星轨道上，造型各异的外星战舰用定向能武器和各类导弹拼命向对方开火。这是一场疯狂的战争，没有仁慈、没有荣耀，只有毁灭与绝望。交战双方都以杀死对方为目的，毫不留情地相互厮杀。时间开始加速，战争却并未停息。终于，两个外星人战线都到达了崩溃的边缘，其中一方终于研发成功了一件超级兵器。一颗巨大的金属球被制造出来，它由无数纳米机械汇聚而成，可以侵入任何金属并将它们变成最无畏、最疯狂的杀戮机器。于是，战争结束了，这个金属球体屠杀了所有的外星人，将自己的创造者一个不留地送进了坟墓……

影像一下子消失了。陈剑回到了现实中，他的头疼得好像要爆炸了一样，但是伸手向额头摸去，并没有发现伤口。

“你把你的创造者都杀了？”陈剑惊讶地看着眼前的黑衣女孩。

“没错，”镜微笑着回答，“我就是为此而被创造出来的。”

“你想对人类做什么？”

“不做什么，只是履行兵器的职责罢了。”镜慢慢向后退去，“作为兵器，我不能独自参加战争，这是我的创造者为我定下的唯一一条规则。所以，我需要一名战士作为我的使用者，而你是最好的人选。”

说完，她的身体化为流动的银色金属消失在了地面中，紧接着，周围的地面上涌出了更多的液态金属，好像流动的水银一般将陈剑包围起来。动力盔甲虽然卸除了强化外甲，但仍然具备宇航服一样的密封性，在宇宙环境活动没有任何问题。不过，这些流动的金属就是另一回事了，它们虽然看起来像是液体，却可以瞬间变成锋利的刀刃。

陈剑拿出了最后一枚手榴弹，等待金属将自己包围的那一刻。

突然，一道冲击波将外侧的液态金属打得四溅纷飞！

伴随着金属摩擦的噪声，一台严重受损的HSAS冲了过来。它的左臂已经折断，变形的机械关节闪烁着电火花，头部已经损毁，摄影机无法使用，驾驶它的陆战队员干脆打开了驾驶舱，把头伸出来直接驾驶。

“头儿！”杰里科喊道，“快点趴下！”

巨型动力锤重击地面产生的冲击波震飞了正在凝固的金属，陈剑看准机会，跳起来抓住HSAS背部的把手，借助惯性与冲力，HSAS把他拉出了金属的包围。

在最后一刻，陈剑还不忘把那枚手榴弹丢了过去，随着一声巨响之后，液体金属四散纷飞。

“少尉！”他喊道，“摧毁反应堆冷却装置！”

“遵命！”

HSAS高举闪烁着电光的动力锤，将它掷向反应堆的冷却系统。一声巨响，动力锤损毁时释放出的巨大能量波摧毁了复杂精巧的冷却管线，受到重创的容器泻出了大量冷却液，在空气中生成白色的烟雾。HSAS继续前进，横冲直撞地逃出了机舱。

金属异形从四面八方聚集过来，杰里科驾驶严重受损的HSAS左躲右闪，一边挥舞机械臂一边向前冲。陈剑单手抓着HSAS背部的把手，不断下达指令。他的目镜中闪烁着“凤凰号”的结构图，由于杰里科必须专心驾驶，导航的重任必须由他完成。

冲破了最后两只异形的封锁，久违的星空出现在两人面前，那是“凤凰号”尾部的紧急抛射舱门，平时用来向太空丢垃圾。HSAS

在进入太空的瞬间急转向下，避开“凤凰号”主推进器喷射出的等离子焰，由于半数推进喷口已经损毁，杰里科费了好大的力气才控制住机体。望着逐渐远去的“凤凰号”，他和陈剑不约而同地松了口气。

“头儿，”杰里科问，“那艘飞船大概还有多久会完蛋？”

“不清楚，”陈剑说，“但是不会太久。”

话音未落，在视野中已经缩小成巴掌大的“凤凰号”突然发生了爆炸，一侧引擎被扯了下来，紧接着，第二次更加猛烈的爆炸折断了舰体，摧毁了动力系统。完全失控的“凤凰号”在惯性的作用下继续向前飞去，而它的航线却不可避免地被恒星的引力场拉了过去。

“哇，好大的烟花。”杰里科感叹，“头儿，我感觉不太好，伤口在流血，好像快要不行了。你最好给我找个医生，我是认真的。”

“别担心，”陈剑回答，“战友不会让我们等太久的。”

说话间，一个巨大的物体遮住了光线，“先锋号”的探照灯捕捉到了被困在严重损毁的HSAS上的两人。

两小时后，陈剑结束了手术，他被送进了“先锋号”的一般病房，而杰里科则继续待在手术室里，他的腹部被开了一道大伤口，折断的肋骨刺进了肺部，如果不是注射了动力盔甲中配备的兴奋剂，他恐怕根本撑不到最后。陈剑全身多处挫伤，背部和腿部各中了一枪，筋疲力尽地躺在病床上。

门开了，身穿银灰色舰长制服的艾琳娜走了进来。

“感觉如何，少校？”她在椅子上坐了下来，“你能活着回来我很高兴。”

“还行吧。”陈剑叹了口气，“有酒吗？”

“病人禁止饮酒，这是医生说的。”艾琳娜婉言拒绝，“告诉你个好消息，‘凤凰号’的残骸被恒星的引力场捕获，三年后将坠落在恒星的日冕中。”

“这可真是个好消息。”陈剑苦笑。

“你的报告书我看了。”艾琳娜说，“怎么说呢？非常难以置信。不过对你的脑部扫描显示，你的大脑中确实有一个异物，可它跟你的脑组织几乎完全融合在了一起，想要取出来，以人类现在的技术很难做到。医生建议不要管它，因为它似乎不会对你的大脑造成影响。”

陈剑下意识地摸了摸额头，那里什么伤口也没有。

“好好休息吧，少校。”艾琳娜站起身来，“再告诉你个好消息，本舰全体成员得到了三个月的假期，当然也包括你们陆战队。我改变主意了，我们去天堂之门搞一次公费旅游吧，反正舰艇去年的维修费用还剩下很多，你们机械猎兵的小金库再贡献一点，就足够了。还有，医生说，你三天之后就可以自由行动。等你伤好了，我们再喝一杯，现在本舰正在前往228基地，你的手下们正在那儿等着你凯旋。”最后，她弯下腰，轻吻了陈剑的额头，“你能回来，我真的很高兴。不过现在快要进港了，我必须到舰桥去。”

说完，她向门口走去，在门外，艾琳娜似乎碰到了什么人。

“来向你的救命恩人道谢吗，薇薇？”

“是的，舰长阁下。”

“进去吧，但不要待太久，病人需要休息。”

“谨记在心，舰长阁下。”

病房的门再次打开了，身穿灰色见习航海士制服的薇薇出现在门外，陈剑愣了一下，一股寒意立刻爬上了他的脊背。

“薇薇已经死了，你到底是谁？”他用手支起了身体。

“我是谁并不重要。”薇薇露出了娇艳的笑容，“重要的是，我就在这里，而你根本无处可逃。”

陈剑向枕头下面摸去，但是那里并没有枪。这里不是他的卧室，而是病房。薇薇冷笑着，她的身体化为流动的液态金属，转眼之间化身为身穿黑色洋装的镜，截然不同的脸上浮现着同样的笑容，令人不寒而栗。

“我们来做个交易吧。”她向陈剑伸出手来，“带我到战场上消灭你的敌人，或是我现在就击沉这艘星舰，并杀死你所有的朋友和手下。刚才那位舰长大人似乎对你很有兴趣，也许那就是所谓的爱慕之情吧？要不要我第一个杀了她？顺便说一下，在你昏睡的时候，我侵入人类的互联网系统，学习了大量关于你们的知识。说实在的，人类的历史其实就是一部战争史，我对你们越来越着迷了。”

“你要是敢动她一根汗毛，”陈剑狠狠地说，“我一定会干掉你！”

“嗯？不错的眼神。”镜高傲地抱起了双臂，“既然那个女人对你如此重要，你可以为她抛弃自己的理性，化身为恶鬼。那么你的回答呢？我洗耳恭听。也许你凭空多一个妹妹也不错，我们的DNA绝对可以蒙混过关。”

陈剑注视着镜，他明白，人生有很多选择，有些可以改变自己，而有些则可以改变世界，他必须选择，为了艾琳娜。

“先锋号”滑过大气层边缘，向228号基地靠拢，星舰全系统正常，228基地伸出接驳舱口，做好了停泊准备。一片轻松的气氛笼罩着星舰，就连舰桥的航海士们也开始叽叽喳喳地小声计划即将到来的假期。

没人知道病房中发生过什么事情。

搬运海洋 / 王　尚

上帝创造了地球，而我们创造了火星。

海很平静，远远看去没有什么起伏。只有当海浪轻轻地打在脚下的沙滩上时，才能让人感觉到大海此刻平缓而有力的脉搏。

一位年迈的老人由一个十岁左右的小男孩搀扶着，拄着拐杖在沙滩上散步。

天空中，一颗只有橘子大小的橘红色恒星已经落到了海面上。

“爷爷，您去过地球吗？”小男孩突然问道。

“嗯，去过几次。那是很久很久以前的事情了。”老人回答，扶着拐杖的右手有些吃力地颤抖。

“地球是什么样子的？”

“嗯，和火星差不多。不过气候更加温和一些。”老人一面说着，一面举起手，有些滑稽地照着自己的脑袋比画着，“而且那里的太阳有这么大。”

小男孩咧嘴笑了起来。

“不过，从前的火星可不是现在这个样子，从前这里可荒凉了，全是沙漠，而且人也不能在户外自由地呼吸……”

“老师都跟我们讲过。”

“那你知不知道曳冰和曳气啊？”

“知道！”小男孩大声地说。

“是吗？我们的聪聪知道的真多。”老人微笑着摸了摸孙子的头。

祖孙俩说笑着，不知不觉天已经黑了下来。

“看见天上的那颗星星了没有？那就是土星。”老人指着天上一颗不大起眼的小星星说道，“我从前去过土星。那是一颗很美丽的星球，有着漂亮的环。”

“但是它看上去好小啊！”小男孩说道，“爸爸说，宇宙是个很无聊的地方。”

“土星可不小，而且宇宙一点也不无聊。不如这样吧，我讲一个关于火星、木星和土星的故事怎么样？”

“好啊！”小男孩儿高兴地说。

“那年我只有十四岁，对一切都半懂不懂。我的爸爸有一艘曳冰船，专门从木星或是土星的卫星那里拖曳一些冰块然后扔进火星的大气层，以增加火星地表的水量。这是政府主持的项目，前后一共进行了九十三年。”

“爷爷，这些我都知道。”小孙子已经有些不耐烦了。

“不要急嘛，让我慢慢地进入状态。”老人轻轻拍了一下孙子的脑门儿，全然没有责备的意思。

我爸爸绰号“金二爷”，是曳冰行当中的好手。他不光有自己的船，而且在帕西瓦尔·罗威尔的码头还有自己的办公室。他的船“来福号”和他的办公室是他第一珍贵和第二珍贵的东西。他第三珍贵的是从地球上原产的雪茄，产地叫古巴——一个很奇怪的名字。所以当他不出航的时候，他总会坐在那间不大的办公室里，将双腿翘在办公桌上，望着窗外停在船坞中的“来福号”，悠闲自得地抽着雪茄。

至于他还喜欢什么我就不太清楚了，但我可以肯定的是，他最不喜欢的东西就是我。我十一岁就辍学回家，整天只知道开着自己攒的电动摩托车在罗威尔的大街小巷里乱窜。我爸爸基本上见我一次就骂我一次，不过我妈妈总是护着我。

我那时候很喜欢去码头，因为在那里能看见摩天大厦一样的飞船。另外，那里的船员对我也一向很好。他们喜欢绘声绘色地向我讲他们碰到的海盗、太阳风暴或是神秘的UFO，等等。有时他们还会瞒着我父亲偷偷塞给我几根香烟。我当时好奇，就学着大人的样子吸了一口——聪聪，你可不能抽烟哦——立刻就被呛得直咳嗽，然后他们就哄笑起来。

但那段时间我却不敢去码头了。因为我爸爸刚刚完成了一桩生意回来。其实说“完成”并不恰当，“来福号”比合同规定的时间晚到了半天。结果，他们被迫在火星轨道上等了两个星期。几百万方的冰块被火星的引力撕碎，坠入了大气层。他们不但没有拿到酬劳，还要交付一大笔罚款。所以，你太爷爷那两天心情特别差，我怕遇见他又要挨骂。

那天晚上，我爸爸在餐桌上宣布了一个重要的决定：下一趟远航我必须参加。当时的我高兴得跳了起来，而我妈妈却哭了出来。

“你现在是个男子汉了，应该去见见世面，吃点苦。”爸爸这次的语气出人意料地和蔼。

“小宝今年才十四啊！我听说这次你要雇老萝卜来带队。他是疯子啊！你怎么这么狠心啊你？”我妈妈哭着向我爸爸埋怨道。

“正因为这样小宝才更得去。只有这样才能表明我对赵虎有信心，也只有这样我才能招到船员。本来曳冰就不是坐在办公室里面喝茶看报纸，小宝将来是要继承‘来福号’的。现在不磨炼磨炼，到时候他怎么能胜任？这事就这么定了！你个老娘们儿懂个屁。”

很快，出发的日子就到了。妈妈前一天忙到很晚，给我打了一个大得莫名其妙的行李包，里面鼓鼓囊囊的，装满了零食、换洗的衣服，还有很多我也说不出用途的东西。

“来福号”安静地矗立在那里，在它的旁边是星际运输公司的巨大广告牌——上面写着“上帝创造了地球，而我们创造了火星”。广告牌下面站着几个人，他们便是此次航行的船员了。在他们中间，我认出了肌肉约翰，他跟随我爸爸多年。他是个大个子的白种人，两块发达的肱二头肌上还分别文着两个汉字——“武”和“勇”。剩下的几个人我从来没有见过。其中有个很瘦小的男人，三十四五岁。头顶上几乎没有什么头发了，干瘪的两颊紧紧地箍在脸上。我心想,这个人应该就是“老萝卜”了。在他身边则站着一个只有十七八岁的女孩，留着乌黑的齐耳短发，长得非常漂亮。她看见我在盯着她看，狠狠地瞪了我一眼，吓得我咽了口口水。

那个女孩旁边还有个又高又胖的黄种人，他友善地向我招了招手。

我爸爸拿出一个飞船模型，样子是当时很流行的电视剧《快速六号》里的“快速六号”。他将那个模型朝着“来福号”的方向摆好，然后跪下，对着那个模型恭恭敬敬地磕了三个响头。

“大家都来给船老爷磕个头。”我爸爸又招呼其他人给那个模型磕头。

几个人收拾了一下东西，开始往船坞那个方向走去。我妈妈当时就哭了，抓住我的手不放。我当时也想挤出几滴眼泪，但我脑子里全是远航的事情，无论如何也挤不出眼泪来。

“行了！老娘们儿就是麻烦。又不是不回来了，哭哭啼啼的，多不吉利。把船老爷收好，记得要天天拜！”我爸爸又朝我妈妈吼道。

上船后，发现飞船比我想象得还要狭小，船员的休息室和驾驶室紧挨着。在船员休息区的后面是餐厅和厨房。厨房里面的食物很单调，主要是一些容易保存的干面包、脱水蔬菜，以及一些处理过的牛肉和猪肉。不过，吧台里的酒却种类丰富：各种牌子的啤酒、红酒、威士忌、白兰地、中国白酒、日式烧酒等，一应俱全。肌肉约翰把行李一扔就跑到吧台摸出一瓶啤酒，咕咚咕咚地喝了起来。厨房的后面则是“来福号”的发动机舱和曳冰操作舱。

放好行李后，我和大家一起来到驾驶室，却惊奇地发现驾驶室里还坐着一个高大的男人。他的肩很宽，脖子却较短，留着笔直的短发，浓密的眉毛下面长着一双有些凶恶的眼睛。他分明是个黄种人，却有着白种人那样高挺的鼻梁，凌乱而又浓厚的络腮胡子布满了他那大得略显夸张的下巴。总而言之，这是个很有威慑力的人。他有些傲慢地看了看大家，做出一个让我们都坐好的手势。大家落座之后，他清了清嗓子，说道：“既然二爷抬爱让我做‘来福号’的船长，那么从现在开始，船上的事情我说了才算。我知道大家听说过我老萝卜的很多传闻。这些传闻中的有些是真的，有些是假的。至于什么是真的，什么是假的，你们试试就知道了。”

“这么说，那个大胡子才是‘老萝卜’？”小孙子突然问道。

“不错。当时我也很惊奇，一个如此魁梧凶悍的人怎么会有这样的绰号？那个人之后也没有多说什么，只让我们坐在椅子上系好安全带，准备出发。”

那时候的飞船还是用的旧式引擎，主要靠核聚变反应堆提供动力。“来福号”在颤抖了一段时间后才缓缓地开始爬升。我当时紧张得不行，脑袋里全是嗡嗡的声音。我之前从没有离开过火星，也从没想到火星也有如此巨大的力量。

不知过了多久，一切终于都安静下来。周围的人解开了安全带，在驾驶舱里横七竖八地飘着。我也解开身上的安全带，然后轻轻一推座椅，飘了出来。这时，约翰飘过来对我说：“看外面！”

我扭头从舷窗向外张望。一个巨大的橙红色球体几乎充满了所有的地方——那就是火星，我长大的地方。那时它显得很荒凉，几乎看不见太大的水体。在靠近北极的地方，火星大气发出一片片的红色光亮，仿佛无数流星从那里坠落。即使现在是向阳面，那光亮依然非常炫目。

“那是……”我惊讶地看着那壮观的场面，有些结巴地问。

“那是人们从远方拖曳而来的冰在坠入火星。”我爸爸说道。不知怎么的，我又想起了星际运输公司的广告语。

你太爷爷接着说道：“人类先用核弹点燃火星的地核，让火星重新拥有磁场。然后，我们从远方拖来冰和氮气，按照我们的意愿改造这个星球。我们要创造一个新世界。”

老人说到这里，突然停了下来。他出神地仰望着天空，仿佛在看着一位老朋友。

“爷爷？”小孙子拉着他的手，打断了他的思绪。

“哦，时间不早了。我们回去吧。”老人对小孙子说道。

“可故事还没有讲完呢！”

老人摸了摸小男孩的头：“不急。我们明天再接着说。”

这是一座离海滩不远的别墅，在黑暗中，它发光的流线型屋顶就像一枚美丽的贝壳。尽管稍微有点常识的人都知道这栋别墅的创意是抄袭一座远在地球上的古老建筑，但模仿地球的文化风格永远是火星的时尚。

走进门是一间明亮的客厅，仿古的大吊灯悬挂在房间的正中，发出柔和而又明亮的光。在客厅的远端是一张长得离谱的餐桌，分坐在餐桌两端的男人和女人也许需要电话才能顺利地交流。

“爸，你们去哪儿了？怎么这么晚才回来？”那个男子是老人的儿子，他向父亲埋怨道。他平时工作很忙，晚上难得回来吃饭。

“我带聪聪去看海了。”老人回答。

“现在外面多冷啊，别把聪聪冻着。”那个女人是老人的儿媳。她平时工作也很忙，也很少回来吃饭。

“聪聪，洗完手再来吃饭。”孩子的妈妈严厉地对小男孩说。

晚餐是一份颇为精致的果蔬沙拉，几片白面包和一扎不知道是什么榨成的果汁。

“我不想吃沙拉，我想吃肉！”小孙子有些不满地说道。

“你应该少吃一些高热量高脂肪的食品，那些东西会影响你的智力发育的。”孩子的妈妈优雅地吃下一段芹菜，然后对孩子说道。

“就是，多吃蔬菜身体好。我们当年在曳冰船上时可没有这些新鲜的蔬菜可以吃。”老人一边说着，一边夸张地咽下一大口沙拉。可真够难吃的，老人在心里想道。

“爷爷今天跟我讲他小时候曳冰的故事了。”小孙子向父母汇报道。

“是吗？”老人的儿子有点心不在焉，他也很讨厌妻子的“兔子食谱”，“那你从中学到了什么？”

“啊？”小男孩有些茫然地看着自己的父亲。

“如果你不能从一个故事中学到有益的东西，那么你听一个故事还有什么意义？”老人的儿子尽量让自己显得循循善诱。

小孙子吃力地想了一会儿，然后说：“做远航船员很好玩。他们既可以抽烟又可以喝酒。”

“什么？”孩子的妈妈猛地放下手中的杯子，也不顾嘴边沾满了绿色的泡沫。

“你就学到了这个？”

“不，不是。”小男孩明白自己说错话了。

“小孩子嘛，他懂什么，想到什么就说什么呗……”老人想护着孙子。

“就是因为他什么都不懂所以才麻烦啊。暑假结束后他就要去地球上学了。寄宿学校里的孩子都是出类拔萃的，他现在这个样子，拿什么跟那些孩子竞争啊！”老人的儿子有些生气地对老人说道。

“爸，您也是的。没事跟孩子说什么曳冰的事。那都是蛮荒时代的事情了。”孩子的母亲此时已经擦掉了嘴角的泡沫，又恢复了平时优雅的姿态。

“可是那些故事很有趣嘛！”小男孩小声地抗议道。

“大人说话，小孩不要插嘴！”老人的儿子训斥他自己的儿子。

“跟你说了多少次了，不要朝小孩子大喊大叫，这对他的成长不好。”老人的儿媳埋怨自己的丈夫。

“你平时也多花些时间去教育教育孩子。整天待在办公室里搞什么经济分析，也没见你预报出这次金融危机！”老人的儿子也开始埋怨自己的妻子。

“那你呢？一周在办公室七天，天天半夜三更才回家，你怎么不来管管孩子？”

“我哪里有时间？星际运输公司这次要大裁员，甚至中层管埋人员也不能幸免。我哪里有时间来管孩子？”丈夫申辩道。

“你没时间？难道我就有时间了？你知不知道一个女人在职场上打拼有多么艰难？”

吃完晚饭，夫妻二人依然在喋喋不休地埋怨对方。而老人和小孙子洗漱之后就各自回房休息了。

老人坐在房间里看着昏暗的床头灯，叹了口气，然后准备关灯睡觉。

没睡一会儿，突然床前传来窸窸窣窣的声音，紧接着，一个瘦小的身躯爬到了床上。

“爷爷，刚才的故事还没说完呢。”是小孙子的声音。

“故事很长的。”老人说道。

“那你就先说一部分，剩下的明天再说。”

“真服了你了，去把灯打开。”老人说。

小男孩欢呼了一声，跳下床把台灯扭开，然后又飞快地钻进了被窝里。

老人把枕头竖起来，让自己舒服地靠在上面，开始说起来。

我先简单介绍一下这几名船员吧。那个瘦小的男人——还记得吗？——叫齐伟，不过别人都管他叫大龙。那个很高很胖的人叫弗兰克，大龙和约翰叫他肥弗。那个女孩叫陶梅，其他人叫她小梅，她都答应，唯独我要叫她全名，叫“梅姐”都不行。

这次旅行的目的地是土星。在土星周围有一个巨大的环，实际上是由无数的碎石和冰块组成的。这些冰块比那些埋在卫星上的冰要好取得多，所以，大多数的曳冰船都会选择这里。其实在小行星带里也有很大的冰储量。但那时，整个小行星带都被星际运输公司包下来了，像我们这样的私人曳冰船只能去更远的地方曳冰。当时，星际运输公司依靠着自己的垄断优势和来自政界的支持，故意压低运冰和运气的价格。很多个体经营的飞船都破产了。对于那些还在勉强坚持的飞船，他们甚至还会用各种非法的手段来进行打压和排挤。

“爸爸也在星际运输公司工作，那爸爸也是坏人吗？”小男孩有点担心地问道。

“当然不是。时代已经变了，曾经的恩怨现在已经不重要了。”

小男孩似懂非懂地点了点头。

“我们继续。”

老萝卜是一个非常……奇怪的人。他并不在休息室里睡觉，而是住在驾驶舱里。而他又是极不注意个人卫生的，换洗的衣服也不放在袋子里，结果，驾驶舱里常常会飘着他穿过的内裤和袜子什么的。他抽烟很凶，几乎烟不离手。有次他抽烟入了神，没留神从身后飘过来的一只袜子，由此还引发了一场不大不小的火灾。

他的第一个命令就很奇怪。他要求“来福号”直接从小行星带穿过，而不是选择绕行。小行星带中的碎石很多，对于高速飞行的飞船来说十分危险。

“小行星带那里那么多碎石，随便碰上一个我们就玩儿完了。”肥弗说道。

“直接穿过小行星带可以节省很多时间。”老萝卜简单地解释道。

“我们现在时间还比较充裕，没有必要赶时间。”肌肉约翰说道。

“这谁都不好说。”老萝卜说。

“那碰到碎石怎么办？”约翰又问道。

“我自有办法。”

“你能有什么办法……”肌肉约翰刚说了一半，见我爸爸盯了他一眼，只好停了下来。

“你是船长，你说了算。”我爸爸一句话结束了大家的争论。

回到休息室，约翰依然嘟哝地说个不停。终于他再也憋不住了，掐灭了手里的烟头，说道：“不行。我要去跟金二爷说道说道。”

我很好奇约翰会跟我爸爸说什么，就跟出去听听。刚到走廊，就听见肌肉约翰大声说话的声音：“您还没有看出来吗？这个人纯粹是个疯子！”

“他是最后的希望了。我们上一趟活儿的时候你也在，什么样的结果你也知道。几百万方的冰块掉得到处都是。我们不光没有赚到一分钱，还被罚了一百多万。”

“上次不是情况特殊吗？要不是有内鬼……”

“没有内鬼，还会有别的事情发生。星际运输公司迟早会把我们挤垮的。”我爸爸又接着说道，“你以为我不担心吗？但我真的没有别的办法了。无论如何，我决不能让‘来福号’在我的手里关闭。”

我正聚精会神地听着，突然背后传来咳嗽声。扭头一看，发现陶梅正面无表情地站在我身后。她穿着一身灰色的工作服，上面沾满了油污，右手还拿着一把扳手。陶梅是船上的机械师，整天扳手、钳子不离手。

“你好。”我有些紧张地打了声招呼。

她一双俏丽的大眼睛上下将我扫了一遍，突然脚下一蹬，整个人便一下子翻到天花板上面，然后她将天花板当作地面，缓步离开了。为了节省空间，船上的走道都只有一人宽。平时大家在走道上遇见时都是一个人走下面，一个人走上面。当然，这太空中实际上没有真正的上下。

“这小丫头真是漂亮，可惜就是脾气臭了点。”这时大龙也走了过来，“不过你个小屁孩就不要痴心妄想了。她喜欢的是像我这样的强壮男人。”大龙虽然长得有点“多灾多难”，但他的性格还是很随和的。我才认识他几天就敢和他插科打诨。

“小心她用钳子把你的嘴给拧歪了。”我一把抓住大龙的“小蛮腰”，将他举起来，然后从他身下钻过去，回到了自己的房间。

大家在平静和不安之中度过了最初的两天。我们终于就要接近小行星带了。虽然仅凭肉眼观察，你几乎看不出来小行星带和其他地方有什么区别。但如果你去看雷达的话，就会觉得触目惊心。前方和“来福号”大小相仿的巨石比比皆是，它们分别以不同的速度漫游着。飞船现在的速度是二十万公里每小时。在这样的速度下，只要一块大龙脑袋大小的石头就可以让我们完蛋。

“向左转十度二十秒，我们从星际运输公司开辟的通道里穿过去。”老萝卜向导航员肥弗说道。

“什么？”大家又是大吃一惊。

星际运输公司为了提高星际旅行的速度，在小行星带离火星较近的位置开辟了一个大约一万公里宽的通道。在那里他们派出了将近一千艘装备着强劲激光炮的飞船，专门负责截击流石。不过，其他船经过这里要支付高昂的过路费，利润微薄的曳冰船很少会选择从这条通道穿过。

“那里收费那么高，要是走那里，我们这趟就等于白跑了。你脑袋是不是有问题？”肌肉约翰质问道。

老萝卜的眼睛里闪出了一丝怒意，“我是船长，执行我的命令，不然你现在就下船。”

“你敢！”约翰不服气地喊道。

“约翰，闭嘴！”我爸爸向肌肉约翰吼道。

这时，大龙走到约翰身边小声地说：“别以为他在吓唬人。他真的把人扔出去过，我就是例子。”

老萝卜也没有再去理会约翰，仍旧是淡淡地说：“我们伪装成星际运输公司的曳冰船，这样就不需要支付过路费了。”

“但是通行是需要交换密码的。我们没有密码啊！”我爸爸说道，看得出他也很着急。

“我有他们的密码生成器。”说着，他从乱七八糟的床上找出了一个长方形的盒子。

“这东西你哪里搞来的？”肥弗惊讶地叫起来，“如今这东西不好找了。风声太紧，黑客们都不敢搞这个东西了。”

“我自有办法。你们做好自己的事情就行了。”老萝卜熟练地将那个盒子接在“来福号”的主机上。只见那个盒子发出了“嘀”的一声，然后是磁盘高速运转的声音。

没过多久，我们都可以在飞船的前窗里看见快速通道的入口了。

“前方船只请出示通行密码或按照规定缴纳过路费。”前方的缴费站放起了广播。

“收到密码请求，正在计算中。”肥弗紧张地看着那个盒子，向其他人解释道。而老萝卜正眯着眼睛盯着那个盒子，看不出在想什么。其他人则都很紧张地看着前视窗里越来越大的收费站。在收费站的周围建有强磁场，如果强行通过的话，整个飞船的导航系统就会瘫痪。

“前方船只请出示通行密码或按照规定缴纳过路费。”收费站再一次响起了广播。

“还在计算中。距离收费站八千公里。”肥弗说道。

大家一齐屏住了呼吸，好像我们就要撞上一堵无形的墙。

“距离收费站四千公里，还在计算中。”肥弗说话的声音已经开始颤抖了。

此时，收费站的外轮廓已经初见端倪了，而且它还在不断变大，变大……

“好了，我们今天就讲到这里吧。你该回去睡觉了。”老人说到这里，突然伸了个懒腰，将背后的枕头拿出来拍了拍，然后放在床头，做出要睡觉的样子。

“不行！你还没讲完呢！”小孙子不满地叫起来。

“不是跟你说过这个故事很长，今天说不完的吗？”

“那也不能说到这里就停啊！”

老人没有回答，只是有些得意地笑起来。

“最后你们冲过去了没有？”小孙子还是不甘心。

“你觉得呢？”

“我觉得你们一定成功了。”小孙子回答。

“明天再告诉你。去睡吧。”

小孙子不舍地爬下床，离开了老人的房间。

小孙子走后，老人自己又笑了一会儿才关上灯准备睡觉。可不知怎么的，他突然就没有了困意。老人站起身，拉开窗帘。窗外是稀疏的星光。火星没有卫星，也就没有清凉的月光。他抬头看了看天空，不禁有些感慨。自己最美好的时光都是在这无尽夜空里度过的。“每个人都曾是粒粒星尘，所以太空才是我们真正的家园。”老人又想起当年一个人对他说的话。

火星上的清晨非常温柔。阳光花了许久才照亮地面。大海依然平静，因为没有卫星，又离太阳比较远，这里的潮汐很弱。

老人很早就起床了，他正站在卧室的窗口眺望着远处的大海。此时，外面传来儿媳说话的声音：“聪聪，抓紧时间起床了。你和爷爷的早饭都放在桌子上了。一定要吃完。你今天上午还要练两个小时的钢琴，晚上回家我一定检查。在家要听爷爷的话，听见没有？”这时候，门外传来不耐烦的鸣笛声。

“知道了，就来！”小男孩的母亲向外面喊道。

“乖，在家要听话。记得要练钢琴。”然后是一阵急促的高跟鞋跑步的声音。

等大家都走了，老人来到小孙子的卧室，发现他还在那里熟睡着。老人蹑手蹑脚地走出去，轻轻地把门关好，自己一个人来到餐厅。

早餐是两块面包、一枚煮鸡蛋、一个生西红柿，这比他当年在船上吃得都艰苦。

不久，小男孩便揉着惺忪的眼睛，打着哈欠来到了餐桌旁。

“等等。刷牙洗脸了没有？”老人问。

“啊——”小孙子长大嘴，露出两排洁白的牙齿。

“吃吧。”

“又是这些啊，我不想吃。”小孙子说。

“你知道我当年在船上吃的都是什么吗？”

“什么？”小孙子突然又来了兴趣，“对了，爷爷，故事还没有讲完呢。”

“你吃了我就讲。”

小男孩一口吞下了鸡蛋。

“嗯，那好吧。不过今天我先从吃的说起。在远航的船上，新鲜蔬菜和水果是比较珍贵的。船员的维生素主要都是靠服用维生素片来补充。通过收费站的那天早上，我只吃了两片煮过的脱水蔬菜和一小块熏肉。那天不知道什么原因，我吃完饭之后一直胃痛。当大家屏气凝神地盯着收费站时，我的胃感到格外不舒服。”

“还有一千公里，还在计算中。”肥弗的声音已经有点绝望了。

收费站的模样已经大概可以分辨出来了。在它的背后是一片极为壮观的石海。

“把钱转给他们，不然我们的飞船就毁了。”我爸爸也沉不住气了。

“不，再等等！”老萝卜坚持道。

“就要碰上去了。”肌肉约翰紧张得握紧拳头。

我感觉心脏就要跳出来了。而此时，我的胃里面也是翻江倒海，说不出地难受。

“前方船只请出示通行密码或按照规定缴纳过路费。”收费站又一次广播通知，但那台该死的机器依旧没有反应。

“完了。”肥弗绝望地说道。

就在这时，那台机器传出“嘀嘀”的急促响声。

“密码已通过，免费船只。请按次序通过。”广播声音刚落，“来福号”已经疾速掠过收费站，驶入了通道之中。

驾驶室里传出一阵欢呼声。而我当时却感到胃部一阵猛烈地抽搐，然后一下吐了出来。由于反作用力的缘故，我还向后退了几步。在昏昏沉沉之中，我隐约听见老萝卜淡淡地说："这机器比我想象得要慢了些。"

大龙给我做了大概的检查，说可能是食物单调再加上失重环境造成胃部的不良反应，休息一会儿就好了。

"我看是被吓着了吧。"陶梅说。

"刚才大家不都紧张得要命吗？他是第一次出航，有些不适的反应也是正常的。"大龙替我辩解道。

我觉得很没面子。我在罗威尔城里也算是个刺儿头了。打架、飙车、把妹子，我什么没干过。这点小事就把我吓吐了……

"什么是'把妹子'？"小男孩突然插嘴问道。

"嗯，就是一个人……这个问题不重要。你要不要听故事了？"老人一下子被问得措手不及。

小男孩无奈地点了点头。

我休息了半天，才觉得身体稍微舒服了一些。等我来到驾驶舱时，"来福号"已经差不多驶出了快速通道。肥弗和我爸爸已经算好了去往土星的最佳航线，剩下的事情就是开足马力向土星飞去了。

接下来的日子还是比较无聊的。船员们除了每日的例行检查之外，并没有别的事情好做。由于我在家的时候常常鼓捣一些机器，所以我爸爸就安排我跟着陶梅一起巡察船舱里的设备，也让我跟她学一些技术。我自然是十分乐意的，但是她却从不搭理我，总是一个人走在前面。我也不敢说话，只是厚着脸皮跟在她的身后。

大家没事的时候喜欢聚在一起聊各种各样的八卦，老萝卜毫无悬念地成为我们的中心话题。

"我说大龙，你真的被老萝卜扔出去过？"肌肉约翰问道。

“那还有假？那次我是第一次跟他一起出航。对他的臭脾气还不习惯，于是就常常跟他顶嘴。结果他一生气，竟然把我绑在曳冰索上面，然后直接扔到太空里了！五秒钟之后，他才把我拽回来。现在我想起来还后怕。”

“那你怎么没事呢？”我问道。

“这你就不懂了吧。人暴露在太空中，最多可以存活十几秒钟。”肥弗解释道，“他最多也就是皮肤有些冻伤而已。”

“果然够狠。”约翰说道。

“虽然老萝卜脾气不好，但他是这个行当里最出色的。”大龙说道。

“你很佩服他？”

“当然。我跟他出航也不是一趟两趟了。他的本事我还是很佩服的。比如说这次收费站的事情吧。大家都埋怨他没有事先告诉我们，其实他是怕有内鬼。”

“那为什么这么多人都说他是疯子？”

“因为他就是疯子。听着，我也不知道该怎么说才好。但我们这一行本来就是疯狂的。愚公移山、精卫填海听说过没有？我们比那个还不靠谱呢。所以，老萝卜这样的人只是让自己的性格适应了这样特殊的工作而已。”

“传言说他其实是地球人，是真的吗？”

“从理论上说，我们全是地球人。”大龙自嘲地说，然后大家都一齐笑起来。

“他是在火星出生、在火星长大的。但是他年轻的时候是在地球上读的大学。”

“哟，他还留过学呢！”肌肉约翰有点惊讶又有点揶揄地说。

“那他为什么叫老萝卜呢？”我又问道。对于这个问题我一直很好奇。

“对呀。他怎么有这样的外号啊？”看来，其他人对此也早有疑问。

“据说由于营养不良，他年轻时又小又瘦，满脸的褶子。在地球留学的时候，他的那些生活优渥的地球同学就给他起了这个外号。后来，他就一直坚持让别人叫他这个外号，算是对他悲惨童年的提醒吧。”

“不明白这有什么意思。”

“其实这很好明白，这就跟美国留着‘亚利桑那号’做纪念馆、中国留着圆明园做景点、寡妇总把自己的儿子放在身边是一个道理。”

我和其他人都笑了起来，虽然我不太明白大龙的话是什么意思。

“金小宝，该出去巡察了。”不知什么时候，陶梅走了进来，对我说完，又转身走了出去。

“怎么样了小宝？还没有把她搞定？”肌肉约翰向我打趣地说。我有些泄气地向他摆了摆手。

肥弗也笑着说：“小宝被她搞定了还差不多。这个小丫头是老萝卜招进来的，可能是他的什么亲戚吧。别说，这两人的脾气倒是比较像……”

“你走不走？”这时陶梅又出来喊了一声。

“走，马上就走！”我急忙答道。

我把在一旁坏笑的大龙推倒在约翰的身上，然后跟着陶梅走了出去。

“这两天我们要重点检查一下曳冰索和激光切割机是否状态良好。我们还有几天就要到了。”她对我说道。

“是，是。”我一个劲儿地点头，然后又问道，“不过，怎么检查？”

陶梅白了我一眼，然后无奈地说：“我先来做，你跟在后面好好学着怎么做。”

“好，好。”我连声答应。

其实检查的程序并不复杂。我们将曳冰索释放出去，然后再检查一下在曳冰索最前端的遥控牵索机是否能正确运行就可以了。操控那些遥控牵索机就像打电子游戏一样容易，而激光切割机就更像游戏了。可惜的是，我们附近没有冰块石头什么的可以用来试验一下激光切割机的效果。陶梅见我学得很快，表情也缓和了一些。

“你们几个刚才在说我什么？”陶梅将曳冰索收好后，突然问道。

我一下不知道该说什么好，只好支吾地回答：“也没什么。”

“没什么是什么？怎么你们几个笑得那么欢呢？”陶梅的表情看不出喜怒。

我硬着头皮回答：“就是讨论为什么你不爱理人之类的。”

“得出结论了没有？”

“没……没有。”我感觉我的手心开始出汗了。

陶梅又看了我一眼，然后“啪”的一声将曳冰索控制盒收起来，说：“走吧，我们再到别的地方看看。”

突然，不知道她被舷窗外面的什么给吸引住了。她凑到窗前，出神地向外望着。

我伸头向外面看去，只见远处有一颗只有拇指大小的球体，发出暗淡的橙色的光。

“那是木星吗？这么小？”这是我第一次用肉眼看见木星，却没有想到它如此不起眼儿。

“这是因为我们距离它实在是太远了。即使是这样，它看上去仍是那么美丽。”陶梅用少有的柔和的语气说。

“的确。”我言不由衷地说，“的确很美。”

经过了近一个月的航行之后，“来福号”终于开始减速了。按照计划，我们能在十天之后进入土星轨道。此时的土星在夜空中已经比较显眼了，再过两天我们就能用肉眼看见土星环了。

飞船走到这里时，我们也开始不断地遇见其他来到这里曳冰的飞船。这里也是海盗经常出没的地方，星际运输公司的曳冰船都是成编队地由政府的军舰护送。而像我们这样的私营曳冰船只能多加小心，自求多福了。

正当我们小心翼翼地通过这段区域时，前面突然传来紧急呼救的信号。

“遭遇海盗。失去动力，请求援助。”广播里传来一个男子焦急的声音。

我爸爸迅速地打开了侦察雷达。在我们正前方大约一个小时路程的地方，有一艘型号和我们差不多的曳冰船。

“我们追上这艘船还需要多长时间？”老萝卜问道。

“这船离我们有十万公里左右，目前时速十五万公里，并且保持匀速。而我们现在的时速是二十五万公里。我们有可能要错过去了。”

“什么意思？”我不解地问道。

“很简单，如果我们想在追上它时降到和它一样的速度。假设我们是匀减速的话，我们至少要以十四米每平方秒的加速度减速两个小时。”老萝卜稍微思考了一下，就给了一个很精确的数字。

这个加速度是火星重力加速度的三倍左右。而且“来福号”还没有做好迅速减速的准备。

“如果我们不救他们，他们会怎么样？”我问道。

“从这艘飞船的飞行航线上来看，他们会被土星俘获，也许最终会坠入土星之中。”我爸爸说道。

“我们不能见死不救啊！”我焦急地说。陶梅似乎比较认可我的话，也点了点头。

大家的目光都集中在了老萝卜身上。

“弗兰克和我驾驶飞船，其他人站到驾驶舱后墙处，我们开始减速。”老萝卜命令道。

随着飞船引擎发出隆隆的声音，大家一下子就被吸到了墙上，我过了好一会儿才适应这样大的加速度。我费力地扶着地板（现在变成墙了），在墙上站了起来。刚一抬头就被一块布蒙住了头。我扯下一看竟是老萝卜昨天穿的衬衫，上面还散发着浓重的烟味。再看看四周，撒满了老萝卜床上的各种衣服。我把衣服扔掉，伸手想把身边的陶梅扶起来，不过她没有扶我的手，自己轻松地站了起来。

两个小时之后，我们的飞船终于追上了那艘求助的飞船。突然悄无声息地，大家又都飘了起来。

“你们船上的核辐射指标正常吗？”老萝卜通过广播问道。

“正常。他们关闭了反应堆，然后取走了所有的燃料。”对方回答道。

“你们有几个人？”老萝卜又问道。

“只有我一个。其他人都被海盗劫走了。我躲在一个暗舱里面才侥幸逃脱。”

肌肉约翰将两艘船对接起来。经扫描发现，这个人没有携带武器，也没有发现致命的细菌。约翰按下按钮，那个人就走了进来。

他是个很不起眼儿的人，显得很紧张而且精神恍惚，看见我们只是一个劲儿地点头，并不说话。

“你叫什么名字？”老萝卜问道。

“斯坦。”那个人回答。

“你好，斯坦。我叫赵虎，别人都叫我老萝卜。欢迎来到‘来福号’。”

斯坦有些吃惊，“你就是老萝卜？”

“先去休息一会儿吧，小宝你把斯坦带到休息室休息一会儿。”老萝卜又说道，“大龙，打开主雷达。周围一旦有不明飞船就马上报告。其他人也提高警惕。陶梅，你再去调试一下激光切割机，必要的时候那就是我们唯一的武器了。我跟海盗的关系可不怎么好，我可不想落到他们手里。”

那人显然是很长时间没有睡好了。一到休息室，他就像一头死猪一样睡着了。

大约过了几个小时，那个叫斯坦的人才醒来回到了驾驶室，老萝卜见他来了，问道：“斯坦，你来得正好。我有几个问题想问你。你们船上当时有几个人？”

“加我六个人。海盗登船时我正在操作舱检修机械，听见报警声我就躲在了一个暗舱里面。后来等我再出来时，发现船上只剩下我一个人了。”

“这么说，你连海盗的影子都没有见着？”肌肉约翰有些嘲讽地问道。

“没……没有。”

“那他们拿走了什么东西吗？”老萝卜又问道。

“燃料,还有一些生活补给品。其他的就没有什么了。”

“这么说,他是抓人质想要赎金了?”老萝卜又问道。

“应该是吧,一定是。”斯坦说,语气中有些谄媚的意思。

“大家都紧张起来!我都快破产了,要是被抓去了,还真的没钱去赎你们。”我爸爸说道。

“我能干点什么?也让我帮帮忙吧。”斯坦说道。

“你还是躲着吧。这个你比较擅长。”肌肉约翰没好气地说。

斯坦蔫儿着头,说不出话来。

“你不是机械师吗?你跟着小梅和小宝,看看他们有什么要帮忙的。”我爸爸说道。

“好的,好的。”斯坦赶紧凑到我面前,紧紧握住我的手,“你好,你好。幸会,幸会。”

陶梅带着我和斯坦正要离开,老萝卜突然拉住我,在我耳边小声地说:“帮我多留意斯坦。”

“斯坦是坏人吗?”小孙子突然打断爷爷的讲述。

“为什么这么问?”老人反问道。

“因为你好像不喜欢这个人。”小孙子说道。

“鬼机灵。不过现在我还不能告诉你,等我把故事讲完,你就知道你猜得对不对了。”

“好吧。”

“今天我们就说到这里吧。你还得练钢琴呢。”

“再讲一会儿嘛。”小孙子撒娇地说。

“不行。你再不练钢琴,你妈回来又要骂你了。快去吧。”

小孙子嘟着嘴离开了。不一会儿,琴房里传来优美的钢琴声。老人并不知道小孙子弹的是什么曲子。他受过的教育不多,很多时候，儿子和儿媳在餐桌上聊的事情他都听不懂。不过，他现在却很喜欢这首曲子。

老人突然想起自己十岁时候的样子。那时候罗威尔城户外的空气依然不适于呼吸，他只能戴着氧气面罩满街乱跑。要是父亲不在家，他就成了山大王。那时，罗威尔只是一座小城，只有很少的房子和很多的工地。那时，他对于每条街每栋房子都了如指掌。不过，如今的罗威尔早已经没有了曾经的模样。现在站在市中心人潮涌动的广场上时，他觉得自己似乎是站在纽约或是上海的街头，丝毫没有了当初的归属感。当初他们这些人花了这么大的力气去改造火星，难道仅仅是为了复制另外一个地球？老人有些失望。

中午的时候，儿媳打电话来说平时给祖孙俩做饭的钟点工今天有事来不了了，所以老人要亲自下厨弄点吃的了。

老人打开冰箱，却发现冰箱里除了果蔬和牛奶之外什么都没有。

“聪聪啊，午饭想吃什么啊？”老人向练不下去琴而跑来看热闹的小孙子问道。

“我不想吃这些东西。整天都是这些，我早就吃够了。”小孙子说道。

“那你想吃什么？”

“我想吃汉堡。不，我要吃火锅！”

“火锅？家里没有火锅啊。”

“那就去市里面吃啊。”小孙子还没说完就犯愁了，“不过爸爸妈妈把车开走了，我们没法去市里了。”

老人看着小孙子，突然想到了什么。他有些神秘地说：“也不一定。”

那台电动摩托车已经扔在车库很长时间了。它是老人最钟爱的坐骑，它曾经让他在各种比赛中出尽了风头。

“酷！”小孙子见到那辆摩托车时兴奋地叫了起来。

“你爸爸小时候就喜欢我骑着摩托车带他出去兜风。那时他对冒险、远航之类的事情可感兴趣了。不知怎么回事，后来书读得多了，人却㞞了。”老人试着发动了一下，一切情况都还良好。

老人递给小孙子一顶头盔。硕大的头盔套在小男孩细细的脖子上，显得十分滑稽。老人帮小孙子把头盔摆正，然后学着克林特·伊斯特伍德的腔调对他说道：“怎么样，准备好了没有？”

小男孩兴奋地爬上高大的摩托车，然后展开双臂学飞机的样子，嘴里面还念念有词。

老人自己戴上头盔，戴上手套，然后对后面张牙舞爪的孙子说：“抓紧了。我比较赶时间，你要是掉下来了，我可没工夫去捡。”

小男孩又是一阵欢呼，然后摩托车呼啸着冲了出去。摩托车在公路上飞驰着，他们甚至可以听见风在头盔上摩擦产生的声音。

在众人惊异的目光中，老人把摩托车停在饭店的门口，然后把钥匙交给了瞠目结舌的服务员。祖孙俩牵着手，大摇大摆地走进了饭店。接过钥匙的服务员呆呆地站在那里，不知如何开动这辆老爷车。

午餐非常丰盛：涮牛肉，涮羊肉，甚至是猪肉，鱼肉。小男孩被辣得不断地伸舌头喝水，却仍旧津津有味地大口吃着。

一个小时之后，他们只能捧着撑得浑圆的肚子，坐在那里说不出话来。

这时候，一个服务生走过来礼貌地问道：“请问你们还需不需要一些饭后的果品？”

“不要了，谢谢。”老人礼貌地向服务生摆了摆手。

“这些果品是免费的。”服务员又说。

“真的不需要，谢谢。”

服务员有些诧异地摇了摇头。

那个服务员一离开，祖孙俩都哈哈大笑起来。

“斯坦后来怎么样了？”小男孩还在想着那个故事。

“斯坦？后来我们成了好朋友。”

“怎么会？”

“听我慢慢跟你说。”老人摆好姿势正要开始的时候，却突然忘了自己说到哪里了，“我讲到什么地方了？”

“讲到你们救了斯坦。”

“对，想起来了。我们救了人之后并没有遇见海盗，一路都很顺利，比原计划提前了三天到达木星附近。”

现在的土星已经非常壮观了。巨大的淡蓝色球体的周围是绚丽的环。在这里凭肉眼就可以很明显地看见土星的环分成很多层。这里飘浮着很多冰块，而且开采难度比在土星的庞大卫星上进行开采要小得多，是理想的曳冰场所。我们也遇见了很多来此曳冰的飞船。他们有的已经开始返航了。一艘和“来福号”相仿的曳冰船可以拖曳大约一千万立方米的冰，是飞船体积的五百倍左右。看过电视里播放蚂蚁拖运比自己大很多倍的物体没有？这个比那个还夸张。

我趴在舷窗上看着远处回程的曳冰船缓缓地移动着。其实你并不能看见船，只能看见远处缓缓前行的冰块。但即使是巨大的冰块在土星巨大身躯的映衬之下，依然非常渺小。

“太渺小了，是吧？”我循声回头，看见老萝卜站在我的身后。

我有些害怕地看了看他，然后点头说：“有些不太起眼儿。”

“的确，我们确实是很不起眼儿。再伟大的人，他的成就和这宇宙相比都不值一提。不过我们仍然要坚持下去，因为未来什么都有可能。”

“我让你看着斯坦，你有什么发现？”我正奇怪他为什么要和我说这些，老萝卜却突然转变了话题。

“斯坦还是唯唯诺诺的，见人都是点头哈腰的。不过他的机械技术很好，我和梅姐都很佩服他。”

“好，我知道了。”老萝卜说完转身离开了。

这几天我爸爸看我顺眼多了。我帮着陶梅和斯坦他们成功地处理了几次机械问题，就连陶梅偶尔也会夸我学得快。我自己也感到非常充实，那是一种发觉自己正参与一项伟大的事业而且还能做出贡献时所产生的自豪感和满足感。这会让人感到真正的快乐。

终于，“来福号”到达了目的地。此时，巨大的土星已经占满了整个天际，它反射出来的光似乎比遥远的太阳还要明亮。

接下来是老萝卜和我爸爸大显身手的时候了。一旦选中合适的冰体，他们就放出曳冰索。在曳冰索的尽头，有遥控牵索机可以绕过冰块将其捆住，然后飞船再逐渐靠近将冰体绑牢。有时冰块的个头过大，或者在边角的地方有杂质，就需要用激光切割机进行切割。有时发现冰块的个头太小，也可以用激光切割机将几块冰焊在一起。

虽然说起来很容易，但即使像他们这样的行家，通常也需要两天的时间才能完成选冰和捆冰。飞船的速度、位置和曳冰索的捆绑都非常讲究。有些时候还需要先对冰块的构造进行扫描，才能算出最符合力学结构的绑法。

老萝卜选中了在两万公里之外的一块冰。雷达显示这块冰很纯，形状也比较规则，大小在八百万立方米左右。如果可以搞定它，那么我们的任务就完成了一多半了。我们小心地在土星环中行驶着，并且不断地在雷达上跟踪那块冰。

“那是什么？”老萝卜突然指着雷达的显示屏说道。

在雷达的显示屏上有一个亮点，信号很强。

“是艘飞船。个头还不小呢。”大龙说道。

“它要干什么？”我爸爸问道。

“他们盯上那块冰了。”老萝卜说道，“告诉他们，我们已经先锁定了那块冰，让他们重新再找。”

肥弗发送了信息。不一会儿，广播里传来了他们的回复：“这块冰是我们先发现的，你们需要再重新寻找。”

“我们距离冰块更近而且处在冰块运行轨道的后方，按照惯例这块冰应该属于我们。”老萝卜回复道。

“是星际运输公司的飞船。”肥弗从雷达上辨认出了对方的机型。

“先到先得。”那艘飞船回复说。

“弗兰克，加速行驶。”老萝卜说道。

“这些小兔崽子！”肌肉约翰破口大骂起来。

当我们赶到那里，那艘星际运输公司的曳冰船已经开始捆冰了。

“再警告一次，这块冰是我们的，请马上离开。”老萝卜又通过广播喊道。

“先到先得。”对方仍是这一句回复。

“大龙，跟我到操作舱来。”老萝卜说道。

我和其他人站在驾驶舱正搞不清状况时，突然看见对方船上的曳冰索闪了几下火花，然后全都断开了。

“警告，这是攻击行为。”那艘船说道。

“我们的激光切割机已经瞄准了你们的引擎舱，如果不马上离开的话，你们就知道什么是攻击行为了！”老萝卜在操作舱里向那边喊道。

对方的飞船沉默了一会儿，然后回复说：“你是赵虎吧？”

“无可奉告。现在马上离开。”

“你们会后悔的。”那艘飞船加速离开了。

我高兴地跳起来，结果头重重地磕在了天花板上，其他人也都哈哈大笑起来。

我爸爸和老萝卜两人忙了两天，终于，“来福号”拖着重达一千两百万吨的冰块缓缓地开始返航。“来福号”按照螺旋的轨道，逐渐缓慢地挣脱土星的控制。在这个过程中，老萝卜还要对绑好的冰的姿态进行微调，以达到最稳定的状态。

由于没什么工作，我常常和大龙他们一起聊聊天、打打牌、玩些电子游戏什么的。老萝卜让我多注意斯坦，我也一直没有放松。不过这个人老实得很，跟谁都是客客气气的，看不出有什么可疑的地方。

我和大龙常常争论我和他谁的力气更大。两个人吵了几天，依然没有结论。肌肉约翰实在忍不住了，就说：“你们掰一掰手腕不就行了吗？”

于是，我们两个人就坐在厨房的椅子上，用安全带将自己绑牢，开始较量起来。肥弗和约翰则在一旁不断地撺掇起哄。

我和大龙僵持了很长的时间。肥弗和约翰则在一旁不断地给我加油鼓劲。这时，陶梅竟然也站在一边饶有兴趣地看着。看见她站在那里，面若桃花，我恨不得当时就把大龙摆平了。不过我们两人实在是旗鼓相当，不一会儿，我们的汗珠就开始“飘”起来了。大龙突然怪叫了一声，整个人一下子翻了上去，若不是我和他的手一直紧紧握着，他一定要趴到天花板上去了。约翰和肥弗则笑得在空中不断地打滚。原来肥弗趁大龙不注意，悄悄解开了他的安全带。

“你们两个人敢阴我，看我怎么收拾你们。”大龙反应过来后，朝他们两个人破口大骂起来。其他人更是笑得前仰后合。

这时斯坦从外面冲进来，慌张地说：“不好了，出事了！”

等我们来到驾驶室，老萝卜和我爸爸已经在那里了。他们盯着大屏幕，默不作声。

“出什么事了？”肌肉约翰问道。

“我们的飞行路线出现问题了，‘来福号’现在已经被木星的引力俘获了。”斯坦说道。

“怎么可能？”大家都很惊诧。

肥弗走到操作台前，快速地计算了一下，说：“不错。我们现在已经成了木星的卫星了。”

“那怎么办？”我问道。

“不知道。我们现在这么重，不知道什么时候才能加速到逃逸速度。即使我们成功逃逸了，我们那时候的方向可能也需要很大的调整，那样一来，我们可能无法按时交货了。”肥弗说道。

肌肉约翰突然冲过去，掐住了斯坦的脖子。巨大的冲力使得两个人重重地撞在对面的墙上。

“说！是不是你搞的鬼？”约翰恶狠狠地说。有了上次的教训，这次一出事，约翰第一反应就是出了内鬼，而这个内鬼一定是斯坦。

“不……不是。”斯坦断断续续地说。

“你还敢说你不是海盗派来的奸细？”约翰又吼起来。斯坦被约翰卡住脖子，说不出话来。

“约翰，你先把他绑起来，待会儿再处理他。”我爸爸对约翰说。

肌肉约翰像抓一只小鸡一样将斯坦按在一张椅子上，然后扯下斯坦的腰带把他绑在那里。

“我们现在怎么办？”我爸爸问老萝卜。

“我们将驶往木星的近轨道。”

“什么？”我觉得老萝卜的每次决定都可以让我感到震惊。

不过我爸爸却兴奋地说：“好主意！到近轨道去可以利用势能帮助我们加到足够的速度。而且近轨道的周期既不太长又有充足的时间让引擎加速。好主意！”

大家分头忙了起来。大龙和约翰去帮老萝卜和我爸爸两人调整后面的冰山的位置，防止因为突然转向造成冰体碎裂或是曳冰索断开。我和陶梅则去反应堆那里调试，争取使反应堆再增加一些功率。不过，反应堆已经十分接近满负荷运行了，我们能做的只是些可有可无的优化而已。

舷窗外的木星个头越来越大，它那橙红的巨大身体就像我爸爸醉酒后的眼睛扩大了无数倍，让我感到不寒而栗。

“都怪星际运输公司的那些浑蛋！也怪这木星，没事长这么大的个头干什么？！”我有些蛮不讲理地发着火，就像一个不懂事的孩子在摔倒之后总会去责怪火星一样。

“其实若不是木星有如此巨大的质量，很多流星就会进入火星甚至地球的轨道，威胁人类的生存。我从前也像你这样痛恨木星，我妈妈所驾驶的飞船就是坠落在木星上面的。”

我惊讶地看着陶梅，嘴张了半天才说出了一句："什么？"

她没有理会我的惊讶，继续说道："但是后来我慢慢想明白了。木星并没有过错，它只是一个没有任何偏向性的巨大气体球而已。我们应该爱憎分明，而且这就是我们曳冰者的生活。我们每天都要面临这样的危险。你知道吗？每个人都曾是粒粒星尘，所以太空才是我们真正的家园。我妈妈只是回家了而已。”

我点了点头："我能问你妈妈的事故是怎么回事吗？"

"不能。"陶梅干脆地回答道。

"哦，那我就不问了。"我知趣地闭上了嘴。

"来福号"成功地完成了转向。我们也明显感到了飞船的加速，大家也都松了一口气。危机解除之后，大家又想到了斯坦。其实我们对斯坦都有所怀疑。毕竟如果"来福号"有人捣鬼，那么一定是他。

"再不说实话，就把你扔出去。"约翰说道。

"你们救了我，我感激还来不及呢。我怎么会去害你们呢？"斯坦申辩道。

老萝卜听了，沉默了一会儿，然后说："大龙，还有约翰，你们把斯坦带到外面溜达一圈，直到他说实话为止。"

"外面？哪里？"大龙不解地问道。

"飞船外面。"老萝卜面无表情地说。大家听了都面面相觑。

"不要，不要。我说的都是实话，我真的什么也没干！"斯坦惊恐地叫起来。

“你们还在等什么？”老萝卜见大龙和约翰有点犹豫，就朝他们吼道。

两人只好把斯坦架起来，然后开始往驾驶舱外面拖。斯坦此时已经说不出完整的话了，只是惊恐地叫着。

就在这时，肥弗突然喊道：“等等！”

大家都停下来看着肥弗。他语气凝重地说：“也许真不是他干的。”

“什么意思？”

“我们的飞船又偏离航道了！”肥弗说道。

在大屏幕上，“来福号”的行驶轨道和预计轨道已经形成了很大的偏差。

“怎么回事？”我爸爸问道。

“我也不知道。我明明设定好了轨道，而且在刚才检查的时候飞船还在按计划航行。没想到和土卫六上面的测距点进行校对后却发现我们偏了这么多。”

“按照目前的航线，恐怕我们要坠入木星了。”肥弗大概分析了一下数据，然后有些绝望地说。

老人说到这里，停顿了下来，似乎陷入了回忆。

“在调整航向之后，斯坦一直是被捆起来的。那么也就是说他是无辜的。如果他不是坏人，那么谁是坏人呢？”小孙子在一旁分析道。

“不错。斯坦的确不是坏人。而且‘来福号’上根本就没有坏人。”

“那怎么可能？”

“想不明白吧？告诉你吧，当时‘来福号’的主机中毒了。”

“怎么回事？”小孙子很费解的样子。

“是老萝卜发现这个问题的。他在飞船的主机上发现了一种极为隐蔽的电脑病毒。这种病毒可以欺骗船上的导航系统，偷偷地改变飞船的航线。”

“还记得跟我们抢冰块的星际运输公司吗？他们一定是在广播中加密了电脑病毒，造成‘来福号’的主机被感染了。”老萝卜说道。

肌肉约翰放开斯坦，有些歉疚地看看他，不知道该说什么才好。

“现在我们该怎么办？”我爸爸问道。

“必须杀毒后，重启主机。”老萝卜回答。

“重启最起码要半天以上。如果现在飞船失去动力，我们很快就要葬身木星了。”我爸爸又说道。

“我们可以手动驾驶。”

肥弗也提出了异议：“我们现在所处的环境太复杂，稍有不慎，手动驾驶就会让我们送命的。”

“不能再按照原来的轨道行驶了。我们必须丢掉一部分的冰，然后直接加速摆脱木星。”老萝卜说道。

大家沉默了。显然这是唯一可行的办法了，但丢弃冰块就意味着我们这次航行失败了。按照合同，我们应该拖来一千万吨的冰，如果不能足量完成就会造成违约。而违约是我爸爸最不想看到的。

“我们至少要扔掉多少冰？”

肥弗计算了一下，然后回答：“五百一十万吨。”大家再一次陷入沉默之中。

我们扔掉了五百多万吨的冰块，然后勉强离开了木星。大家的情绪都很低落，毕竟，突然一下子就失败了，谁都很难接受。我当时就难过地哭了起来……不要笑话我，当时谁处于那种环境都会感到难受。约翰和大龙他们也没了说说笑笑的心情，他们只是拍了拍我的头，叹着气离开了。

祖孙两人吃完饭从饭店里出来，又在罗威尔城的街道里转了两圈，直到下午太阳快落山的时候，他们才回去。

还没到家门口，就见老人的儿子远远地从屋子里冲出来，不停地招着手，嘴里还在不断地说着什么。

“完了。这下你爸爸又该数落我了。”老人对坐在身后的小孙子说道。

老人刚刚把摩托车停下，儿子就冲了上来：“你们今天上哪儿去了？”

“去城里去了。”老人回答。

“去城里去了？就骑着这个东西？”

“是啊，怎么了？”

“爸爸，您知道我下午打电话回家没人的时候有多担心吗？我正开着会就直接赶回家了。您也不想想您都多大岁数了，这老摩托车都多大岁数了。这该多危险啊！”

“危险？我没觉得。”老人满不在乎地说道。

“还有聪聪你也太不懂事了。你整天在家也不学习，就光知道玩。你现在的水平，去地球上学习怎么能跟得上人家的课程？”

晚上，老人的儿媳也回家了。她回家的第一件事就是检查小男孩的钢琴，结果令她很不满意。当她听说了老人带着小孙子去罗威尔城里转了半天之后，更是怒不可遏。

“你们到底想要聪聪怎么样？你们把他送这么远你们忍心吗？”老人不高兴地说道。

“爸，这个事情我们不是讨论过了吗？这是为聪聪的未来着想。再说了，现在到地球最快只要几天，并不是很远，他放假的时候还能回来。他有的是时间，可以常常回来。”

“他有，但是我没有时间了！”老人愤怒地撇下这句话，然后离开了。

老人晚上也没有吃饭，一个人待在卧室里生闷气。

晚上睡觉的时候，小孙子又跑来找自己的爷爷，手里还端着一块蛋糕。

“爷爷，我不想去地球，那里太远了。”

“其实地球是很好的地方。风景很美，而且人多，很热闹。再说地球根本不算远，我还去过海王星那里呢。”老人接过蛋糕，吃了两口。

“但是在那里我就不能天天看到爷爷了。”

“不是还有视频电话吗？”

“我不喜欢电话。”

“我也不喜欢电话。电话里你就没办法帮我拿蛋糕了。”

“爷爷，再给我讲故事吧。”

“今天算了吧，爷爷有点累。明天再跟你讲。”老人感觉有些不舒服。

“爷爷？”

“嗯？”

“是不是生活就像你们曳冰一样，总是那么艰难？”

老人愣了一会儿，回答道：“是的，生活中总是有你意想不到的困难，一件接着一件，直到你无奈退出为止。”

“你们最后退出了？”

“聪聪，你知道我多么想告诉你，我们坚持到了最后一刻……但可惜的是，后来我亲手把‘来福号’卖给了星际运输公司。”

“为什么？”

“那是很多年后的事情了。你太爷爷早就不在了，你奶奶也去世了，所有的私人曳冰船都破产了，政府也不再雇用我们了。那时，连象征性的坚持也没有了任何意义，我们只有认输离场。”老人的表情里没有悲哀，也没有无奈。

“但你们是那么勇敢。”小孙子说着，声音里有了些哭腔。

“当你长大了，你就会明白，生活有时候并不奖赏勇敢者。”

小孙子离开后，老人躺在床上依旧睡不着。年纪大了之后，睡眠就变少了。他常常不知道该如何打发这漫漫的长夜。当他睡着时，他梦见了“来福号”——那艘斑驳的旧船孤零零地立在那里，时不时地，飞船外层的保护膜从船体上脱落下来。他的朋友们都站在那里，默默看着“来福号”。在他身边，站着一个美丽的女孩，脸上带着淡淡的微笑。

第二天清晨的时候，老人没有醒来。

他再也没有醒来。

葬礼将于一天后举行，老人的儿子此时正在老人的屋里收拾老人的遗物。老人的东西并不是很多，除了衣物之外，只有一只大箱子。打开箱子，里面放着一些锤子、扳手之类的东西——应该是他当年所用的工具。里面还有一张老式的3D照片，照片上是一个微笑着的美丽姑娘。

“这是奶奶吗？”不知道什么时候，聪聪来到了房间里，他指着这张照片问道。

老人的儿子正看着照片发呆，他沉默了一会儿才说：“是的。这就是你奶奶。怎么样，她很漂亮吧？”

聪聪点了点头。

“爸爸，人死了之后有灵魂吗？”

孩子的父亲沉默良久，然后摇摇头说道：“不知道。但我希望有，这样我们就能和爷爷说话了。”

“那灵魂能从火星飞到地球吗？”小男孩又问道。

老人的儿子有些哽咽地说：“你爷爷是最棒的宇航员，我想他一定能。”

“快速六号！”聪聪从箱子里抓出了一个飞船模型。

“真的是‘快速六号’！”老人的儿子接过那个模型，会心地笑了出来。

“在我还很小的时候，我经常会摆弄你爷爷的航模收藏。弄丢了，弄坏了，他从来不说我。但是唯独不让我碰‘快速六号’，说它是‘来福号’的护身符，必须小心保存。如今‘来福号’都已经不在了，没想到这个模型却依然还在。”

“爷爷说他最后还是卖掉了‘来福号’，这是真的吗？”

“他当时别无选择。不过他们是最后还在坚持的人。‘来福号’是最后一艘个体经营的曳冰船，如今的历史书上还有你爷爷的名字。”

“如果他们注定要失败，那么他们的努力还有什么意义呢？”

“要想知道自己是不是注定失败，只有一个办法，那就是坚持到最后。Battles are lost in the same spirit in which they are won. 将来你会知道这句诗是什么意思。我小的时候特别喜欢听他讲他们远航的故事，就像你一样。”

“爷爷没有把故事说完。”聪聪说道。

老人的儿子愣了一下，然后摸了摸儿子的头，“是吗？爷爷的确走得太匆忙了。不过他一定想让你把故事听完。这样吧，坐到床上来，我来跟你讲。”

小男孩抱起那个“快速六号”的模型，坐在床上，然后说：“爷爷讲到他们丢掉了冰块，然后逃离了木星。”

“讲到这里了？下面该你爷爷大显身手了。”老人的儿子开始回忆。

就在大家还在难过的时候，老萝卜又提出了一个疯狂的计划——“打劫彗星”。雷达显示在“来福号”的前方有一颗彗星。彗核的含冰量在60%以上，所以他们可以弄些彗核来充当冰块。这就像开着一架喷气式战斗机去追一颗导弹，然后再把它拆除一样，虽然可行但从来没有人干过，不过这次，大家对老萝卜却非常支持。

经过一段时间的急刹车，“来福号”靠近了这个巨大的彗星。

彗星非常非常丑。它的表面呈暗黑色，布满了各种裂纹和小孔。这是一颗运行周期为两千五百年的彗星，在以前经过太阳附近时，其中的一部分水分和气体受热从表面喷出，造就了这样丑陋多孔的样子。

“这东西上面有水吗？”大龙问道。

“这是个脏雪球。但是大部分依然还是水。”肥弗回答道。

“这玩意儿好切割吗？”约翰有些担心地问。

“放心吧！除了液体和气体，激光切割机什么都搞得定。”

这是一颗大彗星，老萝卜只选择了彗核突出的一角上面的很小一部分。而这一小块彗星的质量预计要超过七百万吨——因为彗核的杂质比较多，所以要多取一些。

老萝卜顺利地将那块彗核切了下来。你太爷爷则在一旁放出曳冰索，小心地去绑这块冰。绳索顺利地绕过这小块彗星，然后开始缓慢地缠绑。但所有人都忽略了一点，那就是这颗彗星有着极低的自转速度，令人难以觉察。正是因为自转的缘故，彗核的主体撞到了他们从土星上带来的冰块。就在他们要大功告成时，整个船体突然剧烈地摇晃起来。他们这才发现，原来带来的那块冰块和新绑好的小块彗星已经撞在一起了。几根曳冰索断开了，还有几根曳冰索前面的牵引机不知去向，整个绳索都和其他的曳冰索缠在了一起。

“我们能用激光切割机把这些绳索割断吗？”你太爷爷问老萝卜。

老萝卜迅速分析了一下受力的情况，然后回答：“不行。如果不小心把这几根好的绳索也割断的话，我们就拉不住这两块冰了。我必须出舱作业。”

“不行！你是船长，让我出去。”你太爷爷说。

“还是让我来吧。我对出舱工作比较有经验，再说这活儿又不是多危险。”老萝卜说道。

“不行……”

“我是船长，我说了算。”老萝卜坚持道。

你太爷爷看了老萝卜好久，然后说道：“好吧。不过千万要小心。”

你爷爷和其他人一起担心地看着老萝卜穿上宇航服，然后顺着飞船背部的出舱口来到了真空中。就在这个时候，一直在驾驶室里操作雷达的肥弗通过广播对老萝卜说道：“船长，您得快点了。前方有一群碎石，可能需要用激光来拦截。到时产生的残渣可能会对你的宇航服造成破坏。”

“这么倒霉！还有多长时间？”老萝卜问道。

“三分钟，最多四分钟。”

“三分钟？够了。”

说着，老萝卜将宇航服的推进器开到了最大，熟练而轻巧地绕过飞船背部的雷达和其他设施，即使接近尾部时仍然没有减速。只见他猛地抓住“来福号”尾部的一根曳冰索，整个身体潇洒地划了个弧线，翻到了飞船的后面，总共用时只有两分钟左右。

他先用便携的激光器仔细地切割已经断开的曳冰索，然后再用手抓住绳索，依靠推进器的力量把绳索拖开。

虽然这些绳索都是用很轻的碳纳米材料做成的，但每根绳索都很长，而且有人的胳膊那么粗，所以整条曳冰索的质量还是很大的。虽然几乎没有重力，但是要拖动这些绳索还是十分费力的。老萝卜用了十分钟才解开了第一根绳子，还有三根要解。与此同时，你太爷爷则不停地用激光切割机对迎面飞来的大块碎石进行破碎，破碎后的细小石块则像速度极快的雨滴一样打在“来福号”的背部。老萝卜所处的尾部由于船体和冰块的保护，暂时没有受到流石的侵袭。

接着，老萝卜又吃力地解开了一根绳索，然后是另外一根。终于，他把最后一根绳索也解了下来。大家都高兴地欢呼起来。

“干得漂亮，老萝卜！”你太爷爷通过广播对老萝卜高兴地说。老萝卜在舱外挥手向我们致意。

“船长，你现在不能原路返回了。目前出舱口那面的碎石还是太多，不安全。”肥弗在驾驶室又说道：“在飞船尾部有个小舱，以前是用来存放出舱机器人的，和飞船内部并不相通。你可以暂时先到那里去，等这段碎石过去之后再从出舱口那里进来。”

“好的，没问题。”老萝卜回答道，听声音也知道他的心情很好，“我在外面看一会儿风景，你们还有谁要出来陪陪我？”

大家又哄笑起来。可就在这时，两块巨大的冰块因一次突然的挤压而喷出了几块巨大的碎片，其中一块击中了老萝卜。他在空中转了很多圈，接着撞在一根曳冰索上面，然后没有了动静。

“赵虎！”你太爷爷通过广播使劲地叫他，但是没有任何的回应。

“快遥控宇航服，把他停在安全的地方。”大龙通过广播对身在驾驶室里的肥弗喊道。

“宇航服的推进器没有反应，可能是坏了。”肥弗回答道。

陶梅突然显得很激动，“给我件宇航服，我要出去救他。”

“你是个女孩，这事应该我去。”你爷爷抢着说。

“你们谁也不能去。外面全是流石，谁也过不去。”你太爷爷说道。

“那怎么办？”你爷爷和陶梅一齐问道。

“他现在生命体征如何？”你太爷爷没有搭理他们两个人，而是转身问大龙。

“暂时正常。但是监视器显示宇航服里的压力出现了下降，说明有漏气现象。我们需要马上把他救回来。”大龙回答。

“我要出去救他！”陶梅又喊道。

“太危险了！”你太爷爷向她说道。

“我不管，他是我爸爸。我不能看着他不管。”陶梅说道。

大家一下全都愣住了。肌肉约翰惊讶地问道：“他是你父亲？”

陶梅没有回答他的问题，依然坚持道：“我要去救他！”

“也许我有一个办法。”这时，一直站在旁边的斯坦说道。

“什么办法？”

“飞船的尾部并不是没有和外界联通的地方。”斯坦说道。

“哪里？”

“垃圾处理室，我们平时是从那里把垃圾扔到太空中的。我们可以从那里出去。”斯坦说。

“但那个垃圾投放口很小，人很难钻得过去，穿上宇航服之后就更不可能了。”你太爷爷说道。

“不用穿宇航服。那个垃圾口和弗兰克刚才所说的那个存放机器人的舱室，以及老萝卜正好处在一条直线上，而且距离很近。如果一个人从垃圾口冲出，只要几秒钟就可以抱着老萝卜冲进那个舱室。我刚才检查了那个舱室，外面的门可以合上。”

“但是那个舱里有没有空气啊？”你太爷爷又问道。

“那里有几个废旧的电路口，稍加改装一下，我们就可以向里面鼓入空气。”斯坦又说道。

你太爷爷看了看斯坦，然后说：“也没有别的办法了，你现在就过去准备吧。我从垃圾口那里出去。”

“二爷，恐怕不行。我刚刚查了那个口。实在是太小了，大人都过不去。”大龙说道。

“那我去！”陶梅抢着说道。

“我去！”你爷爷这时也抢着说，“我的个子比你小，再说这事本来就该让男的来。”

“小宝说得没错，这事应该是他来。”你太爷爷一句话结束了他们的争论。

你爷爷和其他人来到垃圾口那里。那口果然很小，成人无法穿过。你太爷爷拍了拍你爷爷的肩膀，然后有些紧张地说：“你钻过去之后，我们一按按钮，外面的舱门就会打开。这时你就有可能被带出去，所以，在舱门打开之前一定要吸足一口气，并且抓紧门上的栓子。你冲出去的时候要快、要准，因为你在空中没有动力，只能靠惯性——你是好样的，一定能行。”

你爷爷也没再说什么，顺着狭窄的垃圾道勉强地爬了进去。里面此时还存放着一些垃圾，空气中散布着难闻的气味。

“小宝，准备好没有？”外面你太爷爷喊道。

“再等等。”你爷爷深深地吸了口难闻的空气，紧紧抓住门后的栓子，然后对外面喊道，“好了！”

“三，二，一！”

舱门打开之后，舱内的空气在瞬间就冲了出去，你爷爷紧紧地抓住门的把手。等到再也没有空气向外排出的时候，他感到了刺骨的寒冷。他感到自己的血管既要爆炸开来同时又要凝固了，浑身说不出地难受。

老萝卜在前面大约十米的地方，他一条腿挂在绳索上，已经失去了知觉。

你爷爷回头看了看后面，什么也看不见。现在已经没有空气了，里面的人不论说什么，他也听不见了。他瞄准老萝卜的方向，猛地一蹬腿，一下子飞了出去。你爷爷抱到老萝卜之后，将他的腿从绳子上拿开。此时他觉得自己的四肢快要失去知觉了。他用尽最后的力气，踩了一下绳子，冲进了那个原来停放机器人的舱中。他们刚一进来，身后的舱门就闭合起来。你爷爷眼睛一黑就昏了过去。

“爷爷太帅了！”小男孩兴奋地大叫起来。

“你也这么认为？”老人的儿子说。

“后来怎么样了？”小男孩又问道。

“等你爷爷醒来之后，他发现自己已经在休息舱中了。大家全都围在一旁，看着他笑着。这时老萝卜走过来，郑重地伸出自己的右手。你爷爷愣了一下，然后握住了老萝卜伸出的手。后来你爷爷告诉我，正是从那刻开始，他知道成为一名男子汉是什么样的感受了。”

“等他恢复的时候，‘来福号’已经带着足量的冰按时地来到了火星轨道上。第二天他们就可以把冰投入大气层中。”

当时，轨道上停着上千艘的曳冰船和曳气船。曳气船将从土星和木星带来的大量氮气从高压罐中释放出来，让它们顺着火星的引力缓缓地融入大气中。由于气体之间的摩擦，你可以清楚地看见大气中带状的红光。而冰块投入大气时的场面更加壮观，从太空中看来，这些冰块就像无数盏霓虹灯，闪着美丽的光芒。

“很壮观吧？”陶梅对正看得发呆的你爷爷说道。

“嗯。我回到火星的第一件事就是去北极看看冰块从天而降是什么样子。”你爷爷说道。

“好啊，我们一起去吧。”陶梅又说道。

你爷爷有些惊讶地看了看陶梅，然后高兴地点了点头。

“谢谢你救了我爸爸。”

“老萝卜真的是你的爸爸？”你爷爷问道。

“没错。当时他和我妈妈分别是两艘曳冰船的船长。他们虽然相爱，但都很好强。一次在执行任务的时候，他们两个人非要比一比谁的船先返回火星。我爸爸的船先走了，可我妈妈的船却遇到了海盗。她的船被击坏了，然后，沉重的冰山带着他们坠入了木星。所以我一直都很恨他，觉得他没有照顾好妈妈。”

“你现在不恨他了？”

陶梅摇了摇头，“不是特别恨了，但是我现在还是不想理他。”

“其实这并不是他的错，是海盗害了你妈妈。一个人应该爱憎分明，不是你说过的吗？”你爷爷开导她说。

“也许吧。这就是我们的生活，死亡和离别是我们每时每刻都要面临的问题。也许勇敢地活着，勇敢地死去，也是一种高贵的活法。”陶梅说道。

“我同意。”这次，你爷爷由衷地说。

“陶梅是我奶奶吗？”小男孩儿突然问道。

“你觉得呢？”

“我希望是她。我很喜欢她。”

“如果她能活着见到你，她也一定很喜欢你。”老人的儿子又说道。

“这么说她是我的奶奶了？”

老人的儿子又拿起那张照片，“这就是陶梅，我的母亲。”

“太好了！”小男孩儿高兴地说。

葬礼在罗威尔城的老港口举行，这里现在已经改成了博物馆。按照老人的遗愿，他的骨灰被装进一个金属小球里面，然后由电磁炮弹射到太空中。

葬礼的那天来了很多人。他们都没有特别伤心，只是安静地聚在一起说着老人年轻时的故事。小男孩坐在一旁，抱着“快速六号”的模型，看着这群已经白发苍苍的老人。

“你手中的是‘快速六号’吧？”突然，一位很老很老的人向他问道。

小男孩点了点头。

“要知道，那么多年我们都多亏了它的保佑。”那位老人戴着一副老花镜，背驼得很深。他吃力地坐下，朝小男孩笑了笑，脸上满是皱纹。

“你一定是聪聪。”那个老人又说。

小男孩又点了点头。

“你长得很像你的爷爷。”

聪聪没有说话，只是有些紧张地看着他。

“我是斯坦。很高兴认识你。”那个老人说道。

聪聪一下子笑了，伸出自己的小手，高兴地说：“你好，斯坦。”

晋阳三尺雪 / 张 冉

不是一千年以前，是一千年以后。——还隔着九千亿零四十二个宇宙。

赵大领着兵丁冲进宣仁坊的时候，朱大鲧正在屋里上网，他若有点与官府斗智斗勇的经验一定会更早发现端倪，把这出戏演得更像一点。这时是未时三刻，午饭已毕，晚饭还早，自然是宣仁坊里众青楼生意正好的时候，脂粉香气被阳光晒得漫空蒸腾，红红绿绿的帕子耀花游人的眼睛。隔着两堵墙，西街对面的平康坊传来阵阵丝竹之声，教坊官妓们半遮半掩地向达官贵人卖弄技艺；而宣仁坊里的姐妹们对隔壁同行不屑一顾，认为那纯属脱裤子放屁，反正最终结果都是要把床搞得嘎吱嘎吱响，喝酒划拳助兴则可，吹拉弹唱何苦来哉？总之宣仁坊的白天从不缺少吵吵闹闹的讨价还价声、划拳行令声和嘎吱嘎吱摇床声。这种喧闹成了某种特色，以至于宣仁坊居民偶尔夜宿他处，会觉得整个晋阳城都毫无生气，实在是安静得莫名其妙。

赵大穿着薄底快靴的脚刚一踏进坊门，恭候在门边的坊正就感觉到今时不同往日，必有大事发生。赵大每个月要来宣仁坊三四次，带着两个面黄肌瘦的广阳娃娃兵，哪次不是咋呼着来、吆喝着走，嚷得嗓子出血才对得起每个月的那点巡检例钱。而这一回，他居然悄无声息地溜进门来，冲坊正打了几个唯有自己看得懂的手势，领着两个娃娃兵贴着墙根蹑手蹑脚向北摸去。“虞候啊，虞候！”坊正踉踉跄跄追在后面，双手胡乱摇摆，“这是做什么！吓煞某家了！何不停下歇歇脚、用一碗羹汤，无论要钱要人，应允你就是了……”

“闭嘴！”赵大瞪起一双大眼，压低声音道，“靠墙站！好好说话！有县衙公文在此，说什么也没用！”

坊正吓得一跌，扶着墙站住，看赵大带着人鬼鬼祟祟走远。他哆哆嗦嗦拽过身旁一个小孩，“告诉六娘，快收，快收！”流着清鼻涕的小孩点点头，一溜烟跑没了影，半炷香时间不到，宣仁坊的十三家青楼噼里啪啦扣上了两百四十块窗板，讨价声、划拳声和摇床声消失得无影无踪，不知谁家孩子哇哇大哭起来，紧接着响起一个止啼的响亮耳光。众多衣冠凌乱的恩客从青楼后院跳墙逃走，如一群受惊的耗子灰溜溜钻出坊墙的破洞，消失在晋阳城的大街小巷。一只乌鸦飞过，守卫坊门的兵丁拉开弓瞄准，右手一摸，发觉箭壶里一支羽箭都没有，于是悻悻地放松弓弦。生牛皮的弓弦反弹发出“嘣”的一声轻响，把兵丁吓了一跳，他才发现四周已经万籁俱寂，这点微弱的响声居然比夜里的更鼓还要惊人。

下午时分最热闹的宣仁坊变得比宵禁时候还要安静，作为该坊十年零四个月的老居民，朱大鲧对此毫无察觉，只能说是愚钝至极。赵大一脚踹开屋门的时候，他愕然回头，才惊觉到了表演的时刻，于是大叫一声，抄起盛着半杯热水的陶杯砸在赵大脑门上，接着一使劲把案几掀翻，字箕里的活字噼里啪啦掉了一地。“朱大鲧！”赵大捂着额头厉声喝道，“海捕公文在此！若不……”他的话没说完，一把活字就撒了过来。这种胶泥烧制的活字又硬又脆，砸在身上生疼，落在地上碎成粉末。赵大躲了两下，屋里升起一阵黄烟。

“捉我，休想！”朱大鲧左右开弓丢出活字阻住敌人，转身推开南窗想往外跑，这时一个广阳兵举着铁链从黄雾里冲了出来，朱大鲧飞起一脚，踢得这童子兵凌空打了两个旋儿“啪”地贴在墙上，铁链撒手落地，当下鼻血与眼泪齐飞。赵大们几人还在屋里瞎摸，朱大鲧已经纵身跳出窗外，眼前是一片无遮无挡的花花世界。这时候他忽然一拍脑门，想起宣徽使的话来，“要被捕，又不能易被捕；要拒捕，又不能不被捕；欲语还休，欲就还迎，三分做戏，七分碰巧，这其中的分寸，你可一定要拿捏好了。”

“拿捏，拿你奶奶，捏你奶奶……”朱大鲧把心一横，向前跑了两步，左脚凌空一绊右脚，“啊呀”惨叫着扑倒在地，整个人结结实实拍在地面上，“啪！”震得院里水缸都晃了三晃。

赵大听到动静从屋里冲了出来，一见这情景，捂着脑袋大笑道：“让你跑，给我锁上！带回县衙，罪证一并带走！”

流着鼻血的广阳兵走出屋子，号啕大哭道：“大郎！那一笸箩泥块都让他砸碎了，还有什么罪证？咱这下见了红，晚上得吃白面才行！咱妈说了跟你当兵有馒头吃，这都俩月了连根馒头毛都没看见！现在被困在城里，想回也回不去，不知道咱妈咱爹还活着不，这日子过得有啥意思？！”

“没脑子！活字虽然毁了，网线不是还在吗？拿剪刀把网线剪走回去结案！”赵大骂道，“只要这案子能办下来，别说吃馒头，每天食肉糜都行！出息！”

小人物的命运往往由大人物的一句话决定。

那天是六月初六，季夏初伏，北地的太阳明晃晃挂在天上，晒得满街杨柳蔫头耷脑，明明没有一丝风，却忽然平地升起一个小旋风，从街头扫到街尾，让久未扫洒的路面尘土飞扬。马军都指挥使郭万超驾车出了莅武坊，沿着南门正街行了小半个时辰。他是个素爱自夸自耀的人，自然高高坐在车头，踩下踏板让车子发出最大的响声。这台车子是东城别院最新出品的型号，宽五尺、高六尺四寸、长一丈零两尺，四面出檐，两门对掩，车厢以陈年紫枣木筑成，饰以金线石榴卷蔓纹，气势雄浑，制造考究，最基础的型号售价铜钱二十千。这样的车除了郭万超此等人物，整个晋阳城还有几人驾得起？

四只烟囱突突冒着黑烟，车轮在黄土夯实的地面上不停弹跳，郭万超本意横眉冷目睥睨过市，却因为震动太厉害而被路人看成在不断点头致意，不断有人停下来稽首还礼，口称“都指挥使”，郭万超只能打个哈哈，摆手而过。车子后面那个煮着热水的大鼎——

就算东城别院的人讲得天花乱坠，他还是对这台怪车满头雾水。据说煮沸热水的是猛火油，他知道猛火油是从东南吴地传来的玩意儿，见火而燃，遇水更烈，城防军用此把攻城者烫得哇哇叫。这玩意儿把水煮沸，车子不知怎的就走了起来，这又是什么道理？——正发出“轰隆轰隆”的吼声，身上穿的两裆铠被背后的热气烤得火烫，头上戴的银兜鍪须用手扶住，否则走不出多远就被震得滑落下来遮住眼睛，马军都指挥使有苦自知，心中暗自懊恼不该坐上驾驶席，好在目的地已经不远，于是取出黑镜戴在鼻梁上，满脸油汗地驰过街巷。

车子向左转弯，前面就是袭庆坊的大门，尽管现在是礼崩乐坏、上下乱法的时节，坊墙早已千疮百孔，根本没人老老实实从坊门进出，但郭万超觉得当大官的总该有点当大官的做派，若没有人前呼后拥，实在不像个样子。他停在坊门等了半天，不光坊正没有出现，连守门的卫士也不知道藏在哪里偷偷打盹，满街的秦槐汉柏遮出一片阴凉地，唯独坊门处光秃秃地露着日头，没一会儿就晒得郭万超心慌气短汗如雨下。“卫军！”他喊了两声，不见回音，连狗叫声都没有一处，于是怒气冲冲跳下车来大踏步走进袭庆坊。坊门南边就是宣徽使马峰的宅子，郭万超也不给门房递帖子，一把将门推开，风风火火冲进院子，绕过正房，到了后院，大喝一声：“抓反贼的来啦！”

屋里立刻一阵鸡飞狗跳，霎时间前窗后窗都被踹飞，五六个衣冠文士夺路而出，连滚带爬跌成一团。“哎呀，都指挥使！”大腹便便的老马峰偷偷拉开门缝一瞧，立刻拍拍心口喊了声皇天后土，“切不可再开这种玩笑了！各位各位，都请回屋吧，是都指挥使来了，不怕不怕！”老头儿刚才吓得幞头都跌了，披着一头白发，看得郭万超又气又乐，冷笑道：“这点胆子还敢谋反，哼哼……”

“哎呀，这话怎么说的？”老马峰又吓了一跳，连忙小跑过来攀住郭万超的手臂往屋里拉，“虽然没有旁人，也须当心隔墙有耳……”

一行人回到屋里，惊魂未定地各自落座，将破破烂烂的窗棂凑合掩上，又把门闩插牢。马峰拉郭万超往胡床上坐，郭万超只是大咧咧立在屋子中间，他不是不想坐，只是为了威风穿上这前朝遗物的两裆铠，一路上颠得差点连两颗晃悠悠的外肾都磨破。老马峰戴上幞头，抓一抓花白胡子，介绍道：“郭都指挥使诸位在朝堂上都见过了，此次若成事，必须有他的助力，所以以密信请他前来……”

一位极瘦极高的黄袍文士开口道：“都指挥使脸上的黑镜子是什么来头？是瞧不起我们，想要自塞双目吗？”

“啊哈，就等你们问。”郭万超不以为忤地摘下黑镜，“这可是东城别院的新玩意儿，称作‘雷朋’，戴上后依然可以视物，却不觉太阳耀目，是个好玩意儿！”

“‘雷朋’二字何解？”黄袍人追问道。

郭万超抖抖袖子，又取出一件乌木杆子、黄铜嘴的小摆设，得意扬扬道：“因为这玩意儿能发出精光耀人双眼，在夜里能照百步，东城别院没有命名，我称之为‘电友’，亦即电光之友。黑镜既然可以防光照，由‘电友’而‘雷朋’，两下合契，天然一对，哈哈哈……”

“奇技淫巧！”另一名白袍文士喝道，一边用袖子擦着脸上的血，方才跑得焦急，一跤跌破了额头，把白净无毛的秀才变成了红脸的汉子，“自从东城别院建立以来，大汉风气每况愈下，围城数月，人心惶惶，汝辈却还沉淫于这些、这些、这些……”

马峰连忙扯着文士的衣袖打圆场：“十三兄，十三兄，且息雷霆之怒，大人大量，先谈正事！”老头儿在屋里转悠一圈拉起帘子把窗缝仔细遮好，痰嗽一声，从袖中取出三寸见方的竹帘纸向众人一展，只见纸上蝇头小楷洋洋洒洒数千言。

“咳咳。”清清嗓子，马峰低声念道，“（广运）六年六月，大汉暗弱，十二州烽烟四起，人丁不足四万户，百户农户不能赡一甲士，天旱河涝，田干井阑，仓廪空乏。然北贡契丹，南拒强宋，岁不敷出，民无粮，官无饷，道有饿殍，马无暮草，国贫民贱，河东苦甚！大汉苦甚！”

念到这里，一屋子文士同时叹了一声“苦”，又同时叫了一声“好”。唯独郭万超把眼一瞪，“酸了吧唧地念什么哪！把话说明白点！”

马峰掏出锦帕抹了把额头上的汗珠，“是的是的，这篇檄文就不再念了。都指挥使，宋军围城这么久，大汉早是强弩之末，宋主赵光义是个狠毒的人，他诏书说‘河东久讳王命，肆行不道，虐治万民。为天下计，为黎庶计，朕当自讨之，以谢天下’。君不见吴越王钱弘俶自献封疆于宋，被封为淮海国王；泉、漳之主陈洪进兵临城下之后才献泉、漳两郡及所辖十四县，宋主赐就诏封为区区武宁军节度使；如今晋阳围城已逾旬月，宋主暴跳如雷，此事已无法善终，一旦城破，非但皇帝没得宋官可做，全城的百姓也必遭迁怒！覆巢之下岂有完卵？指挥使，莫使黎民涂炭，黎民涂炭啊！”

郭万超道：“要说实在的，我们武官也一个半月没支饷了，小兵成天饿得嗷嗷叫。你们的意思是刘继元小皇帝的江山肯定坐不住，不如出去干脆投降宋兵，是这个意思吗？”

此言一出满座大哗，文士们愤怒地离席而起、破口大骂，把君君臣臣父父子子君使臣以礼臣事君以忠的话翻来覆去说了八十多遍，马峰吓得浑身哆嗦，“诸君！诸君！隔墙有耳，隔墙有耳啊……”待屋里安静了点，老头儿驼着背搓着手道，“都指挥使，我辈并非不忠不孝之人，只是君不君，臣不臣，皇帝遇事不明，只能僭越了！第一，城破被宋兵屠戮；第二，辽兵大军来到，驱走宋兵，大汉彻底沦为契丹属地；第三，开城降宋，保全晋阳城八千六百户、一万两千军的性命，留存汉室血脉。该如何选，指挥使心中应该也有分寸！宋国终归是汉人，辽国是鞑靼契丹，奴辽不如降宋，就算背上千古骂名也不能沦为辽狗！”

听完这席话，郭万超倒是对老头另眼相看，“好。”他挑起一个大拇指，“宣徽使是条有气节的好汉子，投降都投得这么义正词严。说说看要怎么办，我好好听着。”

“好好。”马峰示意大家都坐下，“十年前宋主赵匡胤伐汉时老夫曾与建雄军节度使杨业联名上疏恳请我主投宋，但挨了顿鞭子被赶出朝堂。如今皇帝天天饮宴升平不问朝中事，正是我们行事的好时机。我已密信联络宋军云州观察使郭进，只要都指挥使开大厦门、延厦门、沙河门，宋军自会在西龙门砦设台纳降。”

“刘继元小皇帝怎么办？”郭万超问。

“大势已去的事后，自当出降。”马峰答道。

“罢了。但你们没想到最重要的问题吗？东城别院那关可怎么过？”郭万超环视在座诸人，“现在东西城城墙、九门六砦都有东城别院的人手，他们掌握着守城机关。只要东城那位王爷不降，即便开了城门宋兵也进不来啊！”

这下屋里安静下来。白袍文士叹道：“东城别院吗？若不是鲁王作怪，晋阳城只怕早就破了吧……”

马峰道：“我们商议派出一位说客，对鲁王动之以情、晓之以理。”

郭万超道：“若不成呢？”

马峰道：“那就派出一名刺客，一刀砍了便宜王爷的狗头。”

郭万超道：“你这老头儿倒是说得轻巧，东城别院戒备森严，无论说客还是刺客哪有那么容易接近鲁王身边？那里有那么多稀奇古怪的玩意儿，只怕离着八丈远就糊里糊涂丢了性命吧！”

马峰道：“东城别院挨着大狱，王爷手底下人都是戴罪之身，只要将人安插下狱，不愁到不了鲁王身边。”

郭万超道：“有人选了吗？说客一个，刺客一名。”他目光往旁边诸人身上一扫，诸多文士立刻抬起脑袋眼神飘忽不定，口中念念叨叨背起了儒家十三经。

郭万超一拍脑袋，“对了，倒是有个人选，是你们翰林院的编修，算是旧识，沙陀人，用的汉姓，学问一般，就是有把子力气。他平素就喜欢在网上发牢骚，是个胸无大志满脑袋愤怒的糊涂车子，给他点银钱，再给他把刀，大道理一讲，自然乖乖替我们办事。”

马峰鼓掌道：“那是最好，那是最好，就是要演好入狱这场戏，不能让东城别院的人看出破绽来，罪名不能太重，进了天牢就出不来了，又不能太轻，起码得戴枷上铐才行。”

“哈哈哈，太简单了，这家伙每日上网搬弄是非，罪名是现成的。”郭万超用手一捉裤裆部位的铠甲，转身拔腿就走，“今天的事天知地知你知我知，我这就找管网络的去，人随后给你带来，咱们下回见面再谈。走了！”

穿着两裆铠的武官丁零当啷出门去，诸文士无不露出鄙夷之色，窗外响起火油马车震耳欲聋的轰轰声。马峰抹着汗叹道：“要是能这么容易解决东城别院的事情就好了。诸君，这是掉脑袋的事情，须谨慎啊，谨慎！”

朱大鲧不知道捉走自己的兵差来自哪个衙门，不过宣徽使马峰说了，刑部大狱、太原府狱、晋阳县狱、建雄军狱都是一回事情，谁让大汉国河东十二州赔得个盆光碗净，只剩下晋阳城这一座孤城呢。他被铁链子锁着穿过宣仁坊，青楼上了夹板的门缝后面露出许多滴溜溜乱转的眼睛，坊内的姐姐妹妹嫖客老鸨谁不认识这位穷酸书生？明明是个翰林院编修，偏偏住在这烟花柳巷之地，要说是性情中人倒也罢了，最可恨几年来一次也未光顾姐妹们的生意，每次走过坊道都衣袖遮脸加快脚步口中念叨着“惭愧惭愧”，真不知道是惭愧于文人的面子，还是裤裆里那见不得人的东西。

唯有朱大鲧知道，他惭愧的是袋里的孔方兄。宋兵一来翰林院就停了月例，围城三月，只发了一斛三斗米、五陌润笔钱。说是足陌，数了数每陌只有七十七枚夹铅钱，这点家当要是进暖香院春风一度，整月就得靠麸糠果腹了。再说他还得交网费，当初选择住在宣仁坊不仅因为租金便宜，更看重网络比较便利，屋后坊墙有网管值班的小屋，遇见状况只要蹬梯子喊一声就行。每月网费四十钱，打点网管也得花几个铜子儿，入不敷出是小问题，离了网络，他可一日也活不下去。

“磨蹭什么呢，快走快走！”赵大一拽锁链，朱大鲦踉跄几步，慌乱用手遮着脸走过长街。转眼间出了宣仁坊大门，拐弯沿朱雀大街向东行，路上行人不多，战乱时节也没人关心铁链锁着的囚犯。朱大鲦一路遮遮掩掩生怕遇见翰林院同僚，幸好是吃饱了饭鼓腹高眠的时候，一个文士也没碰着。

“大……大人。”走了一程，朱大鲦忍不住小声问道，“到底是什么罪名啊？”

“啊？”赵大竖起眉毛回头瞪他一眼，“造谣惑众、无中生有，你们在网络鼓捣的那些事情以为官府不知道吗？”

“只是议论时政为国分忧也有罪吗？”朱大鲦道，“再说网络上说的话，官府何以知道？”

赵大冷笑道：“官家的事自有官家去管，你无籍无品的小小编修，可知议论时局造谣中伤与哄堂塞署、逞凶殴官同罪？再说网络是东城别院搞出来的玩意儿，自然加倍提防，你以为网管是疏通网络之职，其实你写下的每一个字都被他记录在案，白纸黑字，看你如何辩驳！”

朱大鲦吃了一惊，一时间不再说话。“突突突突……”一架火油马车突烟冒火驶过街头，车厢上漆着“东城廿二”字样，一看就知是东城别院的维修车。“又快到攻城时间啦。”一名广阳兵说道，“这次还是有惊无险吧。”

“嘘，是你该说的话吗？”同伴立刻截停了话头。

前面柳树阴凉下摆着摊，摊前围着一堆人，赵大跟手下娃娃兵打趣道：“刘十四，攒点银子去洗一下，回来好讨婆娘。”

刘十四脸红道：“莫说笑，莫说笑……”

朱大鲦就知道那是东城别院洗黥面的摊子。汉主怕当兵的临阵脱逃，脸上要墨刺军队名，建雄军黥着“建雄”，寿阳军黥着“寿阳”，若像刘十四这样从小颠沛流离身投多军的，从额头至下巴密密麻麻黥着“昭义武安武定永安河阳归德麟州”，除了眼珠子之外整张脸乌漆墨黑，要再投军只好剃光头发往脑壳上文了。东城那位王爷想出洗黥面的点子，立刻让军兵趋之若鹜，用蘸了碱液的细针密密麻麻刺一遍，结痂后揭掉，再用碱液涂抹一遍缠上细布，再结痂长好便是白生生的新皮。正因为宋军围城人心惶惶，才要讨个婆娘及时行乐，鲁王爷算是抓准了大伙的心思。

几人走过一段路，在有仁坊坊铺套了一辆牛车，乘车继续东行。朱大鲧坐在麻包上颠来倒去，铁链磨得脖子发痛，心中不禁有点后悔接了这个差使。他与马步军都指挥使郭万超算是旧识，祖上在高祖（后汉高祖刘知远）时同朝为官，如今虽然身份云泥，仍三不五时一起烫壶小酒聊聊前朝旧事。那天郭万超唤他过去，谁知道宣徽使马峰居然在座，这把朱大鲧吓得不轻。老马峰可不是平常人，生有一女是当朝天子的宠妃，皇帝常以“国丈”称之，不久之前刚退下宰相之位挂上宣徽使的虚衔，整座晋阳城除了拥兵自重的都指挥使和几位节度使，就属他位高权重。

“这不是谋逆吗？”酒过三巡，马峰将事由一说，朱大鲧立刻摔杯而起。

“晏子言‘故忠臣也者，能纳善于君，不能与君陷于难’，君子不立危墙之下，朱八兄须思量其中利害，为天下苍生……”老马峰扯着他的衣袖，胡须颤巍巍地说着大道理。

“坐下坐下，演给谁看啊？”郭万超啐出一口浓痰，“谁不知道你们一伙穷酸书生成天上网发议论，说皇帝这也不懂那也不会，大汉江山迟早要完，这会儿倒装起清高来啦？一句话，宋狗一旦打破城墙，全城人全都得完蛋，还不如早早投了宋人换城里几万人活命，这账你还算不清吗？”

朱大鲧站在那儿走也不是坐也不是，犹豫道：“但有鲁王在城墙上搞的那些器械，晋阳城固若金汤，听说前几天大辽发来的十万斛粟米刚从汾水运到，尽可以支持三五个月……”

郭万超道：“呸呸呸！你以为鲁王是在帮咱们？他是在害咱们！宋狗现在占据中原，粮钱充足，围个三年五年也不成问题，三月白马岭一役宋军大败契丹，南院大王耶律挞烈成了刀下鬼，吓得契丹人缩回雁门关不敢动弹。一旦宋人截断汾水、晋水，晋阳城就成了孤城一座，你倒说说这仗怎么打得赢？再说那个东城王爷不知道从哪儿钻出来的，搞出那么多稀奇古怪的玩意儿，他是真心想帮我们守城？我看未必！”

话音落了，一时间无人说话，桌上一盏火油灯哔剥作响，照得斗室四壁生辉。这灯自然也是鲁王的发明，灌一两二钱猛火油可以一直燃到天明，虽然烟味刺鼻，熏得天花板又黑又亮，可毕竟比菜油灯亮堂得多了。

“要我怎么做？”朱大鲧慢慢坐下。

“先讲道理，后动刀子，古往今来不都是这么回事？”郭万超举杯道。

鲁王确实不知道从哪里钻出来的。宋兵围城之前没人听过他的名号，河东十二州一丢，东城别院的名字开始在坊间流传。一夜之间晋阳城多了无数新鲜玩意儿，最显眼的是三件东西：中城的大水轮和铸铁塔，城墙上的守城兵器，还有遍布全城的网络。

晋阳城分西、中、东三城，中城横跨汾水，大水轮就装在骑楼下方，随着水势日夜滚动。水轮这东西早被用来灌溉农田碾米磨面，谁也没想到还能有这么多功用，“吱吱嘎嘎”的木头齿轮带动铸铁塔的风箱、城头的水龙与火龙、绞盘、滑车。铸铁塔有几个炉膛，风箱吹动猛火油煮沸铁水，铸出来的铁器又沉又硬，比此前不知方便了多少倍。

城墙上的变化更大，鲁王爷给城墙铺上两条木头轨道，用绳索拉着两头，扳下一个机簧，水轮的力量就扯着轨道上的滑车飞驰起来。从大厦门到沙河门就算驾快马也需一炷香时间才能赶到，坐上滑车，只消半袋烟时间就能到达。第一次发车的时候绑在上面的几个小兵吓得嗷嗷乱叫，多坐几次就觉得有趣，食髓知味，就成了滑车的管理员，整日赖在车上不肯下来。滑车共有五辆，三辆载人，两辆载炮。大炮与汉人惯用的发石机没什么不同，就是改用水轮拉紧牛皮筋，再不用五十名大汉背着绳索上弦；抛出的亦不再是石块，而是灌满猛火油的猪尿脬，尿脬里装一包油布裹着的火药，留一条引线出来，注满猛火油后将口扎紧，发射前将捻子点燃。

鲁王爷在墙头挂满泥檑。守城缺不了滚木礌石，但木头丢下一根少一根，石头扔下一块少一块，围城久了只怕连房顶都得拆了往下扔。东城别院就搞了个阴损毒辣的发明，用黄泥巴掺上稻草铸成五尺长、两尺粗的大泥柱子，表面嵌满大铁蒺藜，铁蒺藜专门泼上脏水，等它生出黑不黑、红不红的铁锈，因为鲁王爷说这样会让宋兵得一种叫“破伤风”的怪病。选上好黄泥用草席盖上焖一星期煨成熟泥，加上糯米浆、碎稻草和猪血反复捶打，这样铸成的泥檑每个重达两千六百斤，金灿灿、冷森森，泛着黄铜一样的油光，通体长满脏兮兮的生锈铁蒺藜，着实是件杀人利器。泥檑两端挂上铁锁链拴在城墙，宋军一来，数百个大泥柱子劈头盖脸砸下，把云梯、冲车、盾牌和兵卒一齐砸得粉碎。这厢绞盘一转，水轮之力“嘎吱嘎吱”将铁链卷起，沾满了血的泥檑又晃晃悠悠升上城墙。

宋人在泥檑下吃了苦头，后来只让老弱病残和契丹降卒当作先锋，趁泥檑把弃卒砸扁时发动井栏、云梯和发石机猛攻。这时滑车上的猪尿脬炮就到了开火时机，一时间数百个红彤彤、臊哄哄、软囊囊的尿脬漫天飞舞，落在宋军中化作火球四下燃烧，灼得木头哔剥作响、兵卒吱哇乱叫，空气中立时弥漫着一股果木烤肉的芳香。最后就到了弓箭手出场，专拣宋军中有帽缨的家伙攒射。因为众所周知，只有将官头上才飘着鸟毛。不过羽箭数量稀少必须省着点用，一人射个三五箭便归队休息，一场大战就此结束，城下一片烟熏火燎鬼哭狼嚎，城上汉人遥遥指点战场计算着杀人的数量，每杀一个人，在自己手上画一个黑圈，凭黑圈数量找东城别院领赏钱。按照鲁王爷计算近几个月死在城下的宋兵已达两百万之众，不过看那吹角连营依然无边无尽，大家就心照不宣谁都不提统一口径的问题。

一座晋阳城守得固若金汤，怕大伙在城内闲得无聊，鲁王爷又发明了网络。他先搞出了一种叫活字的东西（据自己说是剽窃一位毕昇毕老爷的发明，不过谁也没听说过这位了不起的老爷），先做一个阴文木雕版的《千字文》，然后用混合了糯米稻草和猪血的黄泥巴压在雕版上面晒干，最后整个揭下来切成烧肉大小的长方块，用泥樯边角料制作的阳文活字就完成了。将一千个活字放在长方形的字箕里面，每个活字后面用机簧绷上一缕蚕丝，一千缕蚕丝束成手腕粗细的一捆，这个叫“网”。字箕放在屋子里，蚕丝从墙根穿出到达网管的小屋，每捆蚕丝末端都截得整整齐齐套上一个铁网，每一缕丝线末尾绑着个小钩，挂在铁网上面。网管小屋只有个天棚遮雨，四壁挤挤挨挨挂满网线，若两台字箕之间要说话，找到两条网线将铁网一拧“咔嗒”一声锁好一千个小钩，两捆蚕丝就连了起来，这个叫“络”。

网络一连好，就可以通过字箕对话了，这厢按下一个活字，小机簧将蚕丝拉紧，那厢对应位置的活字就陷了下去。虽然从天地玄黄宇宙洪荒日月盈昃辰宿列张密密麻麻一千个字里面选出要用的活字很费眼力,可熟手自然能打得飞快。有学究说汉字博大精深，千字文虽然是开蒙奇书一本，可要拿来畅谈宇宙人生，区区一千个字怎么够用？鲁王爷却说这一千个字彼此并不重复，别说畅谈宇宙，古往今来大多数好文章都能用这一千个字做出来，真是够用得很啦。

《千字文》里实则有两个“洁”字重复，东城别院删掉了一个字，换上一个有弯钩符号的活字。因为两人通过网络对谈的时候，又要打字，又要盯着字箕看对方发来的字句，分心二用太难，鲁王爷就规定说完一句话之后要按下这回车键，表示自己的话说完了，轮到对方说话。为什么叫“回车”，王爷没解释。

起初网络只能两人对话，后来发明了一种复杂的黄铜钩架，能够将许多网线同时挂在一起，一个人按下活字，其他人的字箕都会收到信息。这时候又出现了新的问题，八名文士聊天，一个人说完话按下回车，其余七个人会同时抢着说话，这时字箕就会抽筋似的起起伏伏，好似北风吹皱晋阳湖的一池黑水。为了解决这个问题，东城别院发售了一种附加字箕，上面有十个空白活字，在用黄铜钩架组成网络的时候，大伙先将对方的雅称刻在空白活字上面。八名文士的小圈子，每个人的附加字箕都刻上八个人的称号，谁要发言，按下代表自己的活字，谁的活字先动，谁就有说话的权利，直到按下回车键为止。朱大鲧最喜欢把代表自己的“朱”字使劲按个不停，此举自然遭到了圈子内的严正谴责，因为此举不仅对其他人发言的权利造成干扰，更容易把网线搞断。鲁王爷一开始把这种制度称作“三次握手”，后来又改叫“抢麦”，这几个字到底是啥意思，王爷也没解释。

蚕丝固然坚韧，免不了遭受风吹雨打虫蛀鼠咬和朱大鲧此类浑人的残害，断线的事情时有发生。有时候聊着天，有人忽然大骂“文理狗屁不通辱骂先贤有失文士的身份”，那说明有活字的蚕丝断了，本来写的是“子曰：尧舜其犹病诸”，结果变成了“子曰：尧舜病诸”，这不光骂了尧舜先帝，更连孔圣人都坑进去了。此时就要高声喊“网管”，给网管些小钱让他检查网线，顺便到坊市带两斤烙饼回来。网管会断开网线，找到断掉的蚕丝打一个结系紧。若不花点钱跟网管搞好关系，他会把绳结打得又大又囊肿，导致网络拥堵，速度慢如老牛拉车；要是铜钱给足了，他就拿小梳子将蚕丝理得顺顺滑滑，系一个小小的双结，然后把两斤八两烙饼丢进窗口，喊一声："妥了！"——这就是朱大鲧荷包再窘迫也要花钱打点网管的原因。

东城别院的守城器械收买了军心，稀奇古怪的小发明收买了民心，网络则收买了文士之心。足不出户，坐而论道，这便利自三皇五帝以降何朝何代曾经有过？宋兵围城人人自危，再不能出晋阳城攀悬瓮山观汾水赏花饮酒，关起门来文墨消遣反而更觉苦闷，若不是网络铺遍西城，这些穷极无聊的读书人还不反了天去？一国囿于一城，三省六部名存实亡，举月无俸禄，天子不早朝，青衫客们成了城中最清闲无用的一群，唯有在网络上作作酸诗吐吐苦水发发牢骚。有人喜爱上网，自然有人敬鬼神而远之；有人念鲁王爷的好，自然也有人背地里戳他的脊梁骨，这位谁都没见过真容的王爷是坊间最好的话题。

朱大鲧做梦也没想到自己第一次与王爷扯上关系，居然是被马峰、郭万超派去游说投降之事。是战，是降，大道理他自己还没想明白，但既然文武二相都这么看重自己，他只能怀揣降表和利刃硬着头皮上前了。

牛车"吱吱嘎嘎"向前，经过一所馆驿。这两进带园子的馆驿是鲁王爷初到晋阳城时修建的，漆成橙色，挂着蓝牌，上面写着两个大字"汉庭"。"汉庭"指的是"大汉的庭院"，这馆名固然古怪，但比起鲁王爷后来发明的新词来倒不算什么了。

鲁王爷搬到东城别院之后，馆驿围墙上凿出两扇窗来，一扇卖酒，一扇卖杂耍物件。酒叫"威士忌"，意指"威猛之士也须忌惮三分"。用辽国运来的粟米在馆驿后院浸泡蒸煮，酿出来的酒液透明如水、冷冽如冰，喝进嗓子里化为一道火线穿肠而过，比市酿的酒不知醇了多少倍。一升酒三百钱，这在私酿泛滥的时候算得上高价，可好酒之徒自然有赚钱换酒的法子。

“军爷，射一轮吧！”

朱大鲦扭过头，看见城墙底下站着数十个泼皮无赖，站在茅草车上冲城外齐声高喊。城墙上探出一个兵卒的脑袋，见怪不怪道：“赵大赵二，又缺钱花了？这回须多分我些好酒上下打点，不然将军怪罪下来……”

“自然，自然！”泼皮们笑道，又齐声喊，“军爷，射一轮！军爷，射一轮！”

不多时，城外便传来宋军的喊声：“言而有信啊！五百箭一斗酒，你们山西人可不能给我们缺斤短两啊！”

“自然自然！”泼皮们一听四下散开，不知从哪里推出七八辆载满干草的车子摆在一处，捂着脑袋往城墙下一蹲，“军爷，射吧！”

只听得弓弦“嘣嘣”作响，羽箭“唰唰”破空，满天飞蝗越过墙头直坠下来簌簌穿入草堆，眨眼间把七八辆茅草车钉成了七八个大刺猬。朱大鲦远远看得新鲜，开口道：“这草船借箭的法子也能行得通？”

赵大啐道：“呸！这帮无赖买通了宋兵，说重了可是里通外国的罪名。围城太久箭支匮乏，皇帝张榜收箭，一支箭换十文钱，这些无赖收了五百箭能换五千钱，买一斗七升酒，一斗吊出城外给宋兵，两升打点城上守军，剩下五升分了喝，喝醉了满街横睡，疲懒之辈！”他扭头瞪眼大喝一声，“咄！大胆！没看到我吗？”

众泼皮也不害怕，嘻嘻哈哈行礼，推着小车一溜烟钻进小巷，朱大鲦就知道这赵大嘴上说得轻巧，肯定也收了泼皮的供奉。他没有点破，只叹一声：“围城越久，人心越乱，有时候想想不如干脆任宋兵把城打破罢了，是不是？”

赵大嚷道：“胡说什么！再说忤逆的话拿鞭子抽你！”朱大鲦始终摸不准此人是不是马峰派出的接应，也就不再多说。

日头毒辣，牛车在蔫柳树的树荫里慢慢前行，驶出了西城内城门，沿着官道进入中城，中城宽不过二十丈，分上下两层，下一层有大水轮、铸铁塔诸多热烘烘吵闹闹的机关，上一层走行人车马，路两旁是水文、织造、冶锻、卜筮的官房，路面尽用枣木铺成。晋阳中城是武后时并州长史崔神庆以“跨水连堞”之法修筑而成，距今已逾三百年，枣木地板时时用蜂蜡打磨，人行马踩日子久了变成凝血般的黑褐色，坚如铁石，声如铜钟，刀子砍上去只留下一条白痕，拆下来做盾牌可抵挡刀剑矢石，就算宋人的连环床弩都射不穿。围城日久，枣木地板被拆得七七八八，路面用黄土随意填平，走上去深一脚浅一脚，碰到土质疏松的地方能崴了牛蹄子。

赵大吩咐一声“下车”，派一个小兵赶着牛车还给坊铺，自己牵囚犯步行走入中城。今年河东干旱，汾水浅涸，朱大鲧看一条浊流自北方蜿蜒而来，从城下十二连环拱桥潺潺流过，马不停蹄涌向南方，不禁赞道：“大辽、大汉、宋国，从北到南，一水牵起了三国，如此景致当前，吾当赋诗一首以资……”

话音未落，赵大狠狠一巴掌抽在他的后脑勺，把幞头巾子打得歪歪斜斜，也把朱大鲧的诗兴抽得无影无踪。赵大抹着汗骂道：“你这穷酸样，老子出这趟差汗流了一箩筐，还在那边叽叽歪歪惹人烦，前面就到县衙，闭嘴好好走路！”朱大鲧立刻乖乖噤声，心中暗想等恢复自由之身一定在网上将你这恶吏骂得狗血喷头。转念又一想，此行若是马到成功，说服了东城别院鲁王爷，大汉就不复存在，晋阳城尽归宋人，到时候还能有网络这回事情吗？一时之间不禁有点迷茫。

一路无言地走穿中城进入东城，东城规模不大，走过太原县治所，在尘土纷飞的街上转了两个弯进了一座青砖灰瓦的院子，院子四面墙又高又陡，窗户都钉着铁栏杆。赵大与院中人打个招呼交接文书，广阳兵推搡着朱大鲧进了西厢房，解开锁链，喊道：“老爷开恩让你独个儿住着，一日两餐有人分派，若要使用钱粮被褥可以托家里人送来，逃狱罪加一等，过两天提审，好好跟老爷交代罪行，听到没有？”

朱大鲧觉得背后一痛，跌跌撞撞摔进一个房间，小卒们哗啦啦挂上铁链“嘎嘣”一声锁上门转身走了，朱文人爬起来揉着屁股四处打量，发现这屋里有榻、有席、有洗脸的铜盆和便溺的木桶，虽然光线暗淡，却比自己的破屋整齐干净得多。

他在席上坐下，摸摸袖袋，发现一应道具都完好无损：一本《论语》，舌战鲁王爷时要有圣贤书壮胆；一只空木盒，夹层里装着宣徽使马峰洋洋洒洒三千言的血书檄文，血是鸡血，说的是劝降的事，不过其义正词严的程度令朱大鲧五体投地；一柄精钢打造六寸三分长的双刃匕首，匹夫之怒，血溅五步，一想到这最终的手段，朱大鲧体内的沙陀突厥血统就开始蠢蠢欲动。

朱大鲧接胡饼赔笑道：“多谢，多谢。上差是不是有什么话要带给学生的？”

狱卒闻言左右看看，放下食盒从怀中摸出一张字条来，低声道：“喏，自己点灯看，别给别人瞧见。将军嘱咐过，尽人事，听天命。若依他的话，成与不成都有你的好处在里面。”言毕又提高音量，“瓮里有水自己掬来喝，便溺入桶，污血、脓疮、痰吐莫要弄脏被褥，听到没有？”

拎起食盒，狱卒挑着灯笼晃悠悠走了，朱大鲧三口两口吞下胡饼，灌了几口凉水，背过身借着暗淡残阳看纸上的字迹。看完了，反倒有点摸不着头脑，本以为狱卒是都指挥使郭万超派来的，谁知纸上写的是另一回事情，上面写着：“敬启者：我大汉现在很危险，兵少粮少，全靠守城的机械撑着。最近听闻东城别院人心不稳，鲁王爷心思反复，要是他投降宋国，大汉就无可救药乎哉。看到我信，希望你能面见王爷把利害说清楚，让他万万不能屈膝投降。他在东城别院里不见外人，只能出此下策，要为我大汉社稷着想，请一定好好劝王爷坚持下去，总有一天能打赢宋国！——杨重贵再拜。”

这段话文字不佳，字体不妙，一看就是没什么学问的粗人手笔，落款"杨重贵"听着陌生，朱大鲧想了半天才想起来那是建雄军节度使刘继业的本名，他本是麟州刺史杨信之子，被世祖刘崇收为养孙，改名刘继业，领军三十年战无不胜、攻无不克号称"无敌",如今是晋阳守城主将。落款用本名,显示出他与皇帝心存不和，这一点不算什么秘密，天会十三年（969年）闰五月，宋太祖决汾水灌晋阳城，街道尽被水淹，满城漂着死尸和垃圾，刘继业与宰相郭无为联名上书请降，被皇帝刘继元骂得狗血淋头，郭无为被砍头示众，刘继业从此不得重用。

当年主降，如今主战，朱大鲧大概能猜出其中缘由。无敌将军虽然战功彪炳杀人无数，却耳根子软、眼眶子浅，是条看到老百姓受苦自己跟着掉眼泪的多情汉子。当年满城百姓饿得嗷嗷叫，每天游泳出门剥柳树皮吃，晚上睡觉一翻身就能从房顶掉进一人多深的臭水里淹死，刘继业看得心疼，恨不得开门把宋兵放进来拉倒；如今粮草充足，全城人吃饱之外还能拿点余粮换点威士忌喝、买点小玩意儿玩、到青楼去消费一番，物质和精神都挺满足，刘继业自然心气壮了起来，只愿宋兵围城一百年把宋国皇帝拖到老死才算报当年一箭之仇。东城别院盘踞在东城不见外客，除了囚犯之外谁也接触不到这位鲁王爷，刘将军写了封大白话的请愿书留在监狱里，想通过某位忧国忧民的罪犯在鲁王爷耳畔吹吹风。

"哦……"朱大鲧恍然大悟，把字条撕碎了丢进马桶，尿了泡尿毁灭行迹。送饭的狱卒并非自己等待的人，而是刘继业安排的眼线，这事真是阴差阳错奇之怪也。

窗外很快黑了，屋里没有灯，朱大鲧独个儿坐着觉得无聊，吃饱了没事干,往常正是上网聊天的好时间。他手痒痒地活动着指头，暗暗背诵着《千字文》——若对这篇奇文不够熟悉，就不能迅速找到字箕中的活字，这算是当代文士的必修课了。

这时候脚步声又响起，一盏灯火由远而近，朱大鲧赶紧凑到栏杆前等着。一名举着火把的狱卒停在他面前，冷冷道："朱大鲧？

犯了网络造谣罪被羁押的？”

翰林院编修立刻笑道：“正是小弟我，不过这条罪名似乎没听说过啊……上差是不是有什么话要带给学生的？”

“哼。跪下！”狱卒忽然正色道，左右打量一下，从怀中掏出一样明晃晃、金灿灿的东西迎风一展。朱大鲦大惊失色“扑通”跪倒，他只是个不入编制的小小编修，但曾在昭文馆大学士薛君阁府邸的香案上见过此物，当下吓得浑身瑟瑟乱抖，额头触地不敢乱动，口中喃喃道：“臣……罪民朱大鲦接……接旨！”

狱卒翘起下巴一字一句念道：“奉天承运，皇帝诏曰：朕知道你有点见解，经常在网上议论国家大事，口齿伶俐，很会蛊惑人心，这回你被人告发受了不白之冤，朕绝对不会冤枉你的，但你要帮朕做件事情。东城别院朕不方便去，晋阳宫的话鲁王爷不愿意来，满朝上下没有一个信得过的人，只能指望你了。你我是沙陀同宗，乙毗咄陆可汗之后，朕信你，你也须信我。你替我问问鲁王，朕以后该怎么办？他曾说要给朕做一架飞艇，载朕通家一百零六口另加沙陀旧部四百人出城逃生，可以逆汾水而上攀太行山越雁门关直达大辽，这飞艇唤作‘齐柏林’，意为飞得与柏树林一样高。不过鲁王总推说防务繁忙无暇制造飞艇，拖了两个月没造出来，宋兵势猛，朕心甚慌，爱卿你替我劝说鲁王造出飞艇，定然有你一个座位，等山西刘氏东山再起时，给你个宰相当当。君无戏言。钦此。”

“领……领旨……”朱大鲦双手举过头顶，感觉沉甸甸一卷东西放进手心。狱卒从鼻孔哼道：“自己看着办吧。要说皇帝……”摇摇头，他打着火把走开了。

朱大鲦浑身冒着冷汗站起来，把一卷黄绸子恭恭敬敬揣进衣袖，头昏脑涨想着这道圣旨说的事情。郭万超、马峰要降，刘继业要战，皇帝要溜，每个人说的话似乎都有道理，可仔细想想又都不那么有道理，听谁的，不听谁的？他心中一团乱麻，越想越头疼。迷迷糊糊不知过了多久，又有脚步声传来，这回他可没精神了，慢慢踱到栏杆前候着。

来的是个举着猛火油灯的狱卒，拿灯照一照四周，说："今天牢里只有你一名囚犯，得等到换班才有机会进来。"

朱大鲧没精打采道："上差是不是有什么话要带给学生的？"这话他今天都问了三遍了。

狱卒低声道："将军和马老让我通知你，明天巳时一刻东城别院会派人来接你，鲁王爷又在鼓捣新东西正需要人手，你只要说精通金丹之道，自然能接近鲁王身边。"

朱大鲧讶道："丹鼎之术？我一介书生如何晓得？"

狱卒皱眉道："谁让你晓得了？能见到王爷不就行了，难道还真的要你去炼丹吗？把胡粉、黄丹、朱砂、金液、《抱朴子》、《参同契》、《列仙传》的名字胡诌些个便了，大家都不懂，没人能揭你的短去。记住了就早早睡，明天就看你了，好好劝说！"说完话他转身就走。走出两步，又停下来问，"刀带了没？"

不知不觉天色亮了。有喊杀声遥遥传来，宋兵又在攻城，晋阳城居民对此早已司空见惯，谁也没当回事。有狱卒送了早饭来，朱大鲧端着粟米粥仔细打量此人，发现昨夜只记住了灯笼、火把和油灯，根本没记住狱卒的长相，也不知这位究竟是哪一派的人手。

喝完粥枯坐了一会儿，外面人声嗡嗡响起，一大帮身穿东城别院号服的大汉涌进院子。狱卒将朱大鲧捉出牢房带到小院当中，有个满脸黄胡子的人迎上前来，"这位老兄，我是鲁王爷的手下，王爷开恩，狱中囚犯只要愿进别院帮工就能免除刑罚。你头上悬着的左右不是什么大罪名，在这儿签字画押，就能两清。"这人掏出纸和笔来，笔是蘸墨汁的鹅毛笔——在鲁王爷发明这玩意儿以前，谁能想到揪下鸟毛来用烧碱泡过削尖了就能写字？

朱大鲧迷迷糊糊想要签字，黄胡子把笔一收，"但如今王爷要的是会炼丹的能人异士，你先告诉我会不会丹鼎之术？实话实说，看老兄你一副文绉绉的样子，可别胡吹大气下不来台。”

“在下自幼随家父修习《参同契》，精通大易、黄老、炉火之道，乾坤为鼎，坎离为药，阴阳纳甲、火候进退自有分寸，生平炼制金丹一壶零二十粒，日日服食，虽不能白日升仙，但渐觉身体轻捷、百病不生，有将欲养性，延命却期之功。”朱大鲧立刻诌出一套说辞，为表示金丹神效，腰杆用力“啪啪”翻了两个空心筋斗，抄起院里的八十斤石鼓左手换右手右手换左手在头顶耍两个花，“扑通”一声丢在地上，把手一拍，气不长出，面不更色。

黄胡须看得眼睛发直，一群大汉不由得“啪啪”拍起手来。身后狱卒偷偷竖起一个大拇哥，朱大鲧就知道这位是马峰派来的内应。“好好，今天真是捡到宝了。”黄胡子笑着打开腰间小竹筒，将鹅毛笔蘸满墨汁递过来，“签个名，你就是东城别院的人了，咱们这就进府见王爷去。”

朱大鲧依言签字画押。黄胡须令狱卒解开他脚上镣铐，冲狱中官吏走卒作个罗圈揖，带着众大汉离开小院。一行人簇拥着朱大鲧走出半炷香时间，转弯到了一处大宅，这宅子占地极阔，楼宇众多，门口守着几个蓝衫的兵卒，看见黄胡须来了便笑道：“又找到好货色了？最近街坊太平，好久都没有新人入府哪。”

黄胡子应道：“可不是！为了找个会炼丹的帮手，王爷急得抓心挠肝，这回算是好了。”

朱大鲧好奇地打量着这座府邸，看门楼上挂着块黑底金字的匾，匾上龙飞凤舞写着一个“宅”字。他没看明白，揪旁边一名大汉问道：“仁兄，请问这就是鲁王的东城别院对吧？为何匾额没有写完就挂了上去？”大汉嘟哝道：“就是王爷住的地方。这个匾写的不是什么李宅孙宅王爷宅，而是鲁王爷的字号，他老人家平素以‘宅’自夸，说普天下没人比他更宅。后来就写成了匾挂了上去。”朱大鲧满头雾水道：“那么‘宅’到底是什么意思？”大汉道：“谁知道啊！王爷说什么就是什么吧！”

别院门口聚着一群人，有皇家钦差、市井商贾、想沾光的官宦、求申冤的草民、拿着自个儿发明的东西等赏识的匠人、买到新鲜玩意儿玩腻了之后想要退货的闲人、毛遂自荐的汉子和卖弄姿色的流莺。看门的蓝衫人拿着个簿儿挨个登记，该婉拒的婉拒，该上报的上报，该打出去的掏出棍子狠狠地打，拿不定主意的就先收了贿赂告之说等两天再来碰运气，秩序算是井井有条。

黄胡须领众大汉进了东城别院。院子里是另一番气象，影壁墙后面有个大水池，池子里有泉水喷出一丈多高，水花哗哗四溅，蔚为壮观。黄胡子介绍道："这个喷水池平时是用中城的水轮机带动的，现在宋兵攻城，水轮机用来拉动滑车、投石机和铰轮，喷水池的机关就凭人力运动。别院中有几十名力工，除了卖力气之外什么都不会，跟你这样的技术型人才可没法比啦。"朱大鲧听不懂他说的新词，就顺着他手指的方向一看，果然看见五名目光呆滞的壮汉在旁边一上一下踩着脚踏板，踏板带动转轮，转轮拉动水箱，水箱阀门一开一合将清水喷上天空。

绕过喷泉，钻进一个月亮门进到第二进院子，两旁有十数间屋子，黄胡须道："城中贩卖的电筒、黑眼镜、发条玩具、传声器、放大镜等物都是在此处制造的，内部购买打五折，许多玩意儿是市面上罕有的，有空的话尽可以来逛逛。"

说话间又到了第三进院子，这里架着高高天棚，摆满黑沉沉、油光光的火油马车零件，一台机器吭哧吭哧冒着白烟将车轮转得飞快，几个浑身上下油渍麻花的匠人议论着"气缸压力""点火提前角""蒸汽饱和度"此类怪词，两名木匠正"叮叮当当"造车架子，院子角落里储着几十大桶猛火油，空气里有一种又香又臭的油料味道。这种猛火油原产海南，原本是守城时兜头盖脸浇下去烧人头发用的，到了鲁王手上才有了诸多功用。黄胡须说："晋阳城中跑的火油马车都是此处建造，赚得了别院大半银钱，最新型的马车就快上市贩卖了，起名叫作'保时捷'，保证时间，出门大捷，听起来就吉利！”

继续走，就到了第四进院子，这个地方更加奇怪，不住有叽叽呀呀叫声、噼里啪啦爆炸、酸甜苦辣怪味、五彩斑斓光线传来。黄胡须道：“这里就是别院的研究所，王爷的主意如天花乱坠一转眼蹦出几十个，能工巧匠们就按照王爷的点子想方设法把它实现。最好别在这儿久留，没准出点什么意外哪。”

一路走来，众大汉逐渐散去，走到第五进院子的只有黄胡子与朱大鲧两人。院门口有蓝衣人守卫，黄胡须掏出一个令牌晃了晃，对了一句口令，又在纸上写下几个密码，才被允许走进院中。听说朱大鲧是新来的炼丹人，蓝衣人把他全身上下摸了个遍，幸好他早把圣旨藏在牢房的天棚里，而匕首则藏在发髻之中。朱大鲧是个大脑袋，戴着个青丝缎的翘角幞头，蓝衣人揪下幞头来瞧了一眼，看见他头上鼓鼓囊囊一包黄不溜丢头发，就没仔细检查。倒是从他袖袋中搜出的《论语》引起了怀疑，蓝衣人上下打量他几眼，哗哗翻书，“炼丹就炼丹，带这书有什么用？”

这本《论语》可不是用鲁王发明的泥活字印刷的坊印本，而是周世宗柴荣在开封印制的官刻本，辗转流传到朱大鲧手里，平素宝贝得心尖肉一般。朱大鲧肉痛地接过皱皱巴巴的书钻进院子，只听黄胡须道：“这一排北房是王爷的起居之所，他不喜别人打扰，我就不进去了，你进屋面见王爷，不用怕，王爷是个性子和善的人，不会难为你的。……对了，还不知老兄怎么称呼？方才签字时没有细看。”

朱大鲧忙道：“姓朱，排行第一，为纪念崇伯起名为鲧，表字伯介。”

黄胡须道：“伯介兄，我是王爷跟前的使唤人，从王爷刚到晋阳城的时候就服侍左右，王爷赐名叫作‘星期五’。”

朱大鲧拱手道：“期五兄，多谢了。”

黄胡须还礼道：“哪里哪里。”说完转身出了小院。

朱大鲧整理一下衣衫，咳嗽两声，搓了搓脸，咽了口唾沫，挑帘进屋。屋子很大，窗户都用黑纸糊上，点着四五盏火油灯。两个硕大的条案摆在屋子正中，上面满是瓶瓶罐罐，一个人站在案前埋头不知在摆弄什么。朱大鲧手心都是汗，心发慌，腿发软，踌躇半晌，鼓起勇气痰嗽一声，跪拜道："王爷！晚生……在下……罪民是……"

那人转过身来，朱大鲧埋着头不敢看王爷的脸。只听鲁王道："可算来了！赶紧过来帮忙，折腾了好几天都没点进展，想找个懂点初中化学的人就这么难吗？你叫什么名字？跪着干什么？赶紧站起来，过来过来。"王爷一连串招呼，朱大鲧连忙起身垂头走过去，觉得这位王爷千岁语声轻快态度和蔼，是个容易亲近的人，唯独说话的音调奇怪非常，脑中转了三匝才大概听出其中意思，也不知是哪里的方言。"小人朱大鲧，是个犯罪之人。"他拘谨地迈着步子走到屋子中间，脚下叮叮当当不知踢倒多少瓶罐，不是他眼神不好使，是屋里塞满什物实在没有下足的地方。

"哦，小朱。你叫我老王就行。"王爷踮起脚尖拍了拍他的肩膀道，"个子真大，有一米九吗？听说你是翰林院的啊，真看不出来还是个搞学问的人。吃饭了没？没吃我叫个外卖咱们垫补垫补，要是吃过了就直奔正题吧，今儿个的试验还没出结果呢。"

这话说得朱大鲧一阵迷糊。他偷偷抬眼一看，发现这王爷根本不像个王爷，个头不高，白面无须，穿着件对襟的白棉布褂子，头发短短的像个头陀，看年纪二十岁上下，就算笑着说话眉间也有愁容。"王爷所说小人听不太懂……"不知这奇怪王爷到底是什么来路，朱大鲧惶恐鞠躬道。

王爷笑道："你们觉得我说话难懂，我觉得你们才是满嘴鸟语，刚来的时候一个字都听不明白，你们说的官话像广东话、像客家话，就是不像山西陕西话，我又不是古代文学专业的，还以为古代北方方言都差不多呢！"

这些话朱大鲧倒是每个字都能听懂，其中意思却天女散花，一丝一毫没传进耳中。他满脸流汗道：“小人学识粗浅，王爷所说的话……”

鲁王将手一挥道：“听不明白就对了，也不用你听明白。过来扶住这个烧瓶。对了，戴上口罩，你是学过炼丹术的人，不会不知道化学实验中有毒气体的危害吧？”

朱大鲧呆在当场。

桌上的水晶瓶里装着朱大鲧一辈子没见过、没闻过的奇怪液体，有的红，有的绿，有的辛辣扑鼻，有的恶臭难当。王爷给他戴上口罩，指使他扶住一只阔口的小瓮，“拿这根棍子慢慢搅拌，速度千万别快了，听见没？”

这话朱大鲧听得懂。他战战兢兢搅着瓮里的黑绿色汤汁，这东西闻起来有股海腥味，热乎乎的如一瓯野菜羹。鲁王介绍道：“这是溶在酒精里的干海带灰。你们古代人管海带叫‘昆布’，这是从御医那儿要来的高丽昆布。《汤头歌》说‘昆布散瘿破瘤’，意思说这玩意儿能治粗脖子病。……哦对了，《汤头歌》是清朝的，我又搞混了。”说着话，他取出另一只小罐，小心地除去泥封，罐里装满气味刺鼻的淡黄色汁液，“这是硫酸。你们炼丹的管这个叫‘绿矾’对不对？也有叫镪水的。《黄帝九鼎神丹经诀》说：‘煅烧石胆获白雾，溶水即得浓镪水。使白头人变黑头人，冒滚滚呛人白雾，顿时身入仙境，十八年后返老还童。’你应该对这个不陌生。”

朱大鲧不懂装懂连连点头，“王爷所言正是。”

王爷道：“叫老王就行，王爷什么的，听着牙碜。我开始了啊，慢慢搅和，可别停。”他在桌案上斜斜支起三扇白纸屏风，戴上口罩，将罐中绿矾水缓缓倾入小瓮之中。朱大鲧只觉一股又酸又臭的气味直冲鼻腔，隔着棉布熏得脑仁生疼，眼中不禁流下泪来。这时只见小瓮中徐徐升起一朵紫色祥云，飘飘悠悠舒卷开来，朱大鲧吓得浑身一凉，却听王爷笑道："哈哈哈，终于成了！只要这土法制碘的试验能够成功，我的大计划就算成了一多半！继续搅别停啊，等整罐都反应完成了再说，我得算算一斤干海带能做出多少纯碘来。——想不想听听我是怎么造出硫酸和硝酸的？这可是基础工业的万里长征第一步啊。"

"想听，想听。"朱大鲧只知道顺嘴答应。

王爷显得兴致很高，"我中学的时候化学学得不赖，上大学专业是机械制造，总算有点底子在，才能搞到今天这局面。刚开始想按炼丹术用石胆炼硫酸，谁知全城也凑不出两斤来，根本不够用的；后来偶尔看到炼铁的地方堆着几千斤黄铁矿石，这不是捡到宝了吗？烧黄铁矿能得到二氧化硫，溶于水得到亚硫酸，静置一段时间就成了硫酸，最后用瓦罐浓缩，当年陕北根据地军工厂就是这样土法制硫酸的。硫酸解决了，硝酸就没什么难度，最大的问题是硝石的数量太少，还要拿来制造黑火药，害得我发动整个别院的人去刮墙根底下的尿碱回来提炼硝酸钾，搞得整个院子臊气哄哄臭不可闻，幸好城里人素有贴墙根随地乱尿的习惯，若非如此，晋阳城的工业基础还打不牢靠哩。"

朱大鲧脸红道："有时尿来势不可当，无论男女脱裤就尿，也是人之常情。乡人粗鄙，让王爷见笑了。"

说话间两罐已并做一罐，紫云消失不见，王爷将白纸屏风平铺在桌上，拿小竹片在上面一刮，刮下一层紫黑色粉末来。"海带中的碘在酸性条件下容易被空气氧化，这样就制造出碘单质来了。很好，等我布置下去让他们照方抓药批量生产，再进行下一个试验。"

他转身穿过大屋，坐在屋角的字箕前噼里啪啦敲打起来，朱大鲧走过去瞧着，发现这位奇怪王爷打起字来快如闪电，眼睛都不用瞅着活字，盲打的功力着实了得，不禁开口道："王爷这台字箕似乎型号不同啊。"

“叫老王，叫老王。”鲁王道，“原理一样，不过每个终端用了两套活字系统，下面一套用来输入，上面一套用来输出。瞧着——”他按下回车键结束会话，站起来抓住一个曲柄摇动起来。曲柄带动滚筒，滚筒卷着一尺五寸宽的宣纸，宣纸匀速滚过字箕，字箕中刷过墨汁的活字忽然起起伏伏动了起来，将字迹“嗒嗒”印在宣纸上。朱大鲧弯腰拈起宣纸，读道：“试验结果记录无误，已着化学分部督办。——回车。……这样清楚方便多了，白纸黑字，看起来就是舒服！何时能在两市发售，我辈定当鼎力支持！”

王爷笑道：“这只是个半成品，2.1版本会按照打印机原理将输出文本印在同一行上，不会像现在这样东一个字西一个字看得费劲。你也喜欢上网？到了这个时代我最不习惯的就是没有网络，所以费尽心机搞了这么一套东西出来，总算找回一点宅男的感觉啦。”

“王爷千岁……老王。”朱大鲧偷偷抬眼瞧着王爷的脸色，改口道，“小人斗胆问一句，您原籍何处，是中原人士吗？毕竟风骨不同呢。”

鲁王闻言叹息道：“应该问是哪个朝代的人吧？我所在的年代，距离现在一千零六十一年三个月又十四天。”

朱大鲧不确定他是在开玩笑还是说疯话，扳着指头一算，赔笑道：“这么说来，您竟是（汉）世宗孝武皇帝时候得道、一直活到现在的仙人！”

王爷悠悠道：“不是一千年以前，是一千年以后。——还隔着九千亿零四十二个宇宙。”

王爷的疯话朱大鲧听不懂，他也没心思弄懂，因为下一个试验开始了。鲁王将一块镀银铜板放进一只雕花木箱，把刚才制得的一小盅纯碘搁在铜板旁，盖好箱盖，在旁边点起一只小泥炉来稍稍加热。不多时，氤氲紫气从箱子缝里四溢出来——好家伙，这就炼出仙丹来了——朱大鲧如此思忖道，依王爷吩咐小心摇着扇子，大气都不敢出一口。

等了一会儿，鲁王挪开小火炉，揭开箱盖，用软布垫着小心翼翼将铜板拎出来，只见那亮铮铮的银面上覆盖了一层黄色的东西。朱大鲧偷偷探头向箱中望了一眼，没发现什么灵丹妙药，可王爷满脸喜色手舞足蹈道："真成了真成了！你瞧，这层黄澄澄的东西叫作碘化银，用小刀刮下来装瓶放暗处保存就可以了。我还会变一个把戏：把这块铜板摆在暗处曝光十几分钟，然后用水银蒸汽显影，再用盐水定影，洗净晾干之后铜板上就会有一幅这屋子的画像了，保证分毫不差！这是达盖尔银版摄影法，利用的是碘化银易被光线分解的特性，不过我们搜集碘化银备用，下次再变给你看吧！"

朱大鲧疑惑道："没有画师，何来画像？……另外，这黄粉末有什么奥妙之处，喝下去能身轻体健白日飞升吗？"

王爷笑道："可没那么神。碘化银在我们那个年代主要就两个用途，一个是感光剂，刚才说过了。另一个嘛，等用到的时候你自然能知道。"他边说话边动手，将铜板上的粉末刮进一只小瓷瓶仔细收好，摘下口罩伸了个懒腰，"行了，上午的活儿干完了，我把碘化银的制备方法传出去之后就可以歇一会儿了。没吃饭吧？等会儿一起吃。你长得人高马大，手还挺巧，不愧是炼过丹的人。有些问题要问你，可别走远了，我去去就来。"

鲁王坐到字箕前开始噼里啪啦打字，不时摇动滚筒吐出长长的宣纸，捧着纸页边看边点头。朱大鲧在屋里束手束脚什么都不敢碰，生怕搞坏了什么东西，触犯了什么神通。这会儿他终于想起此行的目的，伸手在袖袋里一摸那本《论语》，深深吸一口气，低头道："王爷，小人有一事不明，想要请教。"

"说吧，听着呢。"字箕前的人忙着"咯吱咯吱"卷宣纸筒，没顾上回头。

朱大鲧问道："王爷是汉人还是胡人？"

"别矫情，叫老王。"对方答道，"我是汉族人，北京西城长大的。

我妈是回民，我随我爸，从小经常上牛街、教子胡同玩，可是离了猪肉就活不了，没辙。”

朱大鲧已经习惯无视王爷的疯话，“王爷是汉人，为何偏居晋阳不思南国呢？”

王爷答道：“说了你也不明白，我是汉人，但不是你们这个年代的汉人。我知道五代十国梁唐晋汉周都是胡夷戎狄建立的国家，你多半也是胡人。可我的计划一实现就能回到出发点，到时候你们这个宇宙的这个时间节点与我之间就连屁大点的关系都没有了，知道吗？”

朱大鲧走近一步，“王爷，宋军围城一事何解？”

王爷回答：“解不了，一没兵二没粮，又不能批量生产火枪。燧发枪虽然容易造，可黑火药用到的硫黄根本不够，全城搜刮来几十斤，只够大炮隔三岔五打几发吓唬人用。话说回来，想灭了宋朝人是没戏，撑下去倒是不难，只要赵光义一天没发现辽国送粟米过来的水下通道，晋阳城就能多撑一天。一个空桶绑一个满桶，从汾河河底成排滚过来，这招你们古代人肯定想不到。”

朱大鲧提高音量，“可百姓饥苦不得温饱，守军伤疲日夜号啕，晋阳城多守一日，几万居民就多苦一天啊王爷！”

“咦，问得好。”鲁王从凳子上转过身来，“每个来我别院打工的人都是欢天喜地，不光能免了刑罚，还能挣到铜子儿，唯独你说话与别人不同。来聊聊吧，这几个月真没跟正常人说过话。我调到这个地方来已经——”他从怀里摸出一张纸瞧瞧，在上面打了个叉，“——已经三个月零七天半了。距离观测平台自动返回还剩下二十三天半，时间紧迫，不过从进度来说应该能赶上。”

朱大鲧只听懂了对方话里淡淡的乡愁，立刻朗声道：“子曰：‘父母在，不远游，游必有方。父在，观其志；父没，观其行；三年无改于父之道，可谓孝矣。’王爷离家日久，必当思念父母，狐死首丘，乌鸦反哺，羊羔跪乳，马不欺母……”

王爷叹口气："好吧，咱俩还不是一个频道的。你先闭嘴听我说行吗？"

朱编修立刻闭起嘴巴。

王爷悠悠道："你肯定不知道什么叫平行宇宙理论，也不明白量子力学，简单说两句吧。我叫王鲁，是一名普普通通的宅男、穿越小说业余作者和时空旅行从业人员，在我们那个时代由于多重宇宙理论的完善，人人都可以从中介那里花点小钱租借一个观测平台进行时空旅行。此前人们认为彼此重叠的平行宇宙数量在 10^(10^118) 个左右，不过随后更精确的计算结果指出由于平行宇宙选择分支结果的叠加，同一时间存在的宇宙数量只有区区三十万兆个左右，这些宇宙在无数量子选择中不断创生、分裂、合并、消亡，而就算彼此之间差异最大的两个平行宇宙也具有惊人的物理相似性，只是在时间轴上的距离越来越远。这挺无聊，因为人类深空探索的脚步一直停滞不前，对宇宙全景的了解仍然非常浅薄（即使在我到达过的最远宇宙人类的触角也只不过到达近在咫尺的半人马座）；这也挺有趣，因为波函数发动机的发明使我们随随便便就能跨越平行宇宙，从拓扑结构来说，去往越相似的宇宙，所需的能源就越少，目前最先进的观测平台可以把旅行者送到三百兆个宇宙之外的宇宙，而我们这种业余人士租用的设备最多是在四十兆的范围内徘徊。"

朱大鲧连连点头，偷偷摸着袖袋里的东西，心里盘算着等王爷的疯话说完了，是该掏出匕首动之以情，还是拿出《论语》晓之以理。现在屋里没有别人，是动手的大好时机，沙陀人不是不想立即发动，只是自己心里还有点迷惑，没想好到底该按哪位大人物的指示来行动。

拿起茶杯喝了口茶，王爷接着说："我接了个活儿，是北大历史系对五代十国晚期燕云十六州人口数量统计的研究课题，你们这样的平行宇宙处于时间轴的前端，是历史研究的最好观测场所。

别以为持有时空旅行许可证的人很多，要经过系统的量子理论、计算机操作、路面驾驶和紧急状况演习等培训与考试后才能上岗，若要接团体游客的话还得去考时空旅行导游许可证咧。由于平行宇宙的物理相似性，我在北京宣武门启动观测平台穿越九千亿零四十二个宇宙后来到这里，计算一下公转自转因素，应该准确地出现在幽州地界。谁知道这个观测平台超期服役太久了，波函数发动机居然在旅行途中水箱开锅了，我往里头加了八瓶矿泉水、一箱红牛饮料才勉强撑到目的地，刚到达这个宇宙，发动机就顶杆爆缸彻底歇菜，坠毁在山西汾河岸边的一个山沟沟里。我携带的行李、装备和副油箱全部完蛋，花了十天时间好不容易修好发动机，却发现能源全都漏光了，凭油路里那点残油顶多能蹦出两三个宇宙去，那顶什么用啊，最多差了几个时辰的光景。”

这时候外面喊杀声逐渐增强，看来是宋军开始攻击东城城门，王爷回头瞧了一眼字箕上唰唰打出的宣纸报告，啪啪敲打了几个字，笑道：“没事，例行公事罢了，我调两台尿脬炮过去就行。……说到哪儿了？哦对，波函数发动机勉强能启动，转速一提高就烧机油冒蓝烟跟拖拉机似的，关键是没油啊。人口统计的活儿是别想了，这趟私活儿没在民政部多重宇宙管理局备案，不敢报警，逮住就是三到五年有期徒刑啊！要回家的话得想办法弄到能源才行，我实在没辙了，就把东西藏在山沟沟里，溜溜达达到了晋阳城。”

“王爷，您说没有油，城里有猛火油啊。”朱大鲧忍不住插嘴道，“街上马车尽是烧猛火油的。”

老王叹道：“要是烧油的还发什么愁啊。这么说吧，油箱里装的不是实实在在的油，而是势能，平行宇宙间的弹性势能。想要把油箱充满，就得制造出宇宙的分裂，当一个宇宙因为某种选择而分裂出一个崭新的宇宙的时候，我就可以搜集这些逃逸掉的势能作为回家的动力了。这势能不是熵值那种虚无缥缈的东西，就好比一根竹竿折断变成两根，‘啪’的一声弹开的那种力道吧？我是不太懂啦，总之必须制造出足够大的事件，使得宇宙产生分裂才行。要怎么做到这一点呢？比如历史上来说，今年三月十四日有个人从晋阳城头一脚踏空跌死在汾河里，这事情有二十位目击者看到，被记载在某本野史当中。倘若三月十四日这天我揪住此人的脖领子救了他一命，一个改变产生了，可它不够大，因为在所有已发生的十万兆宇宙当中，有一千亿个宇宙里他同样得救了。在这个时刻，其中一个宇宙的所有常数特征变得与我们现在存身的宇宙完全相同，所以两个宇宙合并了——当然身处其中的你我什么都感觉不出来，但势能是消减了的，还得从我的油箱中倒扣燃料哪……要使宇宙分裂，必须做出足够大的改变，大到在全部已发生的十万兆宇宙中没有任何一个先例。用坏掉的波函数计算机我勉强算出了一个可能性，一个在没有任何现代设备帮助的条件下能做到的可能性。”

朱大鲧没吭声，老老实实听着。

王爷忽然拉开抽屉拿出个册子来，念道：“公元882年六月季夏，尚让率军出长安攻凤翔，至宜君寨忽然天降大雪，三天之内雪厚盈尺，冻死冻伤数千人，齐军于是败归长安。这事你知道吗？”

“黄巢之乱！”朱大鲧终于能搭上话了，“尚让是大齐太尉，中和二年六月飞雪之事在坊间多有流传，史书亦载。”

“就是这样。”老王道，“我是个现代人，一没带什么死光枪核子弹之类的科幻武器，二没有企业号和超时空要塞在背后支援，我能做到的只有利用高中大学学到的一丁点知识尽量改变这个时代。宋灭北汉是史实，在绝大多数宇宙的史书中都记载着五月初四宋军攻破晋阳城，汉主刘继元出降，五月十八日宋太宗将全城百姓逐出城外，一把火把晋阳城烧成了白地。而现在，我已经将这个日期向后拖延了一个多月，宋军不可能无限期地等下去，明眼人都看得出，凭这个时代的原始攻城器械根本打不破我亲自加固过的城防。一旦宋军退走，历史将被完全改写，宇宙将毫无疑问地产生分裂！”说到这里，他把玩着装有碘化银的小瓷瓶开怀大笑道，“更别提我现在发明的东西了，这个小玩意儿将立刻改变历史，装满我观测平台的油箱！古代人最迷信天兆，夏天下一场鹅毛大雪，还有比这更能改变历史的事件吗？”

朱大鲧呆呆道：“火烧……晋阳城？大雪？”

“多说无益，随我来！”王爷兴致勃勃地站起身来，牵着朱大鲧的袖子走到大屋西侧的墙边，他不知扳动什么机关，机括嘎嘎转动起来，整面墙壁忽然向外倾倒，露出一个藏在重重飞檐之内的院落来。刺眼的阳光蜇得朱大鲧睁不开眼睛，花了好一会儿才看清院里的东西。看了一眼，吃了一惊，因为院里的诸多陈设都是前所未见叫不出名字来的天造之物。几十名东城别院劳工正热火朝天干活儿，看见王爷现身纷纷跪倒行礼，鲁王笑吟吟地挥手道：“继续继续，不用管我。”

“这边在检查热气球。”指着一群正缝制棉布的工人，王爷介绍道，“我答应给北汉皇帝造个飞艇让他能逃到辽国去，飞艇一时半会儿搞不出来，先弄个气球应景吧。我来到晋阳城以后造了几个新奇小玩意儿收买了几个小官，见到刘继元小皇帝，说能替他把晋阳城守得铁桶一样，他就二话不说给了我个便宜王爷来当，这点恩情总是要还给他的。”

转了个方向，一群人正向黑铁铸造的大炮里填充黑火药，“这门炮是发射降雨弹用的，由于黑火药作为发射药的威力不足，所以要用热气球把大炮吊到天上去，然后向斜上方发射。这些天来我一直在观测气象，别看现在天气很热，每到下午从太行山脉飘来的云团可蕴含着丰富的冷气，只要在合适的时间提供足够的凝结核，就能凭空制造出一场大雪！”王爷笑道，“刚才我将配方传过去，另一处的化学工坊正在全力生产碘化银粉末，用不了多久就能制成降雨弹装填进大炮中去。热气球也已经试飞过一次，只等合适的气象条件就行啦！”

此时天气晴好，日光灼灼，远方的喊杀声逐渐平息，一只喜鹊站在屋檐嘎嘎乱叫。有火油马车“轰隆隆”碾过石板路，空气中有血、油和胡饼的味道。朱大鲧站在王爷身旁，浑身不能动弹，脑中一片糊涂。

墙壁关闭，屋里又昏暗下来。两人吃了点东西，王爷一边上网指挥城防和作坊工作，一边问了些炼丹的问题，朱大鲧硬着头皮胡诌乱侃蒙骗过去。

“啊，我得睡会儿，昨晚通宵来的，实在熬不住了。”王爷面容困倦地伸个懒腰，走向屋子一角的卧榻，“麻烦你看着点，万一有什么消息的话，叫醒我就行。”

“是，王爷。”朱大鲧恭敬地鞠个躬，看王爷裹着锦被躺下，没过一会儿就打起了鼾。他偷偷长出一口气，头昏脑涨地坐在那儿胡思乱想。方才鲁王说的话他没听懂，但朱大鲧听出了王爷的口气，这位东城别院之主根本就不在乎汉室江山和晋阳百姓，他是从另一个地方来的人，终究是要回那个地方去的。他创造出的百种新鲜物什、千般稀奇杂耍是为了收买人心、赚取钱财，他设计出的网络是为了笼络文人士族、传达东城别院命令，他售卖的火油马车、兵器和美酒是向武将示好，而那些救命的粮、杀人的火、离奇的雪归根结底都是为了一个目的，为了王爷自己。《韩非子》曰“今有人于此，义不入危城，不处军旅，不以天下大利易其胫一毛……轻物重生之士也”，这鲁王不正是杨朱“重生”之流？

朱大鲧心中有口气逐渐萌生，顶得胸口发胀，脑门发鼓，耳边嗡嗡作响。他想着马峰、郭万超、刘继业、皇帝的言语，想着这一国一州、一州一城、城中万户芸芸众生。梁唐晋汉周江山更替，胡汉夷狄杂处乱世，在这个不得安宁的时代朱大鲧也曾想过弃笔从戎闯出一番事业，然而终安于一隅、每日清谈，不是因为力气胆识不够，而是胸中志向迷惘。上网聊天时文士们常常议论治国平天下的大道理，朱大鲧总觉得那是毫无用处的空谈，可除了高谈阔论文景之治、昭宣中兴、开元盛世，又能谈点什么呢？他要的只是一餐一榻一个屋顶，闲时谈天饮酒，吃饱了捧腹高眠，上网抒发抱负，有钱便逛逛青楼，自由自在，与世无争。可在这乱世，与世无争本身就是逆流而动，就算他这样的小人物也终被卷入国家兴亡当中。如今汉室道统和全城百姓的命运攥在他手里，若不做点什么，又怎能妄称二十年寒窗饱读圣贤书的青衫客？

朱大鲧从袖中擎出那柄精钢匕首。他知道无法说服王爷，因为这鲁王爷根本不是大汉子民；大道理都是假的，唯有掌中六寸五分长的铁是真的。在这一刹那，一个三全其美的念头在朱大鲧心中浮现，他长大的身躯缓缓站直，嘴角浮出一丝笑意，鞋底悄无声息碾过地板，几步就走到了卧榻之前。

“你要做什么！”忽然王爷翻身坐了起来，双目圆睁叫道，“我被蚊子咬醒了，爬起来点个蚊香，你拿着个刀子想干吗？我可要叫人了唔唔唔……”

朱大鲧伸手将王爷的嘴捂个严严实实，匕首放在对方白嫩的脖颈，低声道：“别叫，留你一条活路。我方才看见你用网络调动东城别院守城军队，靠的是字箕中一排木质活字。把活字交出来，告诉我调军的密语，我就不杀你。”

鲁王是个识趣的人，额头冒出密密麻麻一层汗珠，将脑袋点个不停。朱大鲧将手指松开一条缝，王爷呼哧呼哧喘着粗气从随身褡裢里拿出红色木活字丢在榻上，支支吾吾道：“没有什么密语，我这里发出的指令通过专线直达守城营和化学工坊。除了我之外，没人能在网络上作假……你为什么要这样做？我守住了晋阳城，发明出无数吃的穿的用的新奇的东西供满城军民娱乐，满城上下没有人不爱戴我这鲁王，我到底有哪一点对不起北汉，对不起太原，对不起你了？”

朱大鲧冷笑道：“多说无益。你是为自己着想，我却是为一城百姓谋利。第一，我要令东城别院停止守城，火龙、礌石、弩炮一停，都指挥使郭万超会立刻开放两座城门迎宋军入城；第二，宣徽使马峰正在宫中候命，城门一开，军心大乱，他会说服汉主刘继元携眷出降，可我要带着皇帝趁乱逃跑，让他乘那个什么热气球去往契丹；第三，我要将你绑送赵光义，以你换全城百姓活命。宋军围城三月攻之不下，宋主一定对发明守城器械的你怀恨于心，只要将你五花大绑送到他面前，定能让他心怀大畅，使晋阳免受刀兵。这样便不负郭、马、刘继业与皇帝之托，救百姓于水火，仁义得以两全！”

王爷惊道：“什么乱七八糟！你到底是哪一派的啊？让每个人都得了便宜，就把我一个人豁出去了是不是？别玩得这么绝行不行啊哥们儿！有话咱好好说，什么事都可以商量着来啊，我可没想招惹谁，只想攒点能量回家去，这有错吗？这有错吗？这有错吗？”

“你没错，我也没错，天下人都没错，那到底是谁错了？”朱大鲧问道。

老王没想好怎么回答这深奥的哲学问题，就被一刀柄敲在脑门上，干脆利落地晕了过去。

王鲁悠悠醒转，正好看到热气球缓缓升起于东城别院正宅的屋檐。气球用一百二十五块上了生漆的厚棉布缝制而成，吊篮是竹编的，篮中装着一支猛火油燃烧器和那门沉重的生铁炮。三四个人挤在吊篮里，这显然是超载，不过随着节流阀开启、火焰升腾起来，热空气鼓满气球，这黑褐色（生漆干燥后的颜色）的巨大飞行物摇摇晃晃地不断升高，映着夕阳，将狭长的影子投满整个晋阳城。

“成了！成了！”王鲁激灵一下坐了起来，冲着天空哈哈大笑，此时正吹着北风，暑热被寒意驱散，富含水汽的云朵大团大团聚集在空中，是最适合人工增雪的气象。时空旅行者盯着天空中那越升越高的气球，口中不住念叨着：“还不够还不够还不够，再升个两百米就可以发射了，就差一点，就差一点……”

他想站起来找个更好的观测角度，然后发现双腿没办法挪动分毫。低头一看，他发现自己被绑在一辆火油马车上面，车子停在东城街道正中央，驾车人被杀死在座位。放眼望去，路上堆积着累累尸骸，汉兵、宋兵、晋阳百姓死状各异，血沿着路旁沟渠汩汩流淌，把干涸了几个月的黄土浸润。哭声、惨叫声与喊杀声在遥远的地方作响，如隐隐雷声滚过天边，晋阳城中却显得异样宁静，唯有乌鸦在天空越聚越多。

“这是怎么回事？”王鲁惊叫一声扭动身体，双手双脚都被麻绳缠得结结实实，一动弹那粗糙纤维就刺进皮肤钻心地疼痛。他一直咒骂着却不敢再挣扎，呼哧呼哧喘着粗气，这时候一队骑兵风驰电掣穿过街巷，看盔甲袍色是宋兵无疑。这些骑兵根本没有正眼看王鲁一眼，健马四蹄翻飞踏着尸体向东城门飞驰而去，空中留下几句支离破碎的对话：

“……到得太晚，弓矢射不中又能如何？”

“……不是南风，而是北风，根本到不了辽土，只会向南方……”

“……不会怪罪？”

“……不然便太迟！”

“喂！你们要干什么？别把我一个人扔在这儿啊！”时空旅行者疯狂地喊叫道，“告诉你们的主子我会好多物理化学机械工程技术呢，我能帮你们打造一个蒸汽朋克的大宋帝国啊！喂喂！别走！别走……”

蹄声消失了，王鲁绝望地抬起眼睛。热气球已经成为高空的一个小黑点，正随着北风向南飘荡。“砰。”先看到一团白烟升起，稍后才听到炮声传来，铁炮发射了，时空旅行者的眼中立刻栽满了最后的希望之光。他奋力低下头咬住自己的衣服用力撕扯，露出胸口部位的皮肤，在左锁骨下方有一行荧荧的光芒亮着，那是观测平台的能源显示，此刻呈现出能量匮乏的红色。波函数发动机要达到30%以上的能量储备才能带他返程，而一场盛夏的大雪造成的宇宙分裂起码能将油箱填满一半。“来吧。”他流着泪、淌着血、咬牙切齿喃喃自语，“来吧来吧来吧来吧痛痛快快地下场大雪吧！”

每克碘化银粉末能产生数十万亿微粒，五公斤的碘化银足够造就一场暴雪的全部冰晶。在这个低技术时代进行一场夏季的人工增雪,听起来是无稽之谈。可或许是时空旅行者癫狂的祈祷得到应验，天空中的云团开始聚集、翻滚，现出漆黑的色泽和不安定的姿态，将夕阳化为云层背后的一线金光。

“来吧来吧来吧来吧！”

王鲁冲着天空大吼，“轰隆隆隆隆……”一声闷雷响彻天际，最先坠下的是雨，夹杂着冰晶的冰冷的雨，可随着地面温度不断下降，雨化为了雪。一粒雪花飘飘悠悠落在时空旅行者的鼻尖，立刻被体温融化。紧接着第二片、第三片雪花降落下来，带着它们的千万亿个伙伴。

浑身湿透的时空旅行者仰天长笑。这是六月的一场大雪，雪在空中团团拥挤着，霎时间将宫殿、楼阁、柳树与城垛涂成雪白。王鲁低下头，看自己胸口的电量表正在闪烁绿色的光芒。那是发动机的能量预期已经越过基准线，只要宇宙分裂的时刻到来，观测平台就会获得能量自动启动，在无法以时间单位估量的一瞬间之后，将他送回位于北京通州北苑环岛附近那九十平方米面积的温馨的家。

“这是一个传奇。”王鲁哆嗦着对自己说，“我要回家了，找个安全点的工作，娶个媳妇，每天挤地铁上班，回家哪儿也不去就玩玩游戏，这辈子的冒险都够了，够啦……”

以雪堆积的速度，几十分钟后晋阳城就将被三尺白雪覆盖，可就在这时，二十条火龙从四周升起。西城、中城、东城的十几个城门处都有火龙车喷出的火柱，还有无数猪尿脬大炮砰砰射出火球，那是他亲手制造的守城器械，宋人眼中最可怕的武器。

“等等……”时空旅行者的目光呆滞了，“别啊，难道还是要把晋阳城烧掉吗？起码稍微迟一点，等这场雪下完……等一下，等一下啊啊啊啊啊！”

黏稠的猛火油四处喷洒，熊熊火焰直冲天际，这场火蔓延的速度超乎所有人的想象，久旱的晋阳城天干物燥，时空旅行者召唤而来的降水未能使干透的木头湿润，西城的火从晋阳宫燃起，依次将袭庆坊、观德坊、富民坊、法相坊、立信坊卷入火海；中城的火先点燃了大水轮，然后向西烧着了宣光殿、仁寿殿、大明殿、飞云楼、德阳堂。东城别院很快化为一个明亮的火炬，空中飞舞的雪花未及落下就消失于无形，时空旅行者胸口的绿灯消失了，他张大嘴巴，发出一声痛彻心扉的哀号：“就差一点点，一点点啊！”

浴火的晋阳城把黄昏照成白昼，火势煮沸了空气，一道通红的火龙卷盘旋而上，眨眼间将云团驱散。没人看到大雪遍地，只有人看到火势连天。这春秋时始建、距今已一千四百余年的古城正在烈火中发出辽远的哀鸣。

城中幸存的百姓被宋兵驱赶着向东北方行去，一步一回首，哭声震天。宋主赵光义端坐战马之上遥望晋阳大火，开口道：“捉到刘继元之后带来见我，不要伤他。郭万超，封你磁州团练使，马峰为将作监，你们二人是有功之臣，望今后殚精竭虑辅我大宋。刘继业，人人都降，为何就你一人不降？不知螳臂当车的道理吗？”

刘继业缚着双手向北而跪，梗着脖子道：“汉主未降，我岂可先降？”

赵光义笑道：“早听说河东刘继业的名气，看来真是条好汉。等我捉到小皇帝，你老老实实归降于我，回归本名还是姓杨吧。汉人为何保着胡人？要打不如掉头去打契丹才对吧。”

说完这一席话，他策马前行几步，俯身道：“你又有什么要说？”

朱大鲧跪在地上不敢抬头，眼角映着天边熊熊火光，战战兢兢道：“不敢居功，但求无过。”

“好。”赵光义将马鞭一挥，“追郯城公，封土百里。砍了吧。”

“万岁！小人犯了什么错？”朱大鲧悚然惊起，将旁边两名兵卒撞翻，四五个人扑上来将他压住，刽子手举起大刀。

“你没错，我没错，大家都没错。谁知道谁错了？”宋主淡淡道。

人头滚落，那长大的身躯轰然坠地，那本《论语》从袖袋中跌落出来，在血泊中缓缓地浸透，直至一个字都看不清。

时空旅行者创造的一切连同晋阳城一起被烧个干净。新晋阳建立起来之后，人们逐渐把那段充满新奇的日子当成一场旧梦，唯有郭万超在磁州军营里同赵大对坐饮酒的时候，偶尔会拿出“雷朋”墨镜把玩：“要是生在大宋，这天下定然会成为另一个模样吧？”

宋灭北汉事在五代史中只有寥寥几语，一百六十年后，史家李焘终于将晋阳大火写入正史，但理所当然地没有出现时空旅行者的任何踪迹。

丙申，幸太原城北，御沙河门楼，遣使分部徙居民于新并州，尽焚其庐舍，民老幼趋城门不及，焚死者甚众。（《续资治通鉴长编·卷二十》）

造像者 / 陈楸帆

世上凡事都有其决定性的瞬间。

——红衣主教 Cardinal de Retz

与机器人同居

广场上的大钟指向清晨六点，电子钟声沉闷短促，惊醒彻夜守候的年轻人。人们从鼓鼓囊囊的帐篷里钻出来，脸上的白色睡式过滤器还没有摘掉，像是一撮撮从彩色蘑菇地里飘起的白色菌丝。他们看着 CCES 几个巨大的字母在蓝色警报级别的强风中亮起，开始是荧光黄，然后变成彩虹色，接着底下一行小字也亮起，“China Consumer Electronics Show”（中国消费电子展）。

年轻人们激动地互相挥挥手，又再次钻回帐篷里，毕竟离正式开门入场还有两个小时。

他们错过了巨大企鹅、熊以及说不清什么生物的全息投影在空中轮番登场的奇观。有那么几秒钟，工作人员调试出了一头红色皮肤上长着黄星斑点的奇美拉怪物，而后一切都消失了。

展览准点开幕，领导及嘉宾的发言不时被掌声和嘘声打断。像是一场马拉松赛事，随着一声令下，人群鱼贯而入，接受严格的安检，领取赞助商的礼包，开始一场电子盛宴。

粉丝的手机或可穿戴式设备上都会自动推送来自官方的辅助信息，也可以选择由当红日韩偶像配音的引导精灵，如果能够接受那种略微怪异的口音，他或她会不厌其烦地告诉你，本届 CCES 的三大热点是浸入式互动娱乐、万物智能化技术及情绪计算。

人群随着个性化引导分流进入占地十五万平方米的展厅，来自超过两千五百家参展商的最新科技产品使尽浑身解数争夺眼球。观众的脸上布满彩光，像是初次发现镜中自我的婴孩，兴奋舞动肢体以区分现实与虚拟的界限。这年头这事是越来越难，也许比天地初开宇宙鸿蒙时还难。

穿过光怪陆离的、刺耳的、集体癔症发作式的游戏展区，进入EB-115展位，主办方用黑色幕布围挡起一个六米乘六米见方的空间，只留下出入口。场内只容纳二十三名观众，游客在门口守秩序地排起长龙，等待警卫放行，没有logo，没有打光，更没有穿着暴露的虚拟偶像。

这些排队的人十分安静，表情凝重肃穆，比起逛展览，他们更像是准备进教堂做礼拜。

总之，就是有点不一样。

他们手里都捏着一张小小的黑色卡片，像是某种邀请函。

外派女记者拦住了一名从幕布后走出的年轻男子，他行色匆匆，不愿接受采访。

记者："说两句吧，里面到底是什么？"

男子："没什么特别的，一些照片，你也可以让它帮你拍照。"

记者："你指摄影师？"

男子："不，没有人操作，就是一台自动相机。"

记者："听起来有点无聊呢。什么样的照片？"

男子："嗯……有人像，也有动物，还有景物。"

记者："您是从哪里得到邀请函的呢？"

男子："一个朋友推荐的网站，也是邀请制的。"

记者："最后一个问题，能让我们看看你拍的照片吗？"

男子脸上掠过一丝不悦，他摆脱记者的纠缠，轻轻说了一句什么，快步离开了展位。

女记者反转摄像头的方向，对准自己，做出一个无可奈何的表情，继续说道："在本届众星云集的CCES现场，我们也发现了一些颇为低调神秘的参展商，比如我身后的这个展位，就是采取格格不入的预先邀请制，所展示的产品服务似乎与高科技也相去甚远。那么他们是依靠什么样的市场策略来吸引这么多忠实粉丝的呢？是否会是所谓‘邪教式营销’的推崇者呢？我们已经从展会主办方获取到相关信息，将在接下来的节目中为您揭秘。敬请期待、分享以及续订我们的频道哦。”

女记者并没有注意到在入镜的画面里，排队的人群已经拐了一个弯，来到出口前。一名背着黑色双肩包，身穿黑色连帽衫的男子加入队伍，他不时左右张望，从背包甩动的幅度看，里面装着不轻的东西。

又一名观众从出口走出，她的表情似乎有点不自然，下眼睑闪着亮光。她的手里拿着一张宝丽来大小的卡片，微微颤抖。

一

主持人："这就是一个多月前 CATNIP 在 CCES 上的第一次公开亮相，但当时人们对它背后的技术，以及即将引发的争议仍一无所知。今天我们有幸请到了 CATNIP 的发明者、国家重点实验室项目负责人、人工智能及图像识别专家——宋秋鸣教授。宋教授你好。"

一名西服男子入镜，四十岁上下，表情略拘谨。

宋教授微笑："主持人好，大家好。"

主持人："先问一个小问题，为什么要给这套系统起名叫猫薄荷，在我们女生看来这很有点卖萌的意味。"

宋教授："呵呵。确实如此，其实它的全称是 Camera of Architectural Transcendent Network Information Processing，也就是结构式超网络信息处理照相机。因为我女儿喜欢猫，所以给凑了这么一个名字。猫闻到猫薄荷时，会刺激它的费洛蒙受器，电信号传递到大脑，产生兴奋感和一些超常举动。我们也希望这个小东西能够给沉闷已久的学界带来一些新鲜刺激。"

主持人："说得太好了宋教授，那么能否请您用较为浅显易懂的语言向观众们介绍一下这套系统的工作原理呢？"

宋教授："有点难，我试试吧。大家知道，人工智能发展其中一个重要方向就是让机器模拟人类大脑的思考过程，而最关键的第一步就是让机器学会像人一样接受信息。人类有非常复杂的感官系统，但信息最主要的输入方式还是视觉，这就涉及两大领域的识别：文字和图像。目前在浅层感知领域，例如语音识别、文本分词、人脸识别等已经比较成熟了，但从浅层感知到特定语义组合的映射，比如从动作姿态来分辨一张全家福中不同成员之间的关系，对一首诗歌里的情感指向进行分类这种，目前还只能在限定领域通过大量训练来实现过得去的效果。至于像人类那样复杂的认知能力，机器其实还处于非常早期的阶段，大家可以看这张图。"

屏幕上出现四乘四的图片矩阵，每张图都是关于猫的，是在不同环境下，从不同角度拍摄的不同种类的猫。

宋教授："啊，这是我女儿挑的照片。对于人类来说，即便是一个小孩，只要他见过猫，不管是大猫小猫，黑猫白猫，猫头猫尾，他都能够分辨出来。但对于机器则不是这样。"

十六张图中的十三张都被打上红叉，只剩下三张猫咪头部正面特写，萌态可掬。

宋教授："之前我们做的机器图像识别，无法像人一样，从事物的不同状态中提取出某种底层不变性。抱歉我又要拿猫举例子，一只猫胖了瘦了，掉毛了生病了，或者给它穿戴上各种装饰品，它打个呵欠、发怒、舔舌头，它都是同一只猫。而对于机器来说，图像的尺寸、背景、光照、位移、旋转、畸变、遮挡……都会影响它的判断，它只能根据既定算法进行有限层级的映射，而无法模仿人脑通过多层神经网络进行分层递阶的多粒度计算……"

主持人："抱歉打断您一下，这部分内容或许对于欠缺背景知识的我们来说有点难以理解，那么您发明的 CATNIP 系统是如何解决这个问题的呢？"

宋教授面露尴尬："不好意思，一不小心就说多了。确切地说，我们的一只脚才刚刚跨过门槛，离真正解决问题还早着呢，这个系统也只是整个大计划中的一个前驱项目。我们的灵感其实来自语义分析，大家知道，信息的意义其实并不在于信息本身，而存在于其结构中，就像文本意义存在于上下文，图像的意义存在于时空结构之中。我们能否通过索引对象存在于整个时空结构中的信息来帮助机器识别对象，这是整个项目灵感的源起。”

主持人：“我问一个外行话，如果机器都无法准确识别对象，怎么能去寻找它存在于……嗯，所谓时空结构中的信息呢？”

宋教授：“你这个问题提得非常好。就像照片里的小猫，你是先知道什么是猫，再去找猫在哪儿，还是先知道猫在哪儿，再去识别什么是猫？这就是一个鸡生蛋蛋生鸡的悖论。目前我们的神经科学和生理学知识尚无法解释人类的认知过程是如何发生的，更不用说教会机器了。于是我们采用了另一种思路。”

主持人：“这听起来就像是推理小说啊。”

宋教授：“呵呵，这个比喻有意思。我们是这么做的，从语义上给定一个对象，通过对接外部数据库去抓取相关的信息，包括语义和图像，并按时间序列构建起意义连续体，然后我们把真实的对象摆到机器面前。比如说，一只猫，机器会在捕捉到的动态画面与意义连续体之间寻找可能的流形映射，当它确定两者之间能够建立映射时，也就是说它‘认出’这只猫时，就会‘咔嚓’一下，按下快门。当然这只是个简化的比喻，背后有许多艰深的算法，我们希望以这种倒推方式找到提升机器识别能力的办法，它更多是一个数学上的问题。”

主持人：“听起来蛮有意思的，那怎么会想到把这项技术从实验室里带到 CCES 呢？”

宋教授：“嗯，这个我不确定能不能说，之后我跟领导确认一下，如果不方便公布你们就剪掉吧。”

主持人：“没问题。”

宋教授："其实这个项目除了来自国家的专项基金外，还有几家大科技公司的资助，他们希望能从前期就介入，看看这项技术商业化的前景如何；另外一点，我们需要更多的样本帮助机器进行深度学习，而真实环境中的对象远远比实验室里的模拟条件来得复杂。正好我的组里有一个狂热的摄影爱好者，他帮忙设计了这个，我们称之为'锦上添花'的照相模块，包括调焦、光圈、快门以及滤镜库的调用等功能。"

主持人："这会不会涉及数据隐私的问题？"

宋教授："所以我们采取了邀请制，所有对象都必须经过资格筛选，并签署具有法律效力的协议书。"

主持人："之前网上讨论得非常火热的是，一些受邀请的用户晒出了 CATNIP 给自己拍摄的照片，并分享了他们的感受，其中有人说，这些由机器拍出的照片'比真人拍摄更有感情'，甚至能够'触动心灵深处'。对此您有何评论？"

宋教授："这个，我只能说，机器所有的行为都是受程序及算法控制，它是 camera 而不是 cameraman，那种能够产生情感的机器只存在于科幻电影里。"

主持人："您自己用 CATNIP 拍过照片吗？"

宋教授："我自己没有，不过……我替我家人拍过。"

主持人："哦？是您的女儿？"

宋教授："不不，她的数据量太少。是我的父亲。"

主持人："我有个不情之请，能否让我们看一下 CATNIP 为您父亲拍下的照片？"

宋教授皱了皱眉头，又非常迅速地展平："这恐怕不太方便吧。"

主持人小声地说："这是节目赞助商的要求，对方说已经跟您沟通过了。照片也已经在我们的素材库里了。"

宋教授不自然地清了清喉咙："那……好吧，实际上，是我父亲在特护病房里拍的，大概是上个星期。"

主持人:“非常抱歉,希望他早日康复。那么我们来看看这张照片。”

一张清瘦老人的照片出现在画面中,使用了高反差单色滤镜突出肌理,人物轮廓有一圈圆形光晕,老人虽有病容,却面露安详,奇怪的是几道故意做旧的磨损痕迹从面部爬过,像是碎裂又重新拼合。

宋教授没有说话,只是深深吸了一口气。

主持人:“关于您的父亲,您有没有什么故事可以与我们分享的?”

宋教授依然保持沉默,像是忆起了什么久远的往事,目光开始闪烁不定。

二

大概三周前,两位不速之客出现在宋秋鸣面前,希望得到他的允许,对他病榻上的父亲做一次访谈。

“老爷子情况不太好,别说访谈了,正常交流都困难。”宋秋鸣立马回绝。

“我们问过主治大夫了,他的意思是,宋老师这病,记眼下的事有困难,但是以前的事还是很清楚的,您看,这不是万不得已,我们也不会有这不情之请……”年长的那位郭姓的男子掏出一份文件递给宋秋鸣,那文件跟追讨某件国家级文物有关。

宋秋鸣看了看文件,又看了看两人,勉为其难地答应了。

“不过我得在场,每次时间不能太长,而且……”他突然不合时宜地笑了一下,“你们还是别抱太大希望的好。”

三

“……第一缕阳光从东山背后出现,缓慢地掠过伊河河面,波光粼粼，依次照亮西山石灰岩岩体上两千余个大大小小宛如天窗般的石窟，潜溪寺、宾阳洞、摩崖三佛龛……直到奉先寺的卢舍那大佛也被金光笼入，十万尊佛像光芒万丈……”

宋卫东鼻孔里插着氧气管，眯缝着眼，仿佛与那尊不存在的金色大佛隔河相望。

说来也怪，一说起那件事，原本神志不清的父亲像是回到了站了大半辈子的讲台，思维清晰、绘声绘色，根本不像是个得了脑部退行性病变的老人。而老郭和小林则不慌不忙地录着音做着笔记，大夫说，“得了这种病的人，就像检索系统出了问题的硬盘，不能要求按关键词来跳跃式地检索，只能让他一件事从头到尾慢慢讲，讲到哪儿卡壳了，你就知道哪儿出问题了。”

“……和古阳洞、宾阳中洞和石窟寺里那些北魏瘦佛相比，我更喜欢这些唐代胖佛，面部轮廓丰满圆润，双肩宽厚，使用圆刀法雕刻的衣物纹路自然流畅，让人一看便有种慈悲之感。村里人说，拜胖佛，可吃得饱饭哩……”

宋卫东的嘴角不由得随之微微翘起。

宋秋鸣从小就不明白，为何父亲对这些佛像的感情远超过对自己家人的关心。尽管内心抗拒，可耳濡目染下，他也成了半个专家。

他知道，这些佛像历经东魏、西魏、北齐、北周、隋、唐和北宋等朝代，雕凿断断续续进行了四百年之久，它们经历了至少三次由皇帝发起的毁佛灭法运动，至元朝后期，受破坏的程度已经非常严重。诸石像旧有石缝及为人所击，或碎首，或捐躯，其鼻耳、手足或缺焉，或半缺全缺，金碧装饰悉剥落，鲜有完者。更不用说从民国三年起，兵去匪入，本地土匪与外来奸商勾结对佛头佛像的疯狂盗凿与倒卖。

到了父亲这辈，历史又走了一个轮回。

“……我那会儿才二十出头，刚被分配到保管所两个月，还没来得及熟悉所有的佛龛和石窟，就看见那些个学生们上蹿下跳，比赛谁把‘砸’字写得更高、更大。所里的老同志悄悄告诉我，弃车保帅，东山，那是车。我蹭一下站起来，西山有佛，东山上的佛就不是佛哩？那擂鼓台三洞、万佛沟千手观音和看经寺咋弄？老同志摇摇头，佛都保佑不了人，人可还能保住佛哩……”

宋卫东突然不吭声了，眼睛死死盯着空白的墙上，仿佛那里挂着什么稀罕的画像，吸引住他所有的注意力。

老郭看这情形，识趣地合上本子，说今天先到这儿吧，让宋老师好好休息。小林姑娘似乎还在努力理解老人话语里的意思，一时半会儿没回过神来。

“你们觉得有帮助就好。”宋秋鸣也起身送客。

“走一步看一步吧。”老郭笑了笑，却让宋秋鸣心里犯了嘀咕，这走的是哪步看的又是哪步？他也没好意思多问，安顿好老爷子就自顾回实验室加班去了。

四

宋秋鸣从睡梦中醒来，习惯性地伸手，却只摸到空荡荡的被窝。他这才想起，为了躲避媒体的追堵，妻子已经带着女儿回娘家了。

日程表提示他今天得去医院陪父亲接受采访，他脑海瞬间闪过逃避的念头，又被自己的理智掐灭了。

他起床、洗漱、准备早餐、挑选衣物，传感器感知他的移动，将相关资讯投射到他视野所及的平面，语音精灵将文字转换为一个甜美女声，读出主要内容。

“……这事就像20世纪初摄影的遭遇一样，学院派画家们看不起摄影师，他们嘲笑、攻击、否定摄影作为一门艺术的资格；他们还说立体派画家里的一些人应该被扔进疯人院，毫无疑问毕加索是其中最疯的一个……”

宋秋鸣眨眨眼，资讯切换到自动轮播模式，这是他习惯的节奏。

“……我迷恋摄影，就像某种遗传病，就像酒鬼闻见酒精，画家闻见松节油，只要一听见快门的脆响，一钻进暗房，我就浑身起鸡皮疙瘩。谁要是告诉我那黑疙瘩懂摄影，我跟丫死磕，不过是一群白大褂在塑料键盘上敲出来的0和1。美感？杀了我吧……”

“现在让我们看看这张照片，你看到了什么？啊哈，天空，很好，河流，没错，草地，你们果然都不瞎。现在让我们看看它的标价，是的，你没看错，五千二百一十万，硬邦邦的人民币，佳士得最新成交价。这位大妈说得对，我肯定您也拍过类似的照片，有什么难的呀，站在温榆河畔，扎个马步，咔嚓，五千万。人家这作品叫《莱茵河2》，我看是挺二的……”

“……摄影术1844年来到中国，从南向北，从沿海向内陆传播，最初都是外国摄影师，但是他们只能偷拍中国人，因为中国人相信，谁被拍了照，谁的魂魄就会被摄入那个小木盒子里。再加上动静极大的镁粉灯，难怪连见多识广的老佛爷也会被洋人的‘妖术’吓得惊恐万状……”

宋秋鸣抬头瞄了一眼那张照片：花容失色的慈禧半趴在地上，单手扶住头上的珠冠，被宫女和太监们慌乱搀扶着。他笑出了声。

CCES后，CATNIP引起了媒体的极大关注，在这个无聊时代，任何一丝风吹草动都会让记者像坐上脱轨云霄飞车般肾上腺素飙升。尽管投资方认为宋秋鸣在发布会现场的表现令人满意，足以成为这一产品的公关代言人，可这有悖他的初衷。他只想尽快结束这一场闹剧，带着足够的数据回到实验室，继续下一阶段的测试。

咖啡杯上旋出了一个装束奇异的人像投射，像是比亚兹莱笔下的人物，雌雄莫辨。

他开始说话，是个男人。

“……我觉得这是赤裸裸的侮辱。摄影并不只是把相机对准对象之后，按下快门那么简单。它是主体、相机与客体三者之间的动态关系。单单是介质的选择，便蕴含有无数种可能，为什么选明胶银盐，为什么用卡罗尔法蛋白，背后对应的是什么样的情绪和理念，机器是不可能理解的，它所能做到的只是计算和模仿……”

又一个被侮辱与被损害的艺术家。

宋秋鸣叹了口气，把杯子转过去，抿了一口。这种错位的误读往往令他哭笑不得，虽然有时也不乏瞎猫撞见死耗子般的真知灼见。

声音并没有停止。

“……布列松说过，无论一幅摄影作品画面多么辉煌、技术多么到位，如果它远离了爱，远离了对人类的理解，远离了对人类命运的认知，那么它一定不是一件成功的作品……”

爱。人类。命运。这些空洞的大词硌得他耳朵生疼，就像他在节目里提到的算法、映射、柯尔莫果洛夫复杂性、隐马尔可夫模型……科学家和艺术家就像是站在河流两岸的孩童，不停向对方扔出硬邦邦的鹅卵石，这些石头甚至没法在空中有丝毫相遇，便直接掉进河水，沉入河底。

像一场永远不会结束的游戏。

“……我要向CATNIP发出挑战，由亿万网民出题，选定同一个对象进行拍摄，再进行双盲测试，让网民投票选出他们认为更好的照片。我必须捍卫艺术的尊严……”

宋秋鸣再次把杯子转过来，长按说话人的头像，相关资料迅速浮现在餐桌上，包括一长串艺术家的代表作品。宋秋鸣看着那些白花花的人体写真，差点没把嘴里的咖啡吐出来。

五

事实证明，第一次采访的顺利进行只是小概率事件。

“……我听着那大卡车轧着碎石子路面，嘎嘣嘎嘣地开过来，那灰大的呀，啥也看不见。从车后斗跳下来十几个学生，一身军绿，男生理着小平头，女生短发齐耳，胳膊上系着红袖圈，手里还拿着各种干农活儿的家伙：凿子、铁锨、撬棍……就跟去下地开荒似的。我就故意问他们，‘给弄啥哩？’一个高个儿女孩站出来说，‘我们今天是来……’”

“是来……”他又尝试了一遍。

小林姑娘狐疑地看着他，那句话像是突然卡在宋卫东的嗓子眼儿，不上不下。

“是来……‘破四旧’的？”老郭试探着帮他补上拼图。

“对对对！”宋卫东长出了口气，“我那会儿比他们大不了几岁，可常年在野外晒得那个黑啊，看上去老成不少，我就问你们是哪个单位的？有上级指示没？几个男孩嚷嚷说，我们是八中的，手里的家伙敲着，咣当乱响。我就说，你们回去吧，我是文管局的，奉上级指示，这里暂时不能砸……”

“爸，喝口水。”宋秋鸣打断了他，似乎已经知晓后面的情节。

“不择来不择来（没事），”宋卫东摆摆手继续，“那些学生就开始吵吵着，背起语录来，毛主席教导我们，毛主席教导我们……”

老郭和小林交换了个眼色，被宋秋鸣看在眼里。

“爸，想不起来就算了，这些不重要。”

“是是是，宋老师，这些细节咱们可以跳过去，后来呢？”老郭识趣地顺竿子爬。

“怎么不重要？太重要了！我那是以彼之矛攻彼之盾。宋秋鸣我都跟你讲过吧，你给他们说说。嘿，我这脑子怎么回事……”

“爸，你那都陈芝麻烂谷子的事了，我哪能记得住那些个……”宋秋鸣焦躁起来，投资人提的要求越来越过分，他只想赶紧结束回去准备迎接那该死的挑战。“好吧好吧，后来大概是这样的。那高个儿女学生引用语录上的话，说要破四旧，向旧世界宣战，扫除山上这些个散发腐朽气息、毒化人们灵魂的封建主义的玩意儿。我爸灵机一动，也用语录上的话搼回去，就跟现在年轻人用表情包斗图似的，说这山上的佛像啊，都是出自工匠之手，工匠是谁，劳动人民啊，主席说‘劳动最光荣’，我们不应该随意毁坏，要把它们当作反面教材，世世代代地传承下去，教育我们的子孙后代，不要再受封建制度的压榨和毒害。然后就带着学生喊起口号来……”

说到这，病床上的宋卫东突然举起左拳，挥向半空，扯得输液架哗啦哗啦直响。他张着嘴，却什么也没说出来，像个被按动了开关的自动机器，重复着同一个动作。

小林姑娘笑出了声又赶紧捂住嘴。

“事情经过就是这样，后来学生们坐车原路返回，我爸就这么成了保护文物的英雄……”

“什么英雄？都是放屁！”

房间里的人都被老人掷地有声的话惊呆了。

“爸，可当年您……”

“我还经常梦见当年，那么真切，”宋卫东使劲揉了揉眼睛，似乎眼前扬起了漫天黄沙，“我看见了两辆大卡车，像叠影似的紧挨着，慢慢地晃，一辆变小，一辆变大，都能听见车上拉歌的好嗓子。当时，我还以为这是我搬来的救兵……”

宋秋鸣看了看表，对老郭和小林摇了摇头。

六

门开了，艺术家走了出来，紧绷的荧光上衣隐约勾勒出肋部线条，他的随行助手在身后拖着沉重的箱子，里面是各种专业相机、灯具及漫反射材料。艺术家旁若无人地蛇行着，突然停下，又后退几步，对在旁边休息区等候的宋秋鸣点头示意。

“该你们了。”他妩媚一笑，精致的彩妆闪闪发光。

宋秋鸣站起来，尴尬地张了张嘴，却不知该如何回应。

门边的绿色LED灯亮起，这表示摄影棚里已经清理完毕，模特正期待着下一拨游客进入。宋秋鸣摇头苦笑，带着几名年轻人推着CATNIP机器进入房间，他们需要较长的时间进行安装调试。

这全是投资方的主意。

一开始宋秋鸣坚决反对这项提议，他认为“愚蠢、哗众取宠且毫无意义”，更何况对方还是一名以拍摄人体写真著名的情色艺术师，这将把CATNIP项目带入娱乐媒体的话语狂欢中。可掏钱的公司不这么想，他们觉得这是一个好机会，能够让更多的人关注到这个项目，以及可能带来的商业化前景。

“要是输了怎么办？”宋秋鸣心存疑虑。

“这只是一场争夺注意力的游戏，不存在输赢。”

宋秋鸣想，可能是披露中期财报的时间窗口到了，股东需要点利好刺激。

Anyway, money talks.

宋秋鸣让组里喜欢摄影的年轻人做了下功课。这名艺术家原名百里雾绘，入行长达二十余年，以肖像及实验摄影著称，八年前改名为“L.I.Q.”，但从来不解释这个首字母缩写究竟代表什么含义。近年来以一系列意识出位大胆的人体写真备受争议，他的“互文”及“镶嵌”系列均在市场上以高价拍出。

在他的镜头中，“性别”与“性”是永恒的主题。在“互文”系列中，他打破了以摄影师为中心的传统，走进拍摄对象的生活及内心世界，引导他们展示自己的身体，自拍裸露甚至色情的照片，并在一定协议下上传到公共的社交网络。L.I.Q.最引以为傲的是，他总能激发出模特最为性感勃发却又带有性别认同障碍的表情，用他的话来说：“镜头作为摄影师感官的外延，无可避免带上主体性别心理特征，如果被拍摄的客体足够敏感，或者营造出这种敏感性氛围，便能将这种性别互动投射到作品当中。因此，男人拍女人和女人拍女人所产生的审美效果是完全不同的，但倘若客体对于主体的性别认知存在障碍，便会带来一种新的张力，新的审美。”

宋秋鸣终于明白了自己为何会对L.I.Q.产生莫名的不适感。

规则是这样设定的，同样的拍摄对象、同样的姿势、同样的位置、同样的光照条件、同样的成像介质，留给摄影师的发挥空间其实很有限。成像之后的作品会被抹去一切数字标记，发布到网络上供网友投票，选出他们心目中“更好”的一张。

之所以是“更好”，而不是“更美”或者“更性感”，是因为经过双方协商后，认为“好”这个词比其他词更加笼统宽泛，而不容易由于文化背景差异带出语义上的倾向性，有效减少统计学上的偏差。

宋秋鸣和助手们安装调试着机器，模特在聚光灯下如马奈笔下的《奥林匹亚》般优雅半卧着。在宋秋鸣的要求下，她光洁的身体被暂时蒙上了黑布，远远望去仿佛一颗头颅凭空飘浮在黑色背景中，显得更加诡异。

模特的相关参数已经事先被输入CATNIP，所有能够被识别的外部数据库均被悉数读取。机器按照之前标定的位置被固定好，当万事就绪之后，所有工作人员都会撤离房间，只剩下赤裸的模特，和一台等待按下快门的乌黑笨拙机器。

“你觉得我们该打开Emo模块吗？”助手轻声问宋秋鸣。

“不是说还没有调试好吗？”

“那只是针对竞品而言，实际上它对人类面部微表情的识别准确率能达到87%，正常人也就50%～60%的水平。”

“你觉得能有帮助？”宋秋鸣扬起右侧眉毛。

“我觉得不妨一试。”那个叫小光的年轻人习惯性地撇撇嘴。

所有工作人员开始退场，当最后一名年轻人将门带上时，他看见模特掀开披在身上的黑色绒布，像是一块巨大的玉石瞬间暴露在强光之下，晃得人眼发蒙。他迟疑了片刻，眼中射出一丝原始光芒，但随即黯淡。他将门缓缓关上。

七

老郭和小林花了不少时间，才让宋卫东的“硬盘”转到了李建国的部分。

“……李建国是我同门师兄，当时在高校里当辅导员。是他出了这么个主意。用大学生来制住中学生。我一拍大腿，妙啊，于是就这么定下来。没想到他们的车晚到了一步……”

宋卫东先是露出笑容，接着眉头骤然一紧，如同平原上被地壳运动挤出的丘陵。宋秋鸣也放下了手机，毕竟这是之前他完全陌生的故事。

“……车上喇叭闹哄哄的，我看到李建国耸着肩，耷拉着脑袋，灰头土脸。我仔细瞅了瞅，他的头发还是好好的，这才放了心。他跟着学生跳下车，趁着学生们往下一筐筐地搬沉家伙，他一溜小跑过来，还没等我开口，他就嗡（推）着我的胳膊往边上走，一边小声说，‘别吱声，老老实实咕状（蹲）那儿。’

“那些学生都抄着家伙站好队，开始唱起语录歌了，我心里那个急啊，我就想去拦。李建国死死把住我，说你昭昭（看看）那黑烟，那是在烧书、抄家、砸牌匾。白马寺已经完了，经书残灰都堆成一人高了，连贝叶经都被烧了，你还想什么呢？我一气之下骂他是叛徒，这时一个大嗓门在我们脑袋顶上炸响，‘说谁是叛徒？！’……”

老郭和小林都听得入了神，忘了做笔记，只有录音笔的时间无声跳动着。

宋秋鸣已经忘了自己有多久没跟父亲好好说过话，更不用说有整块的时间听他讲故事了。父子间的纽带仿佛被扫进意识里一个不起眼的角落，结网蒙尘。他太习惯于用逻辑去判断别人需要什么，但并不是所有的需求都能被理性满足。

“……那是李建国班上的母大炮，人见人怕的一员女将，就连个头最大的二虎子也得让她三分。母大炮风风火火地冲到我们俩跟前，说：‘你就是宋卫东？听说这山头是你报告的，觉悟很高嘛。’我瞪了李建国一眼，啥话也说不出来。母大炮一挥手，撂下话：‘掉血掉肉不掉队，你们两个落后分子，还不麻利动手？’说完领着队伍往山上奔去。

“等他们走远，我往地上啐了一口，我说，李建国你这孙子，害人害己啊。他说，我这是在救你，怎么变成害你了？我说，你看史书上都写着呢，太武帝被近侍所杀，北周武帝病死时才三十五岁，唐武宗毁佛后一年暴毙，柴世宗、宋徽宗、明世宗那可都是不得好死啊。天理昭昭，报应不爽。这伤天害理损阴德的事，你干我可不干。

“李建国被我说得心里也慌了神，他一屁股坐在地上，嘴里叨叨个没完，突然把手里的树枝一扔，说：‘有了宋卫东，咱去救佛。’”

“救佛？”小林姑娘眼神透着迷惑，老郭却喜不自禁，似乎看到了一线希望。

“对！救佛。我说，就咱俩弱不禁风书生，咋救。李建国说，你这脑袋，就跟那山上的石头人一样，死心眼儿。学生使的都是蛮力啊，往死里砸，碎成千八百片的，拼都拼不拢；咱使巧劲，一劈两半，回头把这些大块都藏起来，粘起来，你不是学这个的嘛，能救多少算多少……”

宋卫东停住了，露出一丝不知是哭是笑的表情。

所有人都沉默了，先开口的却是宋秋鸣。

“您……砸了？”

“砸了。”

“救了吗？”

“救了。”

“佛呢？”

“……”老人又恢复那副失神的表情，让人很想给他点上一支烟。

“宋老师，您看这尊佛头您有没有印象？”老郭掏出一张照片，举在宋卫东眼前，老人看了一眼，又把眼睛移开，依旧不置一语。

八

“真抱歉浪费两位这么多时间，这事我也是头一回听说。”病房外，宋秋鸣给老郭点上烟。“也只能这样了吧。”

“还有一招。”老郭长长地呼出一口白烟。“还记得令尊的梦吗？”

“梦？”

“小林，你比我专业，给宋教授解释解释。”

“哦。宋教授，通常我们证明文物归属有很多种方法，地质学的、考古学的、人类学的、美学的，等等，这件文物由于属于碎块拼合，且辗转多地，原址地质地貌变化较大，所以这方面的证据匮乏，只能从人上面下功夫。而您的父亲宋老师就是最直接的证人。”

“可你们也都看到了，他现在这个样子……”

“幸好，现在国际上承认用神经造像技术采集证据。”

“神经造像？”

“简单来说，就是用 fMRI（功能性核磁共振成像）以亚毫米级精度扫描受试大脑的视觉处理区域，在这一过程中让他看各种图片，训练出一个解码器，可以建立起从视觉皮层神经活动信号到物体形象的映射关系，然后再用这个解码器去解析梦境过程中产生的神经信号……”

“可成立的前提是，视知觉和梦境在视觉皮层上的神经活动有相似的激活模式，同时，因为视觉皮层和卷积神经网络的信息处理机制高度相似，所以我猜你们也用 CNN 来提高拟合度。”

“忘记这是您专业了，真是班门弄斧。”

“隔行如隔山，不敢相信已经应用到了法律层面。”

“所以我们只需要证明，这尊佛像和宋老师梦里出现的是同一尊，这就够了。”宋秋鸣深深地吸了口气，摇摇头。

“可我父亲不是受试的小白鼠，我不想他在最后的日子还要受这种折腾。”

小林正想说什么，被老郭一把按住。

“非常理解您的处境，希望您能考虑一下再答复我们。”老郭停顿了一下，似乎在犹豫该不该说，“这些天听您父亲的故事，我想，他不告诉您真相，就是不想破坏自己在您心目中的英雄形象，但他过不了自己这一关。也许，只有您能帮他成为真正的英雄。”

宋秋鸣看着两人离去的背影，正想着该如何面对父亲，手机开始疯狂地振动起来。

九

令人意想不到的结果出现了，投票显示，53.15% 的网友认为左边(by @ CATNIP)的照片更好，而只有 34.41% 的网友认为右侧(by @ L.I.Q.) 的照片更好，其余的网友选择了“没太大差别”。你们认为这个结果跟你的选择一样吗？

网友评论（3147）

……

@ EXAGE212：这真是对人类艺术的侮辱。

@悲伤的茼蒿：机器必胜！愚蠢的人类早就应该从地表上消失了！

@ L.I.Q. 全球粉丝俱乐部：强烈抗议暗箱操作，当然那台玩意儿本来就是个黑箱，强烈要求重赛，所有 Liquor 都发动起来！跟丫死磕！（火火火）

@果斯塔号：平心而论，L.I.Q. 的照片里女人都像在发情期，对于那些精虫上脑的屌丝来说可能很诱惑，但是 CATNIP 的照片里，那个女人脸上有种不谙世事的好奇与惊讶，对于稍微有点人生阅历和品位的男人来说，这种女人显然更具杀伤力……

@ DEM1229AT：求模特联系方式，急！！！

@秦时明月汉嗜官：现在我有点理解为啥清朝人会觉得照相机能摄人魂魄了（震惊）

……

“这场闹剧该收场了。”平素温文尔雅的宋秋鸣一巴掌拍在桌上，会议室里的人都抬起头看着他。

“老宋，别让媒体激怒你，这正是他们想要的效果。”资方代表淡然处之。

“是你们！游戏结束了，你们的目的也达到了，我只想拿着数据回到实验室，继续完善架构流程和算法，而不是坐在这里，听这些没谱的夸夸其谈。”

“夸夸其谈……我们可是在真金白银地给你们砸钱哦。”资方代表用钢笔一下下戳着桌面，发出啄木鸟叩击树干的声响，“跟钱相比，我们的要求不算过分吧？”

“用那些网友的话说，你们现在不只侮辱了艺术，还要侮辱科学。”

“作为一名科研工作者，您应当学会更加客观地看待事物。”

“看来我们对于客观的定义有分歧，您让我将一台机器吹嘘成带感情的智能体，这客观吗？”

“我的原话是，让它听上去更有人情味一点，只是一点。”

“我不是你们的公关对象，这招对我没用。我再重复一遍，CATNIP 所实现的一切都是在程序设定的范围内，那里只有 0 和 1，不存在任何超自然现象。你有你的市场计划，我有我的底线。咱们互相尊重，好吗？”

“可外面的人不这么想，他们觉得你的机器比人更懂人，更能捕捉人类的情感……”

宋秋鸣痛苦地捧住脑袋：“哎……小光，你来告诉他。”

那个年轻人“噌”地站起来，似乎已经憋了很久。他大手一挥，将图像投影到墙上。那是许多人像图片拼成的照片墙。

“这次竞赛，表面上假借民意，体现公开、公平、公正，但其实是L.I.Q.团队精心策划的结果。大众的品位其实从某种尺度上讲是可以预测的，只要掌握了充分的社交网络数据，所以最后选择了……她。”

照片墙中的一张女子头像快速扩大，充满全屏，那是中日美混血的新晋超模Junyi Elisa Miyazaki Osborne ，简称JEMO。

“如果你们了解JEMO的出道历史，就应该清楚，她是以混血面孔及清纯气息备受瞩目的，但L.I.Q.的作品却是以肉欲著称，这便是他们押下的赌注，网友们会无比饥渴地期待他们心目中的女神流露内心欲望。据小道消息,L.I.Q.是靠费洛蒙来激发模特……”

宋秋鸣敲了敲桌子，示意不要过分留恋这些细枝末节，小光假咳了一声，脸上现出尴尬。

“呃……用你们的话说，我们应该建立起具有区隔性的产品形象，于是在人脸识别的基础上，我们又加上了情绪识别的模块。”

JEMO的脸部继续放大，不同颜色的色块标出表情肌的分布走向，开始轮流闪烁。

“其实情绪识别与人脸识别的基本原理相同，都是基于数据分析，足够大的数据量使得机器能够阅读人脸哪怕最细微的表情肌动作，让真实情绪无所遁形。在这一点上，人脑的辨别能力确实有待提高。我们让机器‘阅读’了JEMO以往拍摄的所有照片，将她的表情数据影射到曲面上。模特这一行干久了，连表情都会变成行货，所以我们希望捕捉到的是距离曲面最远的点，也就是说，其实我们的目的和L.I.Q.殊途同归，希望打破JEMO的职业习惯，让她流露出真实的另一面。”

JEMO的特写开始以逐格动画的方式缓慢跳动，她的眉头微微蹙紧，双眼瞪大，嘴唇微张，但这表情像流星般稍纵即逝，她随即又恢复了职业化的冰冷笑颜。画面再循环跳回第一格。

“这就是那个决定性的瞬间，显然她还不太适应CATNIP的工作方式。”

“那道光斑是什么？”资方代表指着其中的某一帧问道。

小光看了看宋秋鸣，后者点点头。

“为了强化这种陌生感，我们给CATNIP加装了一个能发出声响的预闪提示灯，是早已停产的古董级配件……”

“所以你们也有自己的费洛蒙。”资方代表含意不清地笑了笑。

“我们只是……”

一阵掌声打断了小光的欲辩无言，资方代表起立、鼓掌，朝向宋秋鸣的方向，脸上带着诚挚的尊敬。宋秋鸣愕然坐着，不知该做何反应。

“宋教授，您用一个精彩案例，向我们演示了什么叫作建立产品形象。您是真正的英雄。”

宋秋鸣脸上若有所动，随即迅速恢复平静。

“那么剩下的事情就交给我们吧。”资方代表深深鞠了一躬，带领团队离开了会议室。

十

尽管才入初冬，伊阙峡谷的寒风已然凛冽。宋卫东走在漫水桥上，雾气从河上飘近，带着凉薄的湿润贴在他脸上，那种从容缓慢让人产生幻觉，仿佛河流本身是静止的，而桥在飞。

一只白鹭从河心洲飞起，消失在远端的树林里。宋卫东紧了紧肩上的背包，回头望了一眼西山的卢舍那大佛，它已不再金光闪耀，但依然面露微笑。

过了桥，便到了东山。与西山不同，东山没有那么密集的佛龛，岩体保持相对完整，如同裸露的大片白骨。只有上了山腰俯瞰，才能看见栈道两旁零星的石窟。

宋卫东并没有在擂鼓台三洞前过多停留，他知道里面的景象。大万伍佛洞里的一佛二菩萨，以及从南壁到北壁呈半环形分布的二十五座高浮雕罗汉像已被悉数破坏，只留下一些残余的躯体、穹形洞顶和华丽脆弱的莲花藻井。这是武周时期禅宗派所经营的洞窟。禅宗派是一个专修禅定的教派，所谓“禅定”就是安定而止息杀虐之意，似乎历经千年之后，这门技艺已在人间失传。

他又路过千手千眼观音像。由于风化严重，护佑众生的千手只剩下波纹状的纹理，在观音身体两侧如侧鳍般展开，这倒使它免遭劫难。

他不敢看西方净土变龛两侧残缺的佛龛和力士，那也有他的一份功劳，用铁钎凿下佛头、佛面时，虎口和手腕被震得酥麻。在此之后，这种幻觉伴随了他很久，无论是端碗筷、翻书、穿衣还是抚摸爱人的肌肤。

净土变龛依《阿弥陀》《无量寿》二经雕刻，描绘的是舞者乐者各得其乐的西方极乐世界，一个乌托邦般的理想社会。宋卫东望向峡谷远方，在西山看不见的那一端，在东山外看不见的这一端，在这片广袤无垠的土地上，人们同样在进行着一场建造乌托邦的伟大实验，他们砸烂佛像，焚烧书籍，又树立起更伟岸恢宏的神灵与理念。可这一切现在都与他无关了。

宋卫东终于走到了目的地，他谨慎地回了几次头，确定没有人跟随，一猫身，钻进了看经寺西侧一条不起眼的小道，又拐了几道弯，拨开用枝叶编成的掩护，一个半人高的洞口露了出来，里面漆黑一片。

他从背包里掏出蜡烛，点亮，擎着一豆烛火，钻进了洞中。

洞中空气混浊难闻，夹杂着不知名动物的粪便气味。宋卫东进到洞的最深处，烛光隐约照亮了几个鼓鼓囊囊的麻袋，他从背包中取出一块白布铺在地上，把蜡烛固定在较高的岩缝里，现在他几乎能看清整个洞里的情况了。

他从大麻袋里又掏出小麻袋，小麻袋里又有更小的袋子，他小心翼翼地把袋子里的东西倒到白布上，那是一堆灰黑色的不规则石块。他又从另一个角落里翻出藏在那里的另一件东西，一块硬纸板，纸板上用大头针固定着几块碎片，隐约能看出是一张残缺的脸。宋卫东用放大镜瞄着硬纸板上的碎片，又拿起白布上的一块石片，仔细端详，摇摇头放下，捡起另一块。他靠着这种笨拙的办法把麻袋里的数千块碎片逐一分类，再通过颜色、纹理、质地比对，将同类的碎片区分出来。这场浩大的拼图游戏陪伴他从夏天到春天，再到冬天。他不知道自己还将在这个洞穴里待多久，没人知道。

宋卫东脸上突然现出亮光，他像捏着整个世界般捏起一块薄片，轻轻地放到硬纸板上，用手指将它移近，碎片的边缘如同漂移的大陆板块般互相咬合，呈现出全新的面貌。

烛光开始闪烁不定，像是洞悉了什么秘密，宋卫东身子一缩，惊恐地望向洞口。那只是一阵风，遥远冰冷，就像李建国的身体。

宋卫东若有所悟，他做这一切，并不只是为了自己。

硬纸板上的脸又补齐了一块，现在能看清嘴唇与面庞的轮廓了，线条柔和饱满，应该出自唐代匠人之手。

宋卫东的嘴角不由得微微翘起，模仿着那黯淡烛光下的残缺佛面，他感觉自己心里某块地方又完整了一点。

十一

宋秋鸣扶着从机器里缓缓退出的梦中的父亲，惊觉这张脸竟已如此苍老，不禁心生酸楚。

房间的另一端，老郭和小林站在不断刷新的屏幕前等待着机器用算法解析宋卫东梦境中的影像，并与他们的目标进行匹配。空气中一时间只剩下沉重的呼吸声。

小林突然鸟儿般“吱”了一声，又赶紧捏住嗓子，她的笑容说明了一切。

宋秋鸣走到屏幕前，看着两幅亮度、色温、清晰度、各种细节不尽相同的图像，很显然，它们显示的是同一件物体，一尊带着裂缝的、微笑的佛面。

“谢谢你。”老郭握住宋秋鸣的手。

“不，该道谢的应该是我。”

十二

“我们的邮箱快被挤爆了。”小光无奈地说。

“可以想象，一种新式的货物崇拜。”宋秋鸣抿了口咖啡，继续看鱼缸上的新闻。

“我们该怎么回应？开放邀请？拒绝？”

“谁捅的娄子谁去补救，不过这也说明他们PR的活儿干得不错。”

“噢对了，PR团队昨天又发了几个包装案例过来，您想看看吗？”

“现在没工夫，放那儿吧。”宋秋鸣的目光没有离开新闻界面，上面有某种东西吸引了他。“这事总会过去的，我们需要的只是耐心，等到媒体闻见更新鲜的肉味……或者大众心生厌倦。”

那是一只大蜘蛛，趴在细密的蛛网上，伸展着八条长腿，两两靠拢，以至于乍一看颇像躯体与四肢不成比例的人体。

宋秋鸣用手指将高清图片等比例放大，那只蜘蛛扩张至他面孔大小。这并不是一只真正的蜘蛛，而是用腐败树叶、杂物及虫类尸体搭建起来的精巧结构，一座蜘蛛的雕像。

它的建造者，一只产于秘鲁亚马孙河西部边缘的金蛛科尘蛛属未命名亚种生物，不到半厘米大小的个头。它正躲藏在巨大蜘蛛雕像的腹部背后，利用蛛丝牵引着雕像轻轻颤动，那雕像仿佛具有了生命般惊悚。

宋秋鸣突然感到一阵不适，他关闭了新闻界面。坐下，喝着咖啡，若有所思。

他打开了小光留下的包装案例。

画面向两侧滑开，左侧较小的头像是委托人，下方有提炼的证言，右侧较大的是CATNIP拍摄的照片，点击之后会有视频及图像互动。

委托人：Yoon ChongSui　银行从业者

拍摄对象：他三岁的儿子（姓名隐去）

“当我看到照片那一刹那，我几乎要流泪。那种色调和如今已经很少见的均衡构图一下子把我带回几十年前，当我还是他这个年纪时拍下的那些照片。不同的是，CATNIP并没有呈现一般儿童肖像欢天喜地的感觉，它用长焦捕捉了一个侧影，要我说，有点孤独的感觉。我想起了小时候，父亲因为工作，很少有时间在家陪伴我，对，他也是银行家，那种残缺的感觉一直深藏在我心底，直到这张照片……我想我明白它所要表达的含意，是的，我明白。”

委托人：王晋 & 许倩　独立艺术家

拍摄对象：一条名为“窝夫”的拉布拉多犬

“开始我们只是觉得好玩，对，没想那么多，她想来我就陪着来了……拍出来吓了我们一跳，王晋都愣住了……就是那种捕捉的神态，完全不是一般拍动物的方式，我们给‘窝夫’拍过很多照片，专业的也有，但都感觉是强调了动物的可爱……但是CATNIP……

是的，我想它捕捉到‘窝夫’身上特别像人的那一方面，那些细节，那种眼神……就是‘窝夫’看着镜头的那种眼神，它像看着同类一样看着我们……有那么一瞬间，我想起了去世的母亲，她特别喜欢‘窝夫’……也许还是别这么想比较好。”

宋秋鸣抬了抬眉毛，这比他想象中要有意思些，他又打开了第三个案例。

委托人：肖何明清　社区牧师

拍摄对象：母亲遗像

“我犹豫了很久，母亲是突然脑溢血去世的，她生前很少拍照，我希望能够保留点记忆。外面有很多关于 CATNIP 的传言，有些不免僭越，我想耶和华会理解并原谅我的这种想法。为了搭建特殊的垂直支撑架还花了一些工夫，毕竟我母亲已经无法坐起面朝镜头。我们为她略施妆容，撒上花瓣，就像我在社区里为其他逝者所做的一样。CATNIP 花了不少时间对焦，我理解作为我母亲那代人，能够在数字空间里留下的印迹非常稀少，她现在肌肉松弛，自然也捕捉不到任何表情。快门终于被按下，我怀着不安的心情等了两天，收到一份快件。我迫不及待地拆开信封，结果大吃一惊。照片中呈现的并非我母亲的面容，而是透过某种金属介质表面所反射出来的教堂穹顶天窗，带着玫瑰般瑰丽的漫射光。我思考了许久，终于找到缘由。CATNIP 不知何故，将焦点拉近到我母亲脖子上佩戴的玫瑰金十字架项链，拍出这张超级特写。

“看着这张照片，我泪流满面，这莫非是我母亲灵魂升天的证据？如果一台机器看待世间万物的方式，正如上帝希望他的子民们能够做到的那样，为什么我们不能承认它是有情感的，甚至，是有灵的？”

宋秋鸣深吸了一口气，又缓缓吐出。如果这个案例传播出去，目前 CATNIP 所面临的风波也许才刚刚开始。

但不知为何，他凝视着那张玫瑰金色的教堂穹顶图，久久不愿移开视线。

他决定给父亲照张相。

十三

一位就读于佛罗里达大学的植物学学者 Larry R. 在菲律宾内格罗斯岛考察期间，在穆尔西亚镇附近的堪拉昂山脚下发现了一种非常罕见的生物现象。

“我从林场小路穿过树林，看见一张网上趴着一只一美元硬币大小的蜘蛛。我往前走了几步，停了下来，似乎有什么不对劲，于是我又往回退。”

他证实自己所看到的“蜘蛛”其实是用吃剩的昆虫残骸、树叶以及垃圾杂物建成的蜘蛛雕像。他认为有两种可能，这种蜘蛛雕像可能用于充当诱饵，吸引猎物坠网；还有一种可能是营造恐吓，以身形大上数倍的伪装来保护自己的安全。

这一发现与数月前在秘鲁亚马孙河流域发现的尘蛛雕像行为有着异曲同工之妙，而两者在地球表面上相距一万一千公里。

“我们不知道是否还有其他的蜘蛛或者昆虫有着类似的行为，”哥伦比亚大学生物学教授 Dennis Jr. Chang 接受采访时说，“目前没有任何遗传学上的证据表明两种蜘蛛是否存在同源关系，有一种猜测是，它们在各自环境中由于生存压力产生了独立的趋同进化。”

一些阴谋论网站将这种令人不安的现象与人类图腾崇拜的行为相提并论，其中还提到了印第安民族的猎头习俗，以及新几内亚群岛的人燔祭礼。

无论如何，这一现象至少证明了，节肢类生物对于自身空间形状有着清晰的意识，同时，它也具备了一定的智力水平来收集材料并搭建起如此复杂的结构，以实现某种尚不为人知的目的。

“我并不感到很惊讶，”发现者Larry R.说，“更令我惊讶的是，以前居然没人注意到这一现象。”

NAT GEO ASIA频道为您报道。

十四

主持人：“因此您的父亲两次抢救回了国家文物。”

宋教授：“可以这么说吧，这也是他自认为这辈子最大的贡献。”

主持人：“那么您认为CATNIP会如何将这一元素融入您父亲的肖像？”

宋教授（思考）：“……有一些报道，包括我父亲修复抢救的佛像，都在网上有数字扫描存档。CATNIP可以分析这些数据的权重，以及它们被社交网络抓取引用的次数……”

主持人：“我好奇的是，它是如何判断以何种形式，打个比方说，颜色、滤镜、双重曝光等，结合到人像中，这听起来更像是需要艺术家的触觉。”

宋教授：“是这样的。你知道之前和L.I.Q.的那场所谓‘比赛’吧，它让我对艺术与艺术家有了更深的理解，从这点上来说我需要感谢L.I.Q.团队。比起绘画来，我认为摄影更接近于诗歌，它更多地触及潜意识乃至无意识的层面。摄影师就像一个过滤器，他一边是未知的客观世界，一边是神秘的内心感受。有一个词叫‘心理照相’（psyphoto），它恰恰道出了摄影的本质不仅仅是光学和化学的转化过程，更重要的是摄影师内心的直觉与本能，是寻找事物被取景器框定的‘决定性瞬间’。而在CATNIP身上，我们把这一过程交给了机器深度学习。”

主持人："听起来非常不可思议。那您是否觉得CATNIP做到了人类摄影师所无法做到的事情呢？"

宋教授："经过这一次难得的'聚光灯下'的体验后，我深切地体会到，这世上往往过分抬高了理性与逻辑的力量，而低估了人类情感的价值。"

主持人："您下一步的研究计划可否透露一下？"

宋教授："最近我对蜘蛛很感兴趣，也许它能帮忙解决机器在延展认知上的一些难题。"

主持人："非常感谢您接受今天的采访，我还有最后一个问题，您现在最想做的一件事是什么？"

宋教授微笑："把妻子女儿接回家，我已经有好几个礼拜没看到她们了。"

主持人："她们肯定也非常想念您，祝您一切顺利！再见。"

宋教授："谢谢！再见。"（从画面中消失）

主持人："最后，我们用一个CCES中出现的小插曲作为今天节目的结束。下周同一时间再见。"

画面切到闭路监控摄像机，在CATNIP围合展区之外，排着长长的队伍。一名背着黑色双肩包，身穿黑色连帽衫的男子加入队伍，他不时左右张望，从背包甩动的幅度看，里面装着不轻的东西。

他出示邀请卡，进入展馆，浏览着四周悬挂的作品。

终于轮到他进入照相亭，面对CATNIP。他关上门，打开背包，拉出一个碳纤维支架，开始安装。

他把一张黯淡的薄膜蒙在支架上，绷紧，接通导线，薄膜瞬间变得平滑铝亮。

那是一面镜子。

男子将镜子立在CATNIP面前，一个红色光点出现在镜面上，微微发散。

CATNIP面对镜子中那个亮着红点的黑色箱子，自动调焦的马达嗡嗡作响，镜头伸出，缩回，又伸出。

三个安保人员神情紧张地小跑着靠近照相亭，一个人喊了句什么，男子从黑色幕布后探头张望，被一把揪住，双手反剪被按倒在地。观众一片混乱。

CATNIP 仍在对焦。

二时代 / 谷 第

这是人类历史上最美丽的时代，也是人类历史上最虚伪的时代。我叫它，二时代。

——李斯特洛夫斯基，

《二时代的终章》，2078 年

一

广告要一分为二地看，有好有坏。好的令你过目不忘，犹如一件精致的艺术品，让人不时想要调回到眼前再看上一遍。坏的同样令你过目不忘，犹如一摊形态扭曲消化不良的狗屎，让人恨不得存储库里从没有过它的数据。

就说眼前这幅广告吧，绝对的大胸襟、大手笔。只见在黑漆漆的夜色之中，两条珠圆玉润的美腿立于天地之间，大大地劈开成一个倒V字形。艳红色的短裙只是稍稍遮住了翘臀，一只玉手轻扣裙摆，时而勾勾手指说“Come”，时而摇摇手指说“No”。虽然看不见上半身的风景，却反倒增添了无限的想象空间。在红色的短裙上，金色的字样引人注目，那就是这幅广告推销的东西，某款高档香水的名字。

这样别致的广告恐怕也只能出现在新京CuMG中心的外墙上，因为整个地球上只有这栋建筑是个正三角框的形状。远远看去，就像是一个硕大无朋的斯诺克布球框，被上帝之手立在了新京市的CBD（中央商务区）正中央。

作为新京市最高的建筑，CuMG中心从确定设计方案的那天起就成了人们议论的焦点。就连博彩公司都开出了盘口，赌它上面出现的第一个广告会是什么。不少人认为肯定是CuMG自己的广告，这会儿肯定是赔大了。他们也不想想：新京CuMG中心落成之后第一次点亮楼面广告——这么吸引眼球的机会，怎么能不用来赚钱呢？

至于 CuMG 自己，还需要做广告吗？大名鼎鼎的“定制化传媒集团”，就算你不知道它的全称是“Customized Media Group”，你至少也听说过它的缩写，那个和“come”发音一样的单词——CuMG。就像我妹妹总是挂在嘴边的那句话：“在这个时代，CuMG 就是民意，CuMG 就是政府，CuMG 就是上帝，CuMG 就是一切。”

想到妹妹，我收回了思绪，把手中的烟屁股一口嘬到底，扔在地上踩灭掉。身边的蜗牛还在愣愣地望着那两条遥远而又真切的玉腿，呆呆地出神。

“别看了，小心看到眼睛里拔不出来。”我揶揄道。

“李头儿，她本来就在我眼睛里嘛。”蜗牛挠挠头，冲我做了个鬼脸。

我冷哼了一声，算是被他逗笑了。

蜗牛说得一点不错。在这个时代，一切没有生命的物体都被刷上或印上了二维码。我们每个人的眼睛里都植入了数字隐形眼镜，全称 Digital Contact Lenses，也就是 DCL。通过 DCL 的摄像功能，你视野中看到的景象会被数码化，并通过附近的通信基站实时上传给 CuMG 云——也就是 CuMG 的云端服务器。在那里，图像中所有的二维码都会得到识别。当然了，每一个二维码都对应着某种图案或视频，可能是广告，也可能是电视，甚至可能是报纸或书页。另一方面，依靠 DCL 采集的视频，CuMG 集团对你的需求了如指掌。如果你看到的是广告二维码，CuMG 云就会生成专门为你定制的广告。

接下来，在人眼无法分辨的一瞬间，这些或静或动的画面已经由通信基站回传给你，通过 DCL 直接显示在你的瞳孔前，并且经过了三维变形处理，贴合到带有二维码的表面上。于是，不会有任何二维码到达你的视网膜，你只会看到物体表面呈现出精彩纷呈的画面：或感人至深，或美不胜收，或典雅高贵，或活力四射。总之，就像 CuMG 自己为数不多的广告词所说的那样：“CuMG+DCL = A better world！”

所以说，人类的造物只有一半存在于这个世界上，另一半则存在于你的眼睛里。就比如眼前这两条立于天地之间的美腿，它们并不在新京 CuMG 中心的大厦表面，而是在蜗牛的眼睛里，在我的眼睛里，在每一个看到她的男人的眼睛里。当然，每个男人看到的短裙颜色是不同的，取决于你的喜好；短裙上香水的名称也是不同的，同样取决于你的喜好，以及你能为你的女人花多少钱。那么女人在 CuMG 中心的楼面上看到了什么？想要知道答案就只有找个女人来问问看了。会是男人的腿吗？算了，我还是别猜了，有点反胃。

至于新京 CuMG 中心的楼面上真正刷着的东西，不过是一些无比巨大的二维码，保证即使在很远的地方，你的 DCL 也能清晰地判读它们。是的，是“它们”，不是“它”。在 CuMG 中心每条粗壮的斜边上，从上到下排列着十个二维码。要知道，贪婪成性的 CuMG 不会放过任何一个赚钱的机会。当没有客户出得起高价买下整幅楼面广告时，CuMG 就可以把楼面分割成二十个小块，投放不同客户的小型广告。这是 CuMG 惯用的伎俩。

更重要的是，多刷一些二维码也是安全上的考虑。这样一来，当反抗组织搞破坏时，幸免于难的二维码仍旧可以工作，把对广告投放产生的影响降到最低。

“李头儿，”蜗牛突然严肃起来，“你说那帮河马今天晚上会来咱们这栋楼上找碴儿吗？”

“怎么，怕了？还是立功心切？”

“都不是……”蜗牛欲言又止的样子很明显。我总觉得他每次这个样子都是希望我再继续问下去。可我恰恰是个懒得说话的人。他不愿说，正合我意。

我和蜗牛此时身处华都娱乐中心 A 座楼顶的天台上。华都娱乐中心是新京南城少有的高楼大厦。从这里向北望去，视野极好，能看到 CBD 高高矮矮的楼宇表面各式各样的广告。

人类的城市大概从未如此美丽，如此闪耀，如此诱惑。当然，最诱惑的还是那两条立于天地之间的美腿。特别是那条红色短裙，让我觉得似乎在哪里见过。难道她也有这样一条短裙？大概这也是定制化的结果吧。

憋了没两分钟，蜗牛没耐性了，主动把话茬接了下去："嗐，李头儿，跟你说实话吧。就是上次在世贸银行楼下，咱们差点抓住的那只母河马。我……我挺想再见着她的。"

听到这儿，我心头一紧，转头看了一眼蜗牛。夜色中看不太清，但以我对他的了解，估计脸已经红到脖子根了。

蜗牛并不知道，他口中的那只母河马其实就是我的妹妹，李克琳恩。他当然更不知道，如果不是那天我出手给他帮了倒忙的话，琳恩早就被他抓住了。没想到，这小子竟然喜欢上了我妹妹。

"你小子没事吧？"我伸手摸摸他额头，"不烧啊！说什么胡话呢？你可看见了，那丫头那天拿枪指着我的头，还把我脖子上勒出了一大块瘀青，你还想再看见她？"

"我……我想给您报仇嘛。"蜗牛谄媚地笑着。

"报仇？你不给我添乱就不错了。"我转头继续望向CBD的方向，不再理他。蜗牛跟随我多年，知道我不想再继续这场谈话了，只好悻悻地吸了吸鼻子，然后便也沉默了。

作为一个哥哥，我当然不止一次地认真考虑过，妹夫应该是个什么样的人。甚至在妹妹刚出生时，还只是半大小子的我就有过这样的思考。然而在我们俩之间发生了这么多事情之后，琳恩的感情生活中早已没有我的表决权了。所以，我早就做好了心理准备，去接纳她找到的任何爱情。

不过我可从没想过，我的妹夫会是蜗牛这样的家伙。

二

蜗牛当然不是本名。可是，甚至连我这个顶头上司都记不太清他本来的名字了。因为从他上班的第一天起，“蜗牛”这个外号就落到了他的头上，再没甩开过。

原因很简单：上班第一天例行“晕二”，他吐出了几个小小的肉团，在地上滚了好远。笑得合不拢嘴的同事们问他那是什么东西。他说是他妈妈为了庆祝他第一天到CuMG上班，早上给他现做的大餐——焗蜗牛。同事们立刻全都笑趴下了。其实到现在我也不明白，这事为什么这么有喜感。

相比之下，我的“晕二”经历在同事们看来实在没什么特别的笑点，属于乏善可陈、毫无创意的那一类。但是在我看来，那一天很特别，因为那天我第一次遇到了她——莫愁莫愁。

如果我没记错的话，汉语区在人口突破二十亿的那年，开始规定新生儿起名字不得少于四个汉字。而像莫愁莫愁这样双叠字的汉语名字，在我们那一辈人当中并不常见，又过了十来年才流行起来。我当然知道莫愁这两个字的含义，可想而知她的父母多么希望她能过上幸福的生活。但起名字往往就是这样：你越是盼着孩子能得到名字所赋予的美好含义，孩子却越是得不到。

莫愁给我的第一印象是带着光环的。这不是比喻，我是说真的。

报到那天，当我站在位于地下三层的办公室门口敲门时，心里说不出是什么滋味。昏暗的通道，破旧的装潢，空气里飘散着从隔壁停车场涌过来的阵阵尾气味道，呛得我喘不过气来。虽然早就知道这是份出外勤的工作，但几分钟之前我还在CuMG人事部亮丽光鲜的办公室里做入职培训，实在无法接受这么大的落差。

就在这时，办公室的门开了。房间里倾泻而出的橙色光线极其明亮，让我的眼睛一时难以适应。我眨了眨眼，她便已经出现在了我的面前。她穿着CuMG的天蓝色连体工装，宽松的衣服却无法掩盖她青春的曲线。在衣服表面有一个立体的三角框在旋转，那正是CuMG集团的标志。外勤工作给了她古铜色的皮肤，让她显得更加活力四射。她乌黑的头发并不算太长，扎了个马尾辫挂在脑后，搭配上她和善的笑容，让人觉得就像一个邻家女孩一般纯净。

真正让我永远无法忘怀的，是她身上笼罩的那圈橙色光环，仿佛某种无比圣洁的存在。我一直觉得，在此后的二十年里，就是这圈圣洁的光环救了我，也害了我。

人总是喜欢先入为主。第一眼就认定了她是好人，我便从此再也没能改变这个想法。

见我呆呆发愣，她亲切地问道："请问你找谁？"

"哦，我……我是来报到的新员工。请问这是'户外二维码维护部'CBD 分队的办公室吗？"

"是啊，这儿是外维部 CBD 分队。你是李克肖恩吧？"

我有点意外，新同事竟然已经知道我的名字了。"对。哦，师姐好！"

"什么师姐啊！"屋里传来一个雄厚而沙哑的声音，"她是你的领导，赶紧叫莫头儿好！哈哈哈哈！"那个声音毫无拘束地大笑起来。房间里跟着传来了更多的笑声。

我被笑得有点窘迫，不知道说什么好。没想到眼前的邻家女孩竟然会是队长，手下还带着这样一帮老油条。

"老迪克！"眼前的女孩朝房间里瞪了一眼，回过头来冲我伸出了手，"你好，肖恩。我叫莫愁莫愁，是 CBD 分队的队长。别听他们的，叫我莫愁就行。欢迎你加入！"

我握住了她伸出来的手,比我想象中的更有力,居然还长着老茧。

礼节性的一握之后，莫愁并没有松手，侧身顺势一带，把我带进了外维部的 CBD 分队，也把我带进了 CuMG，更把我带进了完全不一样的人生。

进入这间不算太大的办公室，我一时惊呆了。原来之前那种明亮的橙色光线来自"落地玻璃窗"那边：窗外正是下午四五点钟的光景，夕阳懒洋洋地挂在天际，用一条橙色的毯子罩住了整个 CBD 高高矮矮的楼宇。汽车在 CBD 拥挤的街道上排成长龙，缓缓挪动，仿佛是搬家的蚂蚁。这完全是在三十几层楼高的地方才会有的景致。

当然，我知道自己仍在地下三层，这里没有玻璃窗。那肯定是墙上的二维码在我DCL里导入的景象，但我还是吃惊不已。要知道，现在还没到吃午饭的时间，显然那幅窗景是可定制的动态实地景观。这么大的面积，大概得花掉我一年的工资才买得下来吧！

房间里除了那幅震撼人心的窗景，每个同事的位子上也都有些令人吃惊的小玩意儿，比如墙上的动态照片、杯子上的网络电视，甚至有一个同事的整个桌面就是新京市的三维地图，如同一个精致的沙盘模型。

见我一副刘姥姥进大观园的表情，一个五十来岁的壮汉自豪地笑了笑，冲我说道："在CuMG工作的福利之一，不赖吧？"又是那个雄厚沙哑的声音，和他孔武有力的身躯很是般配。虽然他的鬓角已然花白，但丝毫没有垂垂老矣的感觉，反倒平添了几分霸气。

莫愁告诉我，说话的这个人就是老迪克。然后，她又一一为我介绍了其他同事。大家都很友好的样子，面带微笑地望着我，似乎在等着我说点什么。虽然我平时喜欢写写东西，却是一个不善言辞的人。正在我不知所措的时候，莫愁问我要身份证，替我解了围。

她接过我的身份证，盯着上面的身份二维码看了两秒钟，然后在一张桌子前坐下，修长的手指在雪白的桌面上轻弹飞舞起来。我知道，她正在用DCL内嵌的虚拟交互键盘操作。不一会儿，她转头冲我笑笑："好了，你现在应该能看到你的DCL唯一识别代码了。"

果然，我的视野里突然叠加了一长串荧荧发着绿光的数字。"这么长？"我下意识地感叹了一句。

"你不用全背下来，关键是最后四位，相当于验证码。现在看看这个二维码。"莫愁把右手伸到我面前，翘起手腕。天啊！在她右腕内侧竟然文着一个硬币大小的二维码！我相信，任何人都可以理解我的震惊。毕竟，没有人敢在自己身上文二维码，这是法律严令禁止的事情。如果我们的相貌都可以在别人的眼中改变，那这世界上真没有什么东西可以相信了。

“放心吧，这是合法的。”见到我疑惧的眼神，莫愁用她令人宽慰的声音说道，“算是外维工的一点小特权吧。你今后也需要一个。你可以用它关闭自己的DCL。下面照我说的做。”

于是，我努力让自己平静下来，不去想将来要在身上文二维码这种可怕的事情。按照莫愁的指示，我首先盯着她的二维码看了三秒钟，眼也不能眨。紧接着，我的眼前出现了一个跳动的提示光标。莫愁让我把刚才的四位验证码用眨眼的方式输入进去。数字是几就眨几次眼，然后再闭眼一秒，DCL就会确认这个数字被输入了。

我有点紧张，不知道接下来会发生什么。虽然从上小学开始，老师们就会告诉你，身边的所有东西都印着二维码。但毕竟每个人从记事开始看到的都是一个色彩斑斓的美丽世界，像身份证上那种不会被DCL过滤掉的二维码是极其少见的。一个到处都是二维码的世界会是什么样子，我真的无法想象。

当我笨拙地输入了第四位数字之后，眼前闪了一下，数字消失了，取而代之的是一行大字:“您的DCL即将关闭离线，请做好准备！”

“准备什么？”我疑惑地看着同事们。

没人回答我这个问题，大家只是哧哧地笑着。

那行字在我眼前挣扎着闪烁了几下，然后就消失了。紧接着，我的眼前一黑，突然什么也看不到了。还没等我反应过来，视野被重新点亮，然而一切的色彩与图案如潮水一般退去。窗外的摩天大楼不见了，橙色的夕阳不见了，同事们工装上旋转的CuMG标志也不见了，墙上的动态照片和桌上的三维地图也都统统不见了，就连莫愁身前的桌面也不再是一片雪白。

我眼中所剩的只有一样东西——二维码，铺天盖地的二维码。四周的墙面上、天花板上、地板上、大家的衣服上，还有所有桌子上，全是大大小小的二维码。几秒钟之后，我感觉那些小方块都动了起来，似乎是在旋转，又似乎像波浪一样起伏，或者更像是无数蛆虫在蠕动，贪婪地吞噬着一切。

一股酸水毫无征兆地涌上喉头，不知是谁递过来一个废纸篓，我一把抢过来就吐了进去，眼泪也同时涌出来，模糊了双眼。吐了几口之后，我感觉舒服了一点，揉了一把眼泪，却发现眼前的废纸篓里也贴满了二维码。于是，我吐得更凶了。

此时，房间里所有的人都开怀大笑起来。我看不见他们，但能听到欢呼声、口哨声，还有拍墙和捶桌子的声音。

“好了好了，今天到此为止吧。”莫愁给我解了围，但声音也是欢快的。

她抚着我的后背对我说：“闭上眼，默数十秒钟，DCL 就会重新启动的。”

后来大家告诉我，这就叫“晕二”，是每个外维部的新人都要经历的考验。反正大家都遭过一次罪，彼此也就没什么好抱怨的了。欺负新人总是这样：先来者经历之后，便要变本加厉地还给后来者。

大家还告诉我，我那天的经历算是好的了。一般人都要让他吐上十分钟再说，可那天莫愁只让我吐了不到一分钟就叫停，绝对是特别优待。

难道莫愁见我第一面就喜欢上了我？我后来从没问过她这个问题，恐怕也永远没机会再问了。

三

莫愁的声音从耳麦中传来：“华都星，华都星，收到请回复。”

因为我和蜗牛今天值守的地点是华都娱乐中心，所以我们的代号就是“华都星”。蜗牛当然也听到了呼叫，抬眼等我指示。我冲他抬了抬下巴，让他回话。

蜗牛收起了跟我闲聊时的那股油滑劲儿，拿出了一个职业安保人员的态度："华都星收到，北极星请讲。""北极星"是莫愁给自己的指挥中心取的代号。大家都知道她是要让所有人都围着她转，莫愁自己对这一点倒也毫不避讳。

"你们那边有情况吗？"

我冲蜗牛轻轻摇了摇头。

"没有。莫总监有新的指示吗？"蜗牛谦恭的语气里又带着一丝轻佻。

"指示倒是没有。目前 CuMG 中心这边也没情况。可越是这样，我越是觉得担心。肖恩，盯紧点。直觉告诉我，今天荷马的主攻方向肯定不是我们 CBD 这边。你们华都那儿夜里人口流量大，是南城最繁华的地区，很可能就是荷马今晚的目标。"

我没作声。蜗牛倒是很乖巧，直接答道："放心，莫总监。李头儿在这儿，他都听到了。我们俩会盯紧的。"

一声忙音之后，通话切断了。

"盯个屁！要盯你盯啊。"我没好气地甩下一句话，转过身来，靠着护栏坐在了地下。楼顶的风很大，我竖起了衣领。

"李头儿，别介啊！万一出点什么岔子，咱俩这月奖金又泡汤了。"

我完全不理睬蜗牛，自顾从外衣兜里掏出了一本书，借着 DCL 的"暗场影像增益"功能，读起书来。

蜗牛看我掏出了这本书，知道拗不过我，轻叹了口气，嘴里哼着小曲，继续趴在护栏上，也不知道是在看那双美腿，还是在盯着楼下的人群。

其实，也不是我不相信莫愁的分析，但楼下人那么多，河马们也不可能举着牌子让你找，盯着有屁用。还不如干点有用的事呢，比如说读书。

大学毕业加入 CuMG 已经二十年了，我始终没有放弃写作的理想，但也始终没能完成一本属于自己的书。在这个年代，把"本"

这个量词用来形容书，只是一个古旧的习惯而已。因为现在的书只有两页纸，像是一张缩小版的报纸。在这张小报纸的四个版面上都印着二维码。当然，像其他二维码一样，你看不到它们。在你的眼中，那两页纸就是书的内容。当你翻页时，内容也会自动变到下一页。

自从有人发明了这种能与DCL高度配合的两页书，传统的图书就再没有市场了，同样退出市场的还有各种电子阅读器。喜欢看书的人都喜欢手指划过纸面的触感，但传统的图书又太沉重。这种两页书很好地结合了传统图书与电子阅读器的优点。就算你想随身带上十几本书，也丝毫不会觉得沉重。不过话又说回来了，谁在上下班的路上要看十几本书呢？

我手里的这本书不是两页书，而是一本真真正正的书。在书的封皮上画着一位高举手臂的战士，下面几个红色的大字——“钢铁是怎样炼成的”，作者是苏联人奥斯特洛夫斯基。

其实这本书我早就读完了。坦率地讲，从写作的角度来看，我不认为奥斯特洛夫斯基可以称为伟大的作家。况且，时下的人们不可能去关心一个半世纪之前一个穷苦的乌克兰孩子的成长故事——除了荷马组织的那些人。

那些被我们戏称为河马的家伙，据说都是瞎子，所以他们才会把《钢铁是怎样炼成的》奉为自己的圣经。因为这本小说的主人公保尔·柯察金最后也失去了双眼，但仍然坚持斗争。而主人公的原型，作者奥斯特洛夫斯基本人，也是双目失明的盲人。

我这本《钢铁是怎样炼成的》也是来自一只河马——我的妹妹琳恩。这是她几年前跟我一起给爸爸妈妈扫墓的时候送给我的礼物，所以我才会一直带在身边。蜗牛见我总看这本书，曾经问我书是怎么来的。我说是有一次抓捕河马时捡到的，想拿来研究一下写作技巧。也不知道这个精明的孩子是不是相信了我的鬼话，反正这几年来他再没问过。

自从琳恩加入了荷马组织，我便很少能见到她了。每年只有在爸爸妈妈忌日的那天，我们兄妹俩会不约而同地前去给他们二老扫墓。琳恩通常是扫完墓就匆匆离去，偶尔心情好的时候，也会跟我在墓园附近找间咖啡厅坐坐，聊上一两个小时。但她从来不会跟我一起吃饭，更不会跟我回家看看。

其实小的时候，我们兄妹俩的感情非常好。虽然她比我小了十多岁，但我们之间从没感觉有任何隔阂。之所以年纪会差这么多，用爸妈的话来说，是因为一个意外。他们一直想给我再生个弟弟或者妹妹，但努力了几年之后都没有动静，也就放弃了。谁想“有意栽花花不开，无心插柳柳成荫”，在我十二岁那年，妈妈怀上了琳恩。

自从全球人口突破一百亿，并且疯狂向城市集中之后，政府启动了严格的生育控制政策：每对夫妻要生第二胎，都要先摇号。琳恩的突然到来让他们陷入了两难的境地：要么打掉她，继续过平静的生活；要么生下她，同时上缴巨额罚款。这笔巨款对于我们这样的普通家庭来说，无疑将是难以承受的打击。

最终，爸爸妈妈还是选择了把琳恩生下来。我记得妈妈那时候挺着大肚子，不止一次地对我说：“等孩子生下来，不管是弟弟还是妹妹，都会是你的一个伴儿，免得我们走了之后你在这个世界上太孤单。”要是爸妈如今地下有知，肯定会为我与妹妹的现状扼腕叹息吧。

琳恩很小就知道了关于她出生的种种事情。只要大家不顺她的意思，琳恩便会撒娇耍赖大哭大闹，喊着爸爸妈妈本来也不想要她，只想要我，一直都嫌弃她，怪她让家里花了很多钱之类的话。也不知道这个古灵精怪的丫头从哪儿听来了这些闲话。当然，爸妈每次都免不了要安慰妹妹，顺着妹妹的意思。但我看得出来，每当这种时候，他们自己才是更需要安慰的人。

琳恩很早就展现出了绘画的天赋。她上中学的时候，曾经画了一幅钢笔画送给我。那是她照着一张照片画的，而这张照片我至今仍存在DCL的存储库里。照片上是我们兄妹俩，正互相掐着对方的脖子，表情狰狞，却又带着一丝快乐的意味。琳恩嫌我把她拍得太丑了，一直想让我把照片删掉，但我总是告诉她：日后万一我被人害死了，验尸官只要调出我DCL里的这幅照片，就知道是谁害了我。当然，说完这话，我们免不了又是一顿互掐。

后来，琳恩就画了这幅钢笔画。我说既然已经有DCL里的照片了，随时都可以调到眼前回看，为什么还要画出来。妹妹说画出来的东西才是真实的，眼睛里的东西都是虚伪的。我说她画得不对，她说我不懂艺术。可是明明照片上的两个人都是表情狰狞的样子，为什么画里的兄妹俩却是笑靥如花呢——谁被别人掐着脖子还会笑啊？

如今，这幅画被我夹到了琳恩送的小说里随身带着。每次把这本小说掏出来，我都会把画打开看看。不记得是在哪本书上曾经读到过：艺术是要通过不断欣赏来学习提高的。我想，现在的我多多少少算是看懂了妹妹的艺术吧。

四

“李头儿，想什么呢？是不是又想你的前女友了？”蜗牛跟我说话越来越随便。他倒不是故意气我，而是并不知道我还有个妹妹。见我时常拿出这幅画来看，他就认定了画中的女孩子肯定是我的前女友。我也懒得跟他解释。

“想你小子‘晕二’的糗样儿呢！”我没好气地答道。

“哎，别提了，我怎么那么惨啊！”蜗牛叹了口气，回忆起往事来，“您说说，整间屋子都刷满了无链接的二维码，有DCL的时候全被过滤掉了，一关掉DCL能吓死人。这帮老油条，怎么想出这么损的招儿来害人啊？！”

“老油条？你小子连我一起骂啊？”我没回头看他，试图拿出点领导的威严来，省得他老是没大没小的。

“不是，李头儿，我可没说您。最后还不是您救了我嘛。像您这么好的人，怎么也不管管他们啊？”

“管？媳妇熬成婆，你不懂吗？”在员工中间，有些事情是管不得的，“再者说，那叫适应性训练。”

蜗牛吐了吐舌头：“得了吧，李头儿。您自己说说，打从出了那间办公室，我就再没见过那么密的二维码了。大楼外面刷的二维码，一个黑方块比几扇窗户加起来还大，有什么要适应的啊？根本就是为了整人。就那阵势，谁见了不得吐啊？”

“老迪克就没吐。”我幽幽地说出“老迪克”这三个字来，蜗牛终于闭嘴了。我没去看他，只是顺手从兜里摸出了一支烟，点上抽了一口。我突然觉得，自己是不是有点太残忍了。

据说在外维部CBD分队的历史上，唯一能在报到第一天忍住不吐的人，就只有老迪克。不过，这也是据他自己说的。在外维部，我没见过比他资格更老的人。谁知道这个老油条是不是在自吹自擂？

报到之后，我被莫愁分到了老迪克手下当徒弟。这让我很不开心，因为我“晕二”的时候就数老迪克笑得最夸张，明显看不上我。而且他嘴里总是不干不净的，让刚刚走出大学校门的我很不适应。我一度觉得只有一个词可以用来形容他，那就是“低俗”。说起来或许都没人会相信，老迪克第一次带我出外勤，教我的第一件事情不是工作，而是用DCL“看透”美女。

那天在外维分队旁边的地下停车场，我刚爬进驾驶室，立刻又翻身钻了出来。车里那股味儿太难闻了：人的汗臭味、发动机的柴油味、久久不散的烟味，再加上户外二维码专用涂料的油漆味，真的能把人呛死。相比之下，地下停车场里的尾气味都算是好的了。

见我大口地喘着气，眉头紧锁，老迪克一把把我推开，啐了口唾沫在地上，边上车边骂：“就说你们这些书呆子吧，墨水是没少喝，可啥事也干不成。去坐副驾那边！”

我勉强坐上副驾座位，感觉浑身不自在。座椅上黑乎乎的，也不知是油泥还是咖啡渍。椅垫早就不再松软，边边角角的地方甚至已经磨破，露出了里面的海绵，坐下去还会哧哧地跑气。驾驶室的空间也很狭小，更多的地方留给了外维工作所需的装备。当然还有让人难以忍受的气味。我只好把车窗摇下来，像坐汽车的宠物狗一样把头冲着外面。

老迪克一路上不停地数落着我："小子，别老愁眉苦脸的成不成？干外维工有什么不好的？天高皇帝远，多自由啊！你就算请我去坐办公室，我都不去。一人一小块地方，还用隔板挡着，跟鸽子笼似的，不得把人憋死啊！"

人各有志，我也懒得跟他理论。

后来跟老迪克混熟了，我发现他长篇大论的时候，其实并不在乎你回应什么，只要让他说爽了就好。然而当时的我听着老迪克的"高见"，心情只是越来越糟，真不知道以后的日子要怎么熬过去。

好不容易挨到了目的地，老迪克却不下车，硬要我把DCL关掉，还神秘兮兮地说要给我找点乐子。

刚刚经历了"晕二"，再次关掉DCL让我本能地感到害怕，胃里又有了翻江倒海的感觉。等我终于好受一些，老迪克就催着我去看路边一个躲在大楼阴影里等公交的美女。

当时正是夏天，女孩子们大都穿得很清凉。这个美女就穿了一件朴素的嫩绿色小洋装，上面只有功能性的二维码，不能产生奢华的浮动装饰图案。

"怎么样，看到什么了？"老迪克的语气中透着兴奋和紧张。

"看到一个小美女啊。"

"废话！你把眼睛眯起来，滤掉多余的光线，仔细地看。怎么样，有没有看到绿幽幽的颜色？"

好像真的有！我顾不上答话，努力捕捉着美女身上稍纵即逝的淡绿色痕迹。老迪克也很配合地停止了聒噪。

“天哪！”我不由自主地发出了感叹。那绿幽幽的影像越看越清楚，最后竟然是那美女的裸体。太不可思议了！我吃惊得合不拢嘴，转过头去才发现，老迪克自己也在津津有味地看那个美女呢。

“天天看都看不够！”我小声骂道。

老迪克倒是不在意。“那个什么什么子不是说过嘛：‘食色，性也。’只能说啊，我太正常了！对了，你肯定不知道这是怎么回事儿吧？”

我摇了摇头。虽然我是学 IT 的，但还真不知道其中的原理。

“嘿，让我这个大老粗给你这个大学生上一课吧！”老迪克兴奋不已，不由分说就给我讲起了透视美女的原理。

原来，DCL 里面负责摄像的 CCD 与普通数码摄像机用的 CCD 一样，可以感受红外线的信号。家用数码产品中都有红外滤光装置，以防对人体产生“透视”效果。DCL 太小了，没法做硬件滤光，只好在 CuMG 云上进行处理时分离掉红外波段的信号。而外维工关闭 DCL 时，其实并没有真的把它关闭，只是暂时离线，停止了视频信号的上传和下载，直接显示摄像 CCD 拍到的图像。于是，红外波段的影像就出现在眼前了。

老迪克一直也没有告诉我他是怎么知道这个功能的。不过我很小就听爸爸说过：“你可不要小看工厂里的老工人。真要鼓捣起机器来，搞点什么发明创造，车间里的高级技工比办公室里的工程师有用得多。”

后来，老迪克让我吃惊的事情越来越多。我对他的看法也逐渐改变了。虽然老迪克嘴上总是骂骂咧咧的，但他干起活儿来真是一把好手，速度又快，效果又好，还很卖力气，完全看不出他比我大了二十多岁。

跟了他一段时间我才知道，老迪克有个还在上中学的儿子，学费是一大笔开销。而且他老婆身体不好，患有严重的肾病，每周都要去做血液透析。身体不好，工作也难找，她只好在家做个穷困的家庭主妇。这样一来，一家三口都要靠老迪克一个人撑着。所幸，

CuMG集团有着世界上最好的员工福利，不但能够支付孩子的教育费用，还能通过保险负担他妻子一半的治疗费用。所以，老迪克离不开这份工作。他必须玩命地干，不能给CuMG提供任何开掉他的理由。

然而，无论干得有多努力，老迪克也只能是个出外勤的外维工，因为他只有中学学历。过了不到五年的时间，我已经成了CBD分队的队长，莫愁则升任了外维部主管新京地区的主任，而老迪克还是那个坐在地下三层办公室里等着欺负新人的外维工。

记得刚被提职的时候，我总觉得尴尬，尽量躲着老迪克。没想到有一次碰到，我被他一把揪住了脖子，夹在腋下。他一边用另一只手使劲揉着我的头发，一边用他特有的沙哑嗓音质问我："怎么着，臭小子，升了官就不认识我啦？"

"不是，老迪克，我……你是我师父，我不知道该怎么给你当头儿。"我脸涨得通红，一半是因为尴尬，一半是因为被他掐住脖子憋的。

听了我的话，老迪克愣了一下，放开了我。"你小子，到底是个喝墨水的。你不好意思个屁啊。我没文化，一辈子就只能当个外维工。不是早就跟你说过了：请我去坐办公室我都不去。你不一样，你是上过大学的，当个队长有啥稀奇的？没准明天你就是外维部的新京地区主任了呢。……不对，那是莫愁的位子。呃，没关系，让莫愁去当CuMG集团的外维部部长！"他好像对自己的这项人事调整感到很满意，爽朗地笑了起来。

想到与老迪克在一起的时光，我的心就会不由自主地暖和起来。我说不清那是种什么感情。自从有了妹妹琳恩，我便不自觉地把照顾她当成了自己的责任，从十二岁一直到现在。后来有一次莫愁对我说："你也需要有人照顾啊。"我才意识到，老迪克就是那个能够照顾我的人。跟他在一起出外勤的时候，我可以彻底地放松，只要做他让我做的事就好，更不用照顾任何人。

要是老迪克没死就好了。算下来，他今年也该退休了。我肯定会常常在周末去他家蹭饭，陪他看看 DCL 虚拟三维电视转播的球赛，或者去护城河边钓钓鱼。可惜，这些都不可能实现了。

五

“嘿，有动静吗？”我用胳膊肘捅了一下蜗牛的腿。

蜗牛明显还在想着老迪克的事，呆呆地出神，结果被我吓了一跳。他赶忙朝楼下看了看：“没什么特别的，还是很多人。”

“你小子说说，河马们今天要是来的话，会从天上来还是从地下来？”我想把话题岔开，毕竟是我先勾起了蜗牛的伤心事。

“天上吧。”蜗牛还是有点心不在焉。

“我说是地下。”

“不会吧，李头儿。”蜗牛低头看看我，“他们要是从地下来，你干吗还带着我亲自来守楼顶，反而把警察都派到楼底下去了？”

“我就说你笨嘛！楼底下那么多出入口，咱们两个人能守住几个？再者说，他们最后还是得从楼顶索降下去，才能破坏楼外面的二维码。难道你让他们从大厦外面往上爬啊？”

“可是，伞降到天台上不是更容易吗？他们又不是没这么干过。”

“这你就不知道了吧……”我卖起了关子。

蜗牛果然来了兴趣。“李头儿，又有内幕消息？快快快，别折磨我了！你知道我最忍不了这个了。”

“成，就给你说说吧。”反正这次行动结束，他早晚也会知道的。我故意压低了声音，增加点神秘感：“你也知道，抓河马最困难的在于不知道他们是谁。但如果能锁定他们的 DCL 唯一识别码，不就知道他们的身份了嘛。上次他们从天上伞降到楼顶之后，技术部门想了一个招儿：把所有的楼顶都刷上特殊的二维码。我听说这事让外维部忙了好几天。”

“噢……这样一来，当他们在空中看到目标楼顶时，DCL 就会把特殊二维码的图像发到 CuMG 云上。一旦这些特殊二维码被系统判读出来，立刻就知道哪只 DCL 属于河马了，是不是？”蜗牛的确很机灵。我满意地冲他点了点头。

得到了鼓励的蜗牛很是兴奋，高昂的情绪又回来了：“我就说嘛，不记得华都楼顶上以前有二维码啊。今天上来看见，我还奇怪呢。”但是他突然又想到了什么，“不对不对，河马来搞破坏时，每个人的头上都戴着老式的电子义眼装置，同时也遮挡了 DCL，根本就拍不到二维码啊。他们一直以来不就是用这个办法来躲避我们的追踪定位吗？”

“在空中不能用义眼。那玩意儿直接与视神经对接，成像质量很糟。现在又是夜里，戴着它跳伞等于自杀。”

“还是不对啊！”蜗牛眉头皱得更紧了，“我都不知道这件事，荷马组织怎么可能知道呢？所以啊，他们还是会走天上的。”

听了这话，我心里“咯噔”一下子。当然，荷马组织能够知道这次的楼顶陷阱，全是我提前给妹妹通风报信的结果。要不是刚才为了岔开话题，我也不会跟蜗牛说这事。这下可好，引火烧身了。

“对啊，他们又不知道。是我想多了。”我只好就坡下驴，顺着蜗牛的想法说。

“哎，李头儿，你得老实交代啊——”蜗牛拖长了声音，一副恍然大悟的样子。难道他想明白了？我更加紧张了。“快说，你是从哪儿得到消息的？”蜗牛这一问，总算让我松了口气。“是不是从莫总监那儿啊？你们俩是不是……”蜗牛不敢往下说了，一脸坏笑地看着我。

在整个 CuMG 集团，除了已经去世的老迪克，大概只有天天跟着我的蜗牛能看出些端倪吧。不过，我不可能向他承认：自己与集团高管，大名鼎鼎的安保总监莫愁莫愁有任何工作之外的瓜葛。话又说回来，就算我想承认，我又该怎么形容自己与莫愁之间的关系呢？

最初的一次，发生在我升职之后不久。

当时正赶上 CuMG 成立五十周年，集团举行了一系列隆重的庆祝活动，其中的重头戏之一就是在华都娱乐中心宴会大厅举办的盛大酒会。集团所有管理人员都受邀参加了，当然也包括莫愁，以及我这个小小的分队长。

那天晚上，快乐就像一种病毒一样在会场上迅速扩散，无孔不入。从高管到中管再到我这种小管，每一个人都在不停地喝酒，大声讲着黄色笑话，然后像疯了一样狂笑不止——比老迪克看到新人“晕二”的时候笑得还疯。

我和莫愁也在“中毒”之列。酒会刚一开始，我们俩就凑到一起海聊起来。自从升职之后，我们已经很久没见过彼此了。我从来不知道，我们之间竟然有说不完的话。

莫愁那天穿了一件宝石蓝色的小晚礼服，全身唯一的首饰就是右腕上的亮银色手镯。我知道，她戴着这只三四指宽的手镯，是为了遮盖当外维工时文在右腕上的二维码。

那一晚，我太开心了。对于我和莫愁这样毫无背景的员工来说，升职就是迈向美好未来的第一步。莫愁是活生生的榜样，证明没有背景一样可以爬得更高。在酒精的刺激下，我甚至已经开始幻想：几年之内就能让父母住上带定制景观窗的公寓；让妹妹去上最好的美术学院；再给自己买一套最高级的 DCL 交互字处理软件——高管不是都有很多空闲时间嘛，我就可以好好写本书了。我和莫愁有充足的理由疯狂庆祝一番。虽然我清楚地知道自己可能有点疯过头了，但就是不想管住自己，就是想让自己放纵。

夜深了，歇斯底里的人群开始三三两两地结伴散去。好几位我不认识的帅气男士先后过来找莫愁，想要送她回家，但都被她婉拒了。我猜那些都是她升职之后的新同事吧，恐怕也是她的追求者。这想法让我心中不禁有些黯然。

最后，莫愁已然喝得烂醉如泥，像一只树懒一样黏在我身上，缓慢地从一边转到另一边，就是不肯离开。我比她清醒一些，怕她摔倒，只好一直用手扶着她。如果不算初次见面时的礼节性握手的话，这是我第一次触碰她的身体。与她有力的双手不同，莫愁的身体软绵绵的，很女人，让我不禁有种本能的冲动。

那晚，我打车把她送回了她独自一人居住的公寓。她的房间里谈不上装修，墙壁上、天花板上和地板上都是动态广告，虽然闹心，但相当便宜。唯一与周围格格不入的是她的落地窗，显然花了大价钱。

此时外面本该是月朗星稀的晴夜，而那窗外的新京城却笼罩在鹅毛大雪之中。那雪花是如此之大，即便在夜色之中也能清楚地看到它们随着狂风飘舞。我喜欢这样的定制本地景观，总感觉比热带丛林或是月球火星更有品位。

我把昏睡的莫愁抱到了床上，给她盖好被子。不知道是不是窗外的雪景让我清醒了一些，某种冲动不知不觉地退去了。但我还是借着这个千载难逢的机会，在她俏丽的面颊上留下了轻轻的一吻。

然而，就在我转身准备离开时，墙壁与天花板上的广告消失了，换成了一种粉色与红色交织的图案。许多巨大的透明泡泡带着七彩的花纹在墙壁和天花板上流动，碰到彼此又会轻盈地弹开。房间里瞬时充盈着氤氲而又暧昧的气氛。

我吃惊地回身看看莫愁，发现她已经醒了，刚刚盖好的被子也被踢到了一边。她一只手中拿着遥控器，另一只手正在解开自己晚礼服的拉链。那双美眸之中满是迷离的欲望，诱惑之中又带着一点高傲。

“喜欢吗？”莫愁环顾着周围跳动的泡泡，“这可是计时付费的。我就买了一个小时，够吗？”她俏皮地舔了舔嘴唇。

我无数次地幻想过与莫愁的第一次会是什么样子——如果能有第一次的话。但眼前的这幅场景远远超出了我的想象能力。我没有犹豫，也没有任何值得犹豫的理由……

既然有了第一次，肯定就会有第二次、第三次。我不知道该不该称之为约会，因为从来没有过“约”这个动作。往往都是在我下班路上毫无防备的时候，她就会开着她那辆白色越野车突然出现在我面前。

有一次莫愁截住我的时候，正好老迪克也在。这个老家伙第二天见到我，脸上挂着高深莫测的微笑，趁周围没人的时候对我说：“小子，你可小心点。爱开越野车的女人都有很强的控制欲，一心就想把男人压在身下。”我不得不承认，老迪克至少说对了一半。

每次接上我之后，莫愁会把车开到一些我从没去过的高档场所，请我吃点好东西。那可是真正的好东西，是我自己永远也不会舍得花钱去吃的好东西。不过也有些时候，她会省去吃饭这个环节，直接把越野车开回家，直奔主题。

但是，无论晚上发生什么，只要太阳一出来，一切都会不同。或者应该说，一切都没什么不同，就好像什么也没发生过一样。在她的同事眼中，她仍然是个可以追求的单身剩女。而我也很配合，从未去要求一个“名分”。我有种预感，那会让我得不偿失的。

当然，我也期盼她能在平时给我打电话聊聊心事，但实际上我们只有在饭桌上和床上才能坦诚相待。时间就这样过去了一年又一年，我未娶，她未嫁。我以为我们之间的关系在发生改变，但事实证明，那只是我自己的一厢情愿而已。

六

“李头儿，有情况！”蜗牛一声低喝把我从回忆中拉了回来。他在护栏后面伏下身，小心地用手指着对面的华都B座。

我收起了手中的书，从地上爬起来，也伏在护栏后面，顺着他指的方向望去。虽然刚才看书的时候已经用上了暗场影像增益功能，但我还是什么也没发现。“在哪儿？”我低声问道。

“在B座的天台上，用红外模式就能看到。”

我不禁有些惭愧，今晚总是在回忆旧事，连基本的战术守则都没注意。我赶紧甩了甩头，努力把脑子清空，然后眨眼四次，两短两长。紧接着，视野中的蜗牛陡然亮了起来。其实我们这些CuMG特工的DCL与普通人并无差别，但可以通过CuMG云的处理增强DCL采集到的红外影像，再回送回来，效果比戴了夜视仪还好。

我本来就开着暗场影像增益功能，周遭的一切就像是在黄昏时分，虽不明亮，却看得清清楚楚。再叠加上红外模式，所有发热的物体就都变得更明亮了，如同散发着一圈光晕。在对面B座的天台上，就有这样几个散发着光晕的人，头上戴着某种丑陋而笨重的装置，应该就是河马们行动时戴的电子义眼。

“是河马，李头儿。我就跟你说嘛，咱们一人守一个天台。你非要我跟着你。这回可好，又让荷马组织钻了空子。咱们赶紧过去抓他们吧！”蜗牛有些迫不及待。

虽然我本来也不知道今晚会不会碰上荷马组织，但我知道不能让蜗牛跟我分开，否则情况就会不受控制了，就像上次在世贸银行那样。

“你着什么急？”我故意板起脸来，“这么多年了还是毛毛躁躁的。你现在冲过去能把他们全抓到吗？”

“那李头儿您说怎么办？”

“先跟指挥中心汇报情况，再把楼下的警力调三分之一到A座天台，防止他们声东击西。剩下的三分之二警力调到B座顶层，守住天台的出入口。等他们索降到楼外面，咱们再收网。到时候他们吊在半空中，叫天天不应，叫地地不灵，往哪儿跑啊？”

“嘿，真别说，姜还是老的辣！”蜗牛兴奋起来，去跟指挥中心和楼下的警察通话了。

我的眼睛一刻也没有离开B座天台上的那些人。虽然他们都戴着电子义眼，但在 DCL 红外模式的帮助下，我还是能分辨出他们是男是女，甚至能从身形上一眼认出，其中一个女孩子就是我妹妹琳恩。这让我心中不由自主地紧了一下。

老迪克到死也不知道，他曾经引以为豪的小伎俩，其实早就被 CuMG 的安保部门开发成特工专用技术了。不过，要不是他当初告诉我这件事，也就不会有我后来的发明创造了。但我和莫愁呢？如果没有后来的发明创造，我们会一直维持地下情人的关系吗？我觉得，答案是否定的。就算没有我当时的灵光一现，总还会发生别的什么事情，我们俩终究还是会走到今天这一步。

如同我的许多其他想法一样，那次灵光一现也发生在莫愁的床上。当时我们已经维持这种不清不楚的关系三年多了。记得那是一次激情之后，我把莫愁紧紧地搂在怀里，一起躺在床上望着窗外的雪景发呆。

“为什么你一直用雪景，从来不换？”我突然想到了这个问题。

“因为大雪能把一切都变成白色，让我觉得自己也好白好干净。”她仿佛是在对着空气说话。

我品出了她话里不一样的味道，一时不知道该如何应对。

沉默了一会儿，我总算想到了一句恭维她的话：“坐办公室就是不一样，你现在已经比出外勤那会儿白多了。”我一边说着，一边伸出一根手指轻按她的香肩，然后缓缓滑过她细嫩而有弹性的手臂，直到手腕。那里有她外勤生涯留下的印迹——硬币大小的一个二维码。

“再白也没用。这个二维码就丑死了。”虽然看不见怀里莫愁的表情，但我知道她肯定是一副小女生噘着嘴的可爱样子。

我的脑中突然灵光一现：“其实，我们不一定要文这种难看的二维码。”

“那怎么行？难道你忘啦，我们把这个关键的二维码文在身上，就是为了防止它被别人偷走。”说这话的时候，她的语气中不自觉地带上了领导的威严。

“我当然知道了。不过你没明白我的意思：二维码还是得文在手腕上，但不一定要用看得见的颜料。”

“你是说隐形的二维码？可隐形了还怎么让 DCL 检测啊？”

“关键就在这儿。”我故意停顿了一下，“你不知道吧，DCL 可以拍摄到红外线图像！”

没想到怀里的莫愁一点也不吃惊，反而咯咯地笑了起来：“是老迪克教你的吧！这个老油条，没点正形。”

“你早知道了？你是女孩子，他也教你这个？”我对老迪克又有了新的认识。

“别说这个了，说说你的想法吧。虽然 DCL 能看到红外线，但人体本身就是个大热源，在红外线图像中会成为很亮的背景，怎么还能拍到二维码呢？”

“所以我们要用一种特殊的颜料。它被人的体温加热之后，能够发射出波长不一样的红外线，就能被 DCL 检测到了。”

“有这种东西吗？”

“肯定有。现在有很多可以随温度变化而改变颜色的小玩意儿，肯定可以找到能在红外波段工作的类似颜料。”但我很快又想到了另外一个问题，“不过，这东西的市场太小了，赚不到钱。在身上文二维码是违法的，全世界需要这种隐形二维码的大概只有咱们 CuMG 的外维工吧。”

“大错特错。”莫愁一下子挣脱了我的怀抱，转身坐了起来，眼中放射出喜悦的光芒，“这东西太有市场了。你不知道吗？这两年有钱人开始流行返璞归真，穿不带二维码的衣服。这种衣服虽然够酷，够贵，但什么高级功能都没有。你甚至都不能在自己的袖子上建立 DCL 虚拟交互键盘。”

“我懂了，”我也兴奋地坐起身来，抢过了话头，“有了这种靠体温加热的隐形二维码，就可以做出表面看起来没有二维码的衣服，可仍旧能使用二维码带来的各种现代化功能！”

“不错！”莫愁笑嘻嘻地吻了我一下，算是奖励。

我决定要把这个想法付诸实现，但还是有一些担心：“那你支持我去做这项发明吗？”

“当然支持了，但工作不能辞。谁知道你能不能发明出来啊！”莫愁没有给我回嘴的机会。她吻住了我的唇，直接把我压倒在了床上。

事实证明，我可以完成这项发明，用了大约一年的时间。然而，还没等我和莫愁一起庆功，我们之间就爆发了一次激烈的争吵，也是我们之间唯一的一次争吵。起因在于莫愁，她为隐形二维码又找了一个新的用途，一个更大的市场：她想让所有人都文上隐形二维码，方便 CuMG 随时跟踪定位每个人的位置。

“你简直疯了！”我第一次冲着莫愁板起了面孔，声调也比平时高出许多。

莫愁显然无法接受我的态度，但她反击的方式不是一般女孩子的胡搅蛮缠，而是要用道理让我屈服：“我疯了？要是从世纪初找一个人穿越到现在这个时代，看看你衣服上这些二维码，他会觉得你才是疯子吧！在守旧的人看来，新时代永远都是疯狂的！我看是你太迂腐了！”

“革新也要有底线。你让所有人都文上二维码，除了方便发现反抗组织的成员，还能有什么用？”

“你太缺乏想象力了！”莫愁语气中浓浓的失望深深地刺痛了我的心，“对于 CuMG 来说，这个世界最不缺的就是监控摄像头，我们每个人的 DCL 都是 CuMG 的眼睛。你想想，如果一位妈妈文上了隐形二维码，当她站在超市奶粉货架前犹豫不决的时候，CuMG 立刻就能通过别人的 DCL 知道这件事。然后 CuMG 就可以在这位妈妈的 DCL 中推送奶粉的广告。我告诉你，CuMG 所有的商业客户都会疯狂爱上这种广告推送模式的。”

“但在身上文二维码是违法的！”我抓住了自己的最后一根救命稻草。

可是，就连这根稻草也很快就被莫愁无情地拔除了：“法律是人制定的。只要 CuMG 愿意，修改法律不是多么困难的事情。你知道 CuMG 的理念：‘好的传媒本质上就是广告！’说得难听点，成功的广告甚至可以让一个人相信，他是自己亲生妈妈捡回来的！每个人都有他的好恶，有他的偏执，有他的父母，有他的朋友。没有人是铁板一块。只要找到那个突破口，CuMG 就可以用定制化的广告对你进行全方位轰炸。公投其实对 CuMG 最有利，因为我们并不需要所有人都妥协，但妥协的人数总是超过我们的预期。这是民主的时代，广告能改变你的投票，CuMG 就能改变一切！”

我沉默了，因为我知道莫愁说的都没错。CuMG 躲在每个人的眼睛背后，冷冷地关注着你人生的每一个细节，比你的父母或爱人还要了解你。无所不在的监视之下，这是一个几乎没有犯罪的美好时代，也是一个几乎没有隐私的虚伪时代。而一旦莫愁的想法成真，人类的最后一点隐私也将被彻底夺去。

我和莫愁的争吵自然是以不欢而散告终。令我没有想到的是，第二天，她竟然以她个人的名义，将我的发明和用途一起上报给了 CuMG 的高层。

我彻底愤怒了，决定用我的方式来惩罚她——再也不与这个蛇蝎心肠的女人有任何瓜葛。然而几天之后，当我血管里的多巴胺和肾上腺素消耗殆尽的时候，我突然觉得自己很蠢，至少应该去跟她当面对质，要回本该属于我的东西。不过现在看来，我只是给了自己一个冠冕堂皇的理由去见她罢了。

然而，无论目的是什么，我都没能得逞。她在外维部的办公室已然人去屋空，而她的公寓也换了新的主人，落地窗上显示着不知道什么星球的荒凉景致。

就这样，莫愁莫愁从我的生活中彻底消失了。

七

“华都星，华都星，收到请回复。”莫愁的声音又从耳麦中传来，提醒着我：她从未远离我的生活。

“华都星收到，北极星请讲。”蜗牛知趣地替我应道。

“华都星，你们报告的情况已经得到确认。但这批河马也像往常一样戴着义眼，没能找到任何锁定他们身份的线索。技术部门还在努力，目前核对二维码的范围已经扩大到了华都娱乐中心周围两公里，并且回调了此前一小时内的全部影像数据。”

“那样的话，数据量太大了。”我忍不住插嘴道。要是技术部门真这么干的话，说不定真能发现妹妹他们的身份。

“肖恩，你说得没错。”莫愁立即听出了我的声音，“但现在也没别的办法了。不过，如果你们能在现场抓到他们，那一切问题就都解决了。指挥中心认为你们的部署还不够万无一失。所以，我们已经通知了警察局，再派一个待命的特警分队给你们，归你调遣。但这已经是我能给你的全部人手了，因为我怕荷马组织来一个声东击西。”

“这些人手就足够了。”我干脆地答道。人要是再多的话，我都不知道该怎么救琳恩脱身了。

“好的，肖恩，我相信你。”莫愁甩下这句话，切断了通信。

我也不知道自己该觉得幸运还是倒霉。每次在出任务的时候碰到琳恩都是个麻烦。被河马用枪挟持的戏码演一次还可以，但总不能一演再演吧？可如果妹妹被别的特工碰上，结果可能会更糟，还不如撞到我手里。

蜗牛目不转睛地盯着对面的 B 座，喃喃地对我说：“李头儿，好像被我说中了。”

“说中什么了？”

“我好像看到上次在世贸银行挟持你的那只母河马了。”

听了蜗牛的话，我心乱如麻。怎么才能救出琳恩，又不暴露身份，同时也不要伤害到蜗牛呢？唉，也只能见招拆招了。

我决定先试试蜗牛的真正意图：“你为什么这么想抓住她？该不会真的喜欢上她了吧？”

蜗牛抬起头愣愣地看了我几秒钟，仿佛是下定了很大的决心，才重又开口：“说实话，我真说不清是不是喜欢。你想啊，李头儿，我连她长什么样子都还没见过呢。”

我在心里接了一句：“当然很漂亮了，要是让你小子得手了，那真是你上辈子积的德。”但我嘴上却说：“那你还这么关心？”

“你不知道，我在今年的集团年会上认识了一个技术部的女孩，慢慢就聊熟了……”

我照着蜗牛的后脑勺就来了一下：“行啊你！瞒我瞒得这么紧，保密工作做得不错啊。”

“嘿嘿，”蜗牛不好意思地傻笑起来，“也没怎么着，就是处处看。说正经的，上个星期她告诉我一件事，说是技术部门应 CuMG 高层的要求，这几年一直在研究一项新技术，目前已经完成了。项目的代号叫‘罗夏克倒影’。”

“罗夏克是谁？”

“我也是这么问她的。她告诉我，罗夏克是精神分析图片的发明者，就是那种对称的墨迹图案，看不出来是什么，又总觉得像什么东西。‘罗夏克倒影’就是反过来的过程，把一系列精心安排的图片通过 DCL 强加给你，只要看上几分钟时间，你就彻底疯了，而且没的治。难以置信吧？”

我冷哼一声：“有什么难以置信的？他们什么事干不出来？问题是，这技术根本没什么用啊！”

蜗牛没说话，转头朝着对面华都 B 座的天台努了努嘴。

我顿时明白过来，一阵寒意从脚底一直蹿到头顶。只要能够确定河马眼睛里 DCL 的唯一识别码，CuMG 就可以在几分钟内让他变成一只疯河马。是啊，CuMG 完全有理由这样做。上个月被抓住的几个反抗组织成员只判了不到一年的徒刑，毕竟他们不是杀人放火，严格来说只是在墙上涂鸦而已。CuMG 的高层肯定已经受够了这些成天捣乱的家伙，想要一劳永逸地解决问题。“罗夏克倒影”简直就是最佳选择，既能让一个反抗者失去继续搞破坏的能力，又能让他闭嘴，还可以杀一儆百。最重要的是，没有冒烟的枪口，甚至没有人扣动扳机。

我的脸上大概不自觉地流露出了紧张的表情。蜗牛见了说道：“李头儿，你也觉得他们太过分了吧？鬼知道集团高层那些疯子什么时候会启用这项技术！所以，我想今天抓住那只母河马，赶紧把她送进监狱去。她年纪轻轻的，要是成了疯子，就太可惜了……”

蜗牛的话让我立刻下定了决心：“快走，咱们去 B 座楼下。”

“楼下？为什么？”

“叫你走就走，哪那么多废话。”我已然起身向着天台入口冲去。蜗牛说得没错，琳恩的人生才刚刚开始，哪怕让她去坐牢，也绝不能让她变成疯子。她在荷马组织胡闹的日子该结束了！

八

如果不是因为爸妈在十来年前的突然离世，我不可能这样放任我的妹妹琳恩。

对于爸妈的死，琳恩始终怀着一种深深的负罪感。每当我告诉她，那不是她的责任，她就会反问我：“那你说是谁的责任？是不是 CuMG 的责任？如果是 CuMG 的责任，你为什么还在为 CuMG 卖命？”

我无言以对。

我曾经一直认为 CuMG 是无辜的。CuMG 已经为人们无偿提供了 DCL，每五年免费更换一次，难道你认为他们是在做慈善吗？他们当然要从你身上获得利益。只要你兜里还有大把的钞票，只要你还有消费的欲望，那你就是广告的最佳受众，就能为 CuMG 带来广告收入。

要知道，这些定制化广告的成本很高。只要你睁着眼睛，你的 DCL 随时都在上传图像，也随时都在下载图像。这种传输所占用的带宽是惊人的，背后 CuMG 云的运算量也是惊人的。要是你没有消费能力了，在 CuMG 眼中，你就从上帝变成了魔鬼，只能关闭你的 DCL 以节约成本。

CuMG 刚起家的时候，不少人反对 CuMG 随意关闭穷困潦倒者的 DCL，甚至将其告上了法庭。但几个案子判下来，再没有人做这种无谓的争论了。毕竟，每个人眼里的 DCL 都是由 CuMG 掏钱免费植入的，严格来说本就是 CuMG 的财产。CuMG 当然有权利关闭你的 DCL，甚至不用事先通知你。这道理很简单，也很残酷。

DCL 被关闭的人，就像我们外维工一样，可以看到这布满二维码、只有黑白两色的诡异城市。一开始，你或许会觉得无所谓，甚至还有一点新奇感。但很快你就会发疯的。你看不了基于 DCL 的虚拟三维电视，用不了基于 DCL 的虚拟电脑。你也看不了报纸，看不了两页书，甚至都看不到超市货架上标的商品价格，因为所有这一切也都是靠二维码在 DCL 中动态显示的。

结果，你明明身处城市之中，却感觉自己是被隔绝在城市之外，如同信息汪洋之中孤独漂浮的一根枯木，想要沉都沉不下去。

最终，你只能选择离开，离开这座不接纳你、也不属于你的城市。很多人往往会耗到自己的 DCL 失效，被逼到无路可退才离开。然而这时候往往已经太晚了，失效的 DCL 会变成一种厚重的灰色，让你眼前的一切都如同被笼罩在浓烟之中一样，最终彻底失明。这也是每五年必须要更换 DCL 的原因。

爸爸妈妈属于比较明智的人，接到 CuMG 的关闭警告之后，就开始有条不紊地做着离开城市的准备，争取能在 DCL 彻底失效之前安定下来，适应新的生活方式。只不过，他们没有让我和妹妹知道这一切。直到有一天早上，我发现爸爸在看一周以前的报纸，追问之下才知道，爸爸眼中看到的早已经不是报纸了，而只是几个大大的二维码。

当时，琳恩已经在上美术学院了，而我已经在 CBD 分队队长的位子上坐了五年。隐形二维码的发明被莫愁抢走之后，我一直很消沉，完全看不到离开地下三层这间 CBD 分队办公室的希望。我不知道如果当初大学毕业之后继续读研的话，现在自己会在做什么工作。但我也只能是想想而已，因为自从交了妹妹的超生罚款之后，家里一直欠着银行的债务，不可能有钱供我继续深造。好在，CuMG 这份工作帮我们还清了贷款，还支付着妹妹读美术学院的学费。我剩下的工资再加上爸妈退休之后的养老金，刚好够我们一家四口在新京城的生活开销。

但正是这样的境况，让爸妈落入了 CuMG 对于“无价值受众”的定义：购买的商品皆为生活必需品，且不是广告推荐的高端产品，而是最便宜的廉价货。如果不是因为员工的身份，恐怕连我也不能幸免。

我也去找过我的顶头上司，新来的外维部新京地区主任，问他能不能帮我爸妈跟高层说说情。但这个肥头大耳的官僚拒绝了我的请求，甚至连电话也不想打，生怕危及他自己的前途。不过他态度很好，一直在微笑，让我想起了农村流水席上吃的猪头。

后来，我又想辞职陪爸妈一起走。但他们轻易就说服了我：“如果你也走了，妹妹怎么办？谁来负担她的学费？你想让她也跟我们一起去受苦吗？”

爸妈是由我开着外维工程车送出城的，目的地是一个深山之中的“盲村”。全村一半人的 DCL 已然失效，近乎失明，而剩下的一半也距失明不远了，只是迟早的事情。在山里，这样的“盲村”有很多。这几十年来疯狂的城市化进程已经把平原变成了一大片城市，唯有高耸的山峦才能够阻挡城市扩张的脚步。

在大学住校的琳恩对整件事情完全不知情，直到寒假来临，我再也瞒不住她了，直接带她去了“盲村”。见到一身粗布衣裳、憔悴了许多的爸妈，妹妹才稍稍猜到发生了什么，不顾一切地扑到爸妈怀里放声大哭。

那天我是一个人回新京的，琳恩则在“盲村”住了一个寒假，直到开春的时候，爸妈把她赶回了学校。

妈妈很不走运，她的 DCL 当时就已经到期了，没几个月就彻底失效了。得知妈妈的 DCL 失效，琳恩曾经问我为什么不能做手术把 DCL 摘除，我告诉她这种手术的费用太高了，被关闭 DCL 的人都是穷人，不可能负担得起。再者说，即便是成功摘除了 DCL，我们的双眼早已适应了 DCL，几乎丧失了调焦的能力，虽能看到光线，但与盲人无异。

好在，爸爸的 DCL 一直没有失效。在家的时候，一直是妈妈侍候着爸爸。如今，爸爸却不得不承担起了照顾两人生活的担子。所幸，山里的生活虽然清苦，但也不需要他们做太多事情，也用不到太多钱。我每月把他们的养老金送去，却总是被逼着带一半回来贴补妹妹的生活。

妹妹自从回到新京城，就像是变了一个人似的，每次见到我，说不了几句就要吵架。因为爸妈的事情，我的脾气也变得越发暴躁，常常与她对吵起来，不再像以前一样让着她。琳恩一直盼着学期赶紧结束，到了暑假好去陪爸妈住一个月。然而，她最终盼来的，是爸妈的噩耗。

事情的经过没有人看到，只是据红十字会的人说，应该是提前到来的雨季引发了山洪。半夜里猛涨的洪水淹没了整个“盲村”，只有不到三成的人幸存下来，而且基本都是还未失明的人。我知道爸爸的水性很好，他一定是在努力救妈妈脱险的时候一同遇难的。

这一次我没有逃避，也无处可逃。就在琳恩的宿舍楼下，我告诉了她爸妈遇难的消息。琳恩没在我面前流下一滴眼泪，没说一句话，也没有上楼，而是转头跑开了。我以为她是想一个人静静，但她却再也没回学校，也没回家。直到第二年爸妈的忌日我去扫墓，才在墓地碰到了妹妹，并且得知她已经加入了荷马组织。

自此，墓地就成了我们兄妹俩每年唯一一次见面的地方。

九

我和蜗牛跑到华都娱乐中心B座楼下的时候，正好赶上琳恩表演她的高空杂耍。

如果时间倒退到十年前，我绝对想不到自己那个柔弱娇气的小妹，竟然可以从几十层高的大厦表面索降而下。这哪是什么河马？分明就是蜘蛛侠。如果不是因为荷马组织的首领叫荷马，他们的成员也不会得了“河马”这么一个外号。

我早就从琳恩那里得知，荷马是个盲人，但这不是他用这个假名的唯一原因。

“他曾经对我们说过，虽然荷马的眼睛看不见，但他的心却看透了人世间的百态炎凉，所以才创作出了传世的巨著《荷马史诗》。可是现代人呢？任由CuMG提供的美丽广告来取代本该靠自己双眼看到的一切，不但眼睛是瞎的，心灵也是瞎的。所以，他才称自己为荷马。他要用自己的盲眼唤醒这个世界！”说这话的时候，妹妹的眼神中流露出了崇拜之情。

作为妹妹从小到大一直崇拜的人，我不禁有一点嫉妒。不过，如果荷马真的是为了对抗CuMG而把自己弄瞎的，我对这位现代版的奥斯特洛夫斯基倒是真有几分敬佩之情。

我猜，荷马组织的成员都对他们这位首领崇敬有加吧，否则他们不会甘愿过起东躲西藏的清苦生活，也不会甘愿整天从事这些飞檐走壁的危险工作。

此时此刻，除了琳恩以外，华都B座的表面还有另外两只河马，一左一右跟琳恩一起向下索降。他们每人对应一列二维码，在每一个巨型二维码的跟前都粘上了一枚荷马组织专门研发的涂料炸弹。这种炸弹爆炸之后不会破坏墙体，只会把一大摊黏性极强的彩色涂料喷得到处都是，直接让整个二维码作废。

琳恩的速度最快，此时已经降到了六七层楼高的地方，正准备给最后一个二维码粘上炸弹。我觉得差不多是时候了，我突然掏出了手枪，瞄准琳恩下面两三米的地方开了一枪。这一枪不仅吓到了琳恩和另外两只挂在半空的河马，也吓到了我身边的路人，更吓到了蜗牛。

"李头儿，你要干吗？"蜗牛惊诧地问道。

我根本不理会他，对着耳麦大喊："行动，行动！上天台抓他们，一个也不能放跑！"

蜗牛似乎明白了我的用意，对着耳麦开始指挥抓捕行动。与此同时，楼顶警察的一路DCL信号通过CuMG云的处理反馈到了我和蜗牛的DCL上，让我们能实时监控抓捕现场的情况。

就在这时，琳恩做了一件让所有人都意想不到的事情。她既没像另外两只河马一样不知所措地停在半空中，也没有向上返回天台，反而是用更快的速度向下索降。我立刻知道了，她是想从地面上脱身。我赶紧向着楼跟前跑去，蜗牛见状也紧跟上来。

琳恩位于大厦的正中间，脚下对着一楼的入口有一个将近两层楼高的玻璃雨棚。看来她是想要降到雨棚上逃走。然而，她离雨棚还有几米距离的时候停止了下降，反而开始缓缓上升了。我在DCL里看到，原来警察已经冲上了天台，制伏了那里留守的三名河马，正在操作索降器收回绳索。我总算松了一口气：这回妹妹肯定逃不掉了。

然而，琳恩永远都出乎我的意料。就在开始向上加速的时候，她从工具包中掏出一把匕首，只一下就割断了身上的绳索。于是，琳恩就像是跳水一样，身体轻轻向上一跃，继而直直地砸向了那个玻璃雨棚。这个脆弱的透明结构没能挡住下坠的琳恩。在一声巨响之后，破碎的玻璃裹着琳恩的身体一起落在了楼门口的地面上。

我一时愣住了，脑中一片空白，踉踉跄跄地跑了过去，顾不得一地的碎玻璃，直接跪在了一动不动的琳恩身边。“琳恩，琳恩！”我大声喊着，她却没有回应。我怕她有严重的骨折，不敢抱起她来，只能一把扯下了她头上戴的电子义眼，露出了她消瘦而清秀的面庞。

正当我想要试试她还有没有呼吸的时候，琳恩剧烈地咳了几声，然后缓缓地睁开了眼睛。“哥，我这次可真是摔惨了。”她勉强挤了一个微笑给我。

“别说话，别说话，救护车马上就到。”我回身冲着呆立一旁的蜗牛怒喝了一声，“快叫救护车啊！”

我当然理解蜗牛为什么会发呆。上一次还用枪指着我脑袋的河马，现在竟然被我叫出了名字，而且竟然就是我那幅画中的女孩，竟然还不是我的前女友，而是我的妹妹。对于蜗牛来说，这短短的半分钟内实在有太多的意外了，但现在真的没有时间向他解释这么多。

“不要叫救护车！”琳恩看了一眼蜗牛，又紧紧攥住了我的手，“我应该没事，只是左腿大概骨折了。哥，用你的车送我去我们自己人开的诊所吧，求你了！”

琳恩这辈子几乎就没求过我这个哥哥，我没法不答应她此时此刻的请求。刚才一定要把她抓去坐牢的想法早被我抛到了九霄云外，我现在一心只想赶紧把她送到医院。

但是，还有一个问题——蜗牛。同样是作为CuMG安保部门的特工，他会是什么立场？把我和琳恩一起逮捕，还是帮我一起把琳恩的事情隐瞒下去？或者仅仅是置身事外？

带蜗牛的这六年来，我一直试图做一个像老迪克那样的师父，但我从来没想过会有今天这样的局面出现。虽然现在看起来，我很需要他的回报，但我当年的初衷却是为了帮他走出老迪克意外身亡的阴影。

十

老迪克死的时候，我和蜗牛都在现场。

那是一次例行的外勤抽查，正好抽到了老迪克带着蜗牛这组。我作为CBD分队的队长，陪着外维部新京地区的那位胖主任来到了老迪克他们的工作地点——一栋建于20世纪末的古旧大厦，正位于如今新京CuMG中心的位置上。

蜗牛那个时候刚刚上班一个多星期，干什么都不太熟练，慢吞吞的，真的像一只蜗牛。我跟过老迪克，知道他对新人不会太过苛求，总是由着新人慢慢去发现属于自己的工作窍门。用老迪克的话说，就是要“享受生活，享受工作”。

但是，胖主任显然并不享受这种在太阳下暴晒的机会，更加无法忍受蜗牛这样一位新手。胖主任不停地催促蜗牛，还夹杂着咒骂。这样一来，蜗牛反而更加紧张，一个错误的操作导致吊台急停，扯断了两根钢索之后把里面的人全都倒了出去。

老迪克、蜗牛和我一开始都按规程挂了安全索，只有胖主任嫌麻烦没有挂。要不是老迪克眼疾手快地抱住了他，此刻只怕他已经摔成一摊肉泥了。老迪克先让我用备用安全索钩住胖主任，腾出手来又用自己的备用安全索跟胖主任挂在一起，这才敢彻底松手。

然而主任他实在太胖了。就在老迪克松手之后，只听头顶上传来了一声脆响，老迪克安全索的挂钩竟然崩开了一半，眼看就挂不住了。估计是刚才老迪克抓住主任的一瞬间把挂钩拽变形了。

我顿时慌了神。现在怎么办？万一那个挂钩断开，我的挂钩只怕也经受不住三个人的重量。要不干脆切断备用安全索，把下面这个肥头大耳的官僚撇下去？我才不在乎他的死活，但不能让老迪克跟着一块死。

想到这儿，我抬头跟老迪克对了一下眼神。显然，他早就想明白了我的意思。冲我很轻微地摇了摇头。下面吊着的主任仿佛也明白发生了什么事情，对着老迪克哭天抹泪的，让他一定要救自己。

老迪克看了看主任，又看了看我，突然就笑了。他摇摇头，叹了口气，没等我反应过来，就解开了他与主任之间的备用安全索。

“老迪克，你要做什么？”我看看他头顶上即将脱开的挂钩，冲他大喊起来。

“你的挂钩没事，应该能禁得住你们俩。不过，要是一会儿你的挂钩也不行了，那你就别管他了。”老迪克一边说，一边指了指挂在我脚下的主任。“你还年轻，必须得好好活下去，而且要活得开心点！有空帮我照看一下家里的孤儿寡母吧。”老迪克的语气很平静，完全不像是挂在几十米的高空之中。

“老迪克，你别说了。”我整个人已经呆住了，欲哭无泪，又不知道该说什么，只是一遍遍地重复，“你别托付给我，你自己去照顾！”

挂钩断开的一瞬间，我看到的是老迪克的笑脸。虽然有一个重病的妻子，虽然一直都没有太多钱，但他的一辈子过得很快乐。

老迪克的笑脸瞬间消失之后，露出了后面那张年轻的面孔，却因为恐惧和痛苦而扭曲到了极致。那是蜗牛的脸。

就在那一瞬间，我决定不仅要照顾好老迪克的家人，还要替他照顾好这个年轻的徒弟。

事后调查发现，虽然蜗牛有一定的责任，但这次事故的原因主要还是在于那栋大楼的吊台太老旧了，已经达不到设计的承载能力。老迪克是救人的英雄，牺牲了他自己，才让我和主任活了下来。

然而，CuMG的处理结果让我彻底失望了。集团宣称，老迪克是当班组长，而蜗牛只是实习外维工，所以老迪克要对事件负全责，既没有抚恤金，也不能享受因公殉职者的身后福利。这就意味着，老迪克的妻子将没钱再做透析，而他们的儿子很可能必须退学。

得知这个消息之后，我冲到人事部门大闹了一通，当然是无功而返。我又给集团高层写信，揽下了全部责任，希望以自己的解雇来换取老迪克妻子和孩子的福利待遇。然而，我写的所有信如同石沉大海，全无回音。

一个月后，老迪克的妻子将CuMG告上了法庭，可能是常年与病魔的抗争给了她无比的勇气。不过，所有人都认为她疯了，肯定没有胜算。谁能把CuMG告下来呢？虽然没有证据表明CuMG曾经影响过司法公正，但仅凭集团的手段和财力，CuMG就从未在法庭上打过败仗。

可是，我还抱着一丝希望。因为我知道，自己、蜗牛，以及被老迪克救下来的胖主任，都会给出对老迪克有利的证词。然而，事实证明我太天真了。胖主任的证词与我和蜗牛的证词完全相反。虽然老迪克救了他的命，但他把事故的责任全都推到了老迪克身上。在他做证的时候，我几乎把牙都咬碎了。

更让人想不到的是，最终让老迪克妻子败诉的人，恰恰是老迪克自己。

在审判的最后阶段，CuMG的律师团出示了一份视频。这份视频的原始图像来自所有老迪克同事的DCL，当然也包括我的。视频中的老迪克做了各种糟糕的事情，从上班时间做私事到背后说高管的坏话，不一而足。任何外人看过之后，都会觉得老迪克是一个偷奸耍滑、素质低下的员工。

没等这份视频放完，我就起身离开了法庭，结果已经不言而喻了。没想到在法院门外，我竟然碰见了同样提前离开的胖主任，于是不由分说地把他扯到了街边的小巷里，用拳头好好修理了一番。这既是为了老迪克，也是为了我的爸妈。

令我感到意外的是，胖主任既没有还手，也没有还口。等我打累了，他只是默默地站起身来，吐了一口嘴里的血，掸了掸身上的土，看都没有看我一眼，就一瘸一拐地走了。

最终，奇迹没有出现。CuMG 保住了自己从未败诉的纪录。

自此以后，我重新分配了自己每个月的工资：一半留着付房租和生活之用，四分之一给妹妹，四分之一给老迪克家。虽然我也知道这是杯水车薪，但这已经是我能为他们做的全部了。

接下来那次在墓地见琳恩的时候，她问我每个月给她的钱怎么少了。妹妹的语气很平和，我知道她不是嫌钱少，而是担心我的生活出了什么状况。

我给妹妹讲了老迪克家的事情，不停地自责。

“你不该这么想。”妹妹突然打断了我，“你还认为错的是你吗？错的是 CuMG 集团！你用脑子想想，如果不是他们在背后捣鬼，老迪克的妻子和儿子怎么可能失去福利和抚恤金？”

妹妹这一句话，才总算点醒了梦中人。胖主任挨打之后的反常举动说明他也是在某种压力之下才违心地做了伪证。而那份视频则明显经过了精心的剪辑，绝对是出自集团广告创意部门的高人之手。

我彻底地心灰意冷了。不但在 CuMG 内部没有公正可言，他们甚至可以把影响力延伸到法庭之上，不用贿赂任何人就能改变审判的结果。我第一次产生了一种感觉：在 CuMG 工作是一种耻辱。

十一

老迪克的案子成了压垮我的最后一根稻草。外维部里满是老迪克的影子，让我一分钟也待不下去。如果不是为了接济妹妹和老迪克的家人，我肯定就痛快地辞职了。无奈之下，我只好提交了调职申请，虽然我知道成功的希望极为渺茫。

就在我提交申请的当晚，莫愁的白色越野车又一次出现在我面前，只不过换了一款，体型更加庞大，发动机的轰鸣更加吵闹。

我都不知道自己为什么要上车，是为了她久违的身体，还是为了她欠我的一个道歉？

我们没有说话，也没有去吃饭。她把车直接开回了她在高档社区中的新家。我们进了门就开始撕扯对方的衣服，我尤其有些粗暴，但她毫无怨言。尽管我们都变了很多，但那份默契似乎从来不曾改变。

当快感终于淹没一切之后，疲惫接踵而至，钻进了全身的每一个毛孔。

莫愁点了一支烟，靠在床头上抽了起来。我躺在她身旁，环视着她的新家。

她的房间比以前大了不少，四壁不再是廉价的广告，而是淡褐色的墙面，带着很有质感的暗纹，再搭配上深棕色的地板，给人一种朴素淡雅的感觉。这些当然不会是真实的装修材料，肯定也是二维码在 DCL 里投射的效果。只不过，如果你想拒绝 CuMG 的广告，你就要向 CuMG 支付一大笔钱买回这份清静。显然，现在的莫愁有这样的购买力。

房间里唯一不变的，是那落地窗外始终下着雪的新京城。不过，我感觉雪好像更大了。

莫愁首先打破了沉默："最近还爬格子吗？"

"偶尔。"我眼神空洞地望着窗外并不存在的大雪，心也空洞洞的。

"想当个专职的作家？"她吸了口烟，轻盈地吐出了一个烟圈。

我冷哼了一声："作家？太不稳定了。万一书卖不动，我不是要被咱们伟大的 CuMG 集团赶出新京城了？"

"那你为什么还要离开外维部？调职不成，你很可能会被原来的部门开除的。"

她这个问题让我措手不及。我不知道她是如何得到消息的。

“对，今天刚刚在人事系统里提交了申请。”我心虚地答非所问。

莫愁沉默了半晌，似乎是在思考。突然，她像是决定了什么事情，猛吸一口烟，然后把带着红色唇印的小半截烟卷递给了我。“来我这儿吧，跟着我干，像以前一样。”

我伸出去接烟的手停在了半空，完全没想到她会提出这样的要求。“你那儿？哼，我都不知道你现在在哪儿。”

她无视我语气中的嘲讽与责备，直接答道：“我现在是 CuMG 安保部门的主管，主要工作就是对付荷马组织这样的社会渣滓。”

我停在半空中的手不自觉地轻轻颤抖了一下，因为我想到了身为河马的妹妹。我不想让莫愁察觉到什么，所以赶忙伸手把烟接过来吸了一口。有钱人抽的烟都不一样！

“我没法跟着你干。我已经不信任你了。”

“我不需要你的信任。”莫愁接得很干脆，没有一丝迟疑，“我只需要你服从我的命令。最重要的是，我信任你。”

我没说话，最后吸了一口烟，随手在烟灰缸里狠狠掐灭了烟屁股，就像掐死一只蟑螂一样。

然后，我翻身把莫愁压在了床上……

就这样，我从干了十四年的户外二维码维护部来到了 CuMG 最神秘的部门——安全保卫部。虽然我的初衷是希望能够保护妹妹，避免她被逮到，但实际上我什么也做不了。我甚至不知道怎么与她取得联系，又怎么保护她呢。

至于工作本身倒很轻松。像荷马组织一样的激进反抗组织屈指可数，而且行踪诡秘，令我们束手无策。每次他们行动之后，我们照例到现场转一圈，看着警察们取证，再问问围观群众，一切都是走过场而已。

只有莫愁跟大家不一样，整日眉头紧锁。可又有几个人会像她一样真正为了 CuMG 而忧心忡忡呢？但她绝不是等闲之辈，既有想法，又有行动力。在她的领导之下，安保部与荷马组织之间“猫捉老鼠”的游戏发生了很大变化。我们逐渐从跟在后面被动地追，变成了主动防御，布下陷阱，请君入瓮。

我进入安保部三年之后，CuMG终于抓到了第一只河马。接下来又有了第二只、第三只以及更多的河马被捕。

于是，在爸妈去世六年之后，我第一次接到了琳恩约我见面的电话，第一次在爸妈忌日之外的日子见到了琳恩。

不出所料，妹妹一见面就希望我能帮他们解救被捕的河马。但我没这个本事。不过我告诉琳恩不用太担心，因为按照现有的法律，河马们不会被判太长时间的，顶多是坐一两年牢。同时，我也要了琳恩的联络方式，以便有情况及时通知她。

妹妹对于我的主动颇感意外：“哥，你不站在CuMG那边了？”

“自从CuMG抹黑老迪克之后，我就对他们彻底地失望了。”我的语气中没有愤怒。

“哥，别在CuMG干了。我们的领导人荷马看过你写的东西，也听我说了很多你的事情，对你非常欣赏。来跟我一起干吧，一起替爸妈报仇。”

“我正在做的事情，不就是在向CuMG复仇嘛。爸妈的血债、老迪克的血债，我要他们一起还！”说到这儿，我冲妹妹笑了笑，“况且，我在CuMG能给你们更大的帮助。有我在，你更安全。”

我没有告诉妹妹的是，我这样做还在向另外一个人复仇，那就是莫愁。她号称信任我，以为自己可以永远用感情控制住我。但她大错特错了。

当然，有一件事情莫愁说对了：我们都需要一个可以信赖的下属。

从进安保部的第一天开始，我就知道自己的处境很危险，需要一个属于自己的人，需要一张可以由我来书写的白纸。我很自然地想到了失事吊台上那张苍白而又不安的年轻面孔。于是在我的请求下，莫愁把蜗牛也调到了安保部，成了我的手下。我也希望能够带他走出老迪克意外身亡的阴影。

十二

这些年来，我曾经很多次想要告诉蜗牛有关我妹妹的事情，尤其在上次世贸银行的“挟持”事件之后。但我最终还是没能开口。没想到，今天竟然用这样的方式让他见到了琳恩。

我抬起头，用平静的眼神看着蜗牛，等着他做决定——一个影响我与妹妹命运的决定。蜗牛也在盯着我看，目光中最初是震惊，而后是不解。我能看出他内心的天平在剧烈晃动，我和妹妹在天平的一边，而CuMG集团则在另一边。蜗牛多年来已经习惯了从我的眼神中寻找答案，获取指令。但今天，我的眼神中什么也没有，彻底把选择权交给了他自己。

“肖恩，你们那边情况怎么样？警察报告说有一只母河马割断绳索跳楼了。她还活着吗？你们抓到她没有？”耳麦中传来了莫愁焦急的声音。

我没答话，依然平静地看着蜗牛。他稍稍犹豫了一下，把手按到了通话器上：“报告莫总监，我和李头儿来晚了，那只河马已经逃了，我们正要开车去追。”随后，他切断了通话，对着我和妹妹说：“你们等等，我这就去把车开过来。”说完，蜗牛转身就跑开了。我知道，我还欠着他一个解释与道歉。

我低头看着琳恩，此时她的呼吸很均匀，应该没有什么大碍。但莫愁说还调了一个特警队来，留给我们的时间真的不多了。周围本来躲得远远的人群此时逐渐围拢上来，想要看看究竟发生了什么事情。我正想着该如何驱散人群，却突然看到一件令我震惊不已的事。

围上来的人群遮挡了一些灯光，让眼前的琳恩处在了暗影之中。我这才看到，她的衣服上竟然印着很多小小的二维码，闪闪发着亮光。我并没有让DCL离线，怎么会直接看到二维码呢？我本能地觉得这之中有什么事情不对，赶紧问琳恩："你身上为什么会有二维码？我现在就能看见这些二维码。"

"我不知道啊！"琳恩挣扎着抬起头，看看自己的身上，"我没看到有二维码。哥，你让DCL离线了？"

"我的DCL没有离线，只是开着暗场影像增益和红外模式。"红外模式！我心中一惊，赶忙眨眼关闭了红外模式，琳恩身上的二维码果然看不到了。再打开红外模式，那些二维码清晰可辨。这些是我自己发明的隐形二维码！莫愁带走了我的发明之后，市面上却一直没有出现相关的产品。我怎么也没想到竟然会在这里看到它。怎么会这样？这是个陷阱吗？我唯一能想到的就是赶紧关闭自己的红外模式。

然而，已经太晚了。我的耳麦里再次传来了莫愁的声音："肖恩，你是不是抓到那只逃跑的母河马了？"

"没有啊！"我嘴硬地答道。

"你不知道，这次行动专门布置了你发明的隐形二维码，可以粘到接触者的身上。CuMG云刚刚从你DCL的视频中检测到了这些特殊二维码。那只母河马肯定就在你的身边。"

我总算明白了。莫愁把我发明的隐形二维码进一步"发扬光大"了。她一定是在涂料中加入了某种黏性物质，然后把它刷在楼顶天台的护栏外侧。只要有人从护栏翻出去，就会在身上粘上这种二维码。除了河马，没有别人会做这样的事情。

此刻，莫愁肯定正在调我的DCL图像，所以我赶紧把视线从琳恩身上移开，望向人群外面。"那可能是她混在人群里被我偶然看到了吧。这次行动之前怎么没有人通知我隐形二维码的事情？"我对莫愁反问道。

耳麦那边沉默了一下，很快又传来她冷静的声音："集团董事局上个月开会，认为我们最近一年多再没抓到过河马，是因为安保部有内奸。所以，这次的黏性隐形二维码是由外维部负责布设的，安保部除了我以外，没有别人知道。具体的细节等你回来再跟你解释吧。”莫愁顿了顿，继续说道，“幸好这次是你那组抓住了河马，终于可以洗清对你的质疑了。你不知道，之前一直有高层怀疑你就是内奸，但我一直坚定地相信你。你总算没辜负我。”

莫愁最后的话让我的心绷紧了，像是停止了跳动一样。这几年我一直在骗她，但她却是真心地在相信我。是因为她觉得骗过我，所以亏欠我吗？还是因为她觉得我压根不可能骗她？不管原因是什么，我想她坐在CuMG安保总监的位置上，一定也是高处不胜寒吧。

当人孤独的时候，他们最需要的就是一个可以信赖的肩膀。有时候，人们不惜为此自欺欺人，只想找寻那种可以信赖的感觉。

可是，我并不欠莫愁什么。是她偷走了我的隐形二维码，才把自己送上了安保总监的座位，距离成为CuMG的副总裁只有一步之遥。

就在这时，刺耳的汽车喇叭声让人群闪出了一条通道，蜗牛把车开来了。“快上车！李头儿，我听见特警队的警笛声了！”

我知道，指挥中心那边肯定已经调取了我和蜗牛的DCL实时影像，可以清楚地看到这里发生的一切。但我已经顾不了那么多了，一把抱起琳恩，放在了车的后座上。

“肖恩，你在干什么？你抱的人就是那只逃跑的河马吗？为什么不给她戴手铐？”莫愁在耳麦里抛来一连串问题。其实，只要回调我和蜗牛几分钟前的DCL影像，再回调我们耳麦中存留的录音，莫愁就能知道答案了。我根本无须回答她。

然而，就在我也钻进车后座时，特警的装甲车闪着警笛赶到了。“快开车！”我冲着蜗牛大喊。

没想到蜗牛竟然打开车门下车了。“不，李头儿，还是你来开吧。我去拖住他们。”

“指挥中心已经调出了咱们的 DCL 影像，莫愁很快就会知道我是内奸，还会知道你帮了我。”

“没关系，只是帮你个小忙。他们不会把我怎么样的，大不了开除而已。”蜗牛的眼神很清澈，也很平静，“李头儿，你保重。”说完，不等我回话，他就冲着特警的装甲车跑去。

我没有选择，只好坐在了驾驶座上发动汽车。最后从后视镜里望了一眼，我看到蜗牛高举着 CuMG 特工的证件，正在跟特警们交涉着什么。但突然之间，特警们仿佛接到了什么命令，全都冲着蜗牛举起了枪。蜗牛似乎在大喊大叫地据理力争，但两名特警直接把他按倒在了地上。

“肖恩，你太让我失望了。”莫愁冷冰冰的声音从耳麦里传来。

我没有理她，一把扯掉了耳麦线，然后猛踩油门，把车开上了环城高架路，直奔琳恩说的诊所而去。

“你以为这样就能躲开我吗？太天真了！”莫愁的声音又从车上的扬声器中传了出来，冷得如同冰川一样。她一字一顿地说道：“我要让你为欺骗我付出代价。”

“我不怕你。我和妹妹今晚就会离开这座城市。在没有二维码的地方，CuMG 不过是一坨狗屎，没人买你们的账。”我知道她能通过车载通话器听到我的话。虽然回应得如此强硬，但我心中还是深深地感到不安，甚至是恐惧，因为我知道莫愁的可怕。于是我把油门踩到了底，车子怒吼着在车流中寻找空当。

“用不了那么久，我只需要三分钟就够了。你妹妹刚才也看了那些隐形二维码，我们现在已经锁定了她的DCL唯一识别码。接下来，我就要放电影给她看了！哈哈哈哈！”莫愁竟然得意地笑了起来。

“什么电影？”我和妹妹异口同声地问了出来。

“哼，终于害怕了？肖恩，你知道‘罗夏克倒影’是什么吗？哦，对了，你只是个小小的外勤队长。你不知道的事情太多了。”莫愁想尽办法刺激我的自尊。

可惜，我恰巧刚刚从蜗牛那里知道了这个计划。车仍然在高架路上飞驰，我的脑子也在飞快地转着，一个主意不知从什么地方蹦了出来。我一个急刹车停在了路边，后面被我吓了一跳的司机们狂按喇叭以示抗议，但我没工夫理他们。

“琳恩，你知道你的DCL唯一识别码吗？”

“我知道。我们的黑客把每个成员的唯一识别码都解出来了。你问这干吗？为什么咱们停下不走了？”

“没时间跟你解释了。下面你要按我说的做，一定要快。”我此时已经撸起了袖子，把文在右腕内侧的二维码伸到了妹妹眼前，“看着这个二维码，不要眨眼，坚持三秒钟。”

琳恩不解地看了我一眼，但还是照做了。

然后，我教她用眨眼的方式把识别码的最后四位输入DCL，好让她的DCL离线。这样一来，指挥中心就无法向她的DCL上发送任何图像了，“罗夏克倒影”也就不会起作用了。

然而，琳恩刚刚输入了一个数字，就突然惨叫了一声。

“琳恩，怎么了？”我的声音因为紧张和恐惧而剧烈颤抖。

“我不知道。我突然看到了很多杂乱无章的图像，断断续续的。太可怕了！啊——！”琳恩又一次大叫起来，声音尖锐刺耳。

我抓住琳恩的肩膀使劲摇晃：“听着，琳恩，你不能放弃。清醒一点，把剩下三位识别码输完，你的DCL就会离线的，这一切就都结束了。”

琳恩挣扎着点点头，努力眨着眼睛。最后，她终于把眼睛长闭起来。我知道，识别码输完了，DCL该离线了。

“怎么样，DCL黑屏了吗？”

“嗯。”琳恩大口地喘息着，似乎比刚才从四层楼高的地方摔下来还要痛苦。

然而，我刚松了口气，琳恩又发出了低声惊呼。“哥，没用。那些图像还在我眼前闪个不停。”她的声音很虚弱，透着无奈。

“不可能，这不可能！”我把右腕抬到她眼前，“快，再试试！琳恩，你不能放弃。”

“哈哈！”莫愁的笑声从扬声器里传来，感觉无比邪恶，“肖恩，你太天真了！实话告诉你吧，DCL 从来就不会离线。所谓的关闭，只不过是让 CuMG 云停止处理你的信号，把你 DCL 拍到的图像原原本本地返回给你的 DCL，显示在你眼前。CuMG 从来也没有失去对于 DCL 的控制，一秒钟也没有。离线？笑话！”

莫愁的这番话彻底地击垮了我，眼泪不知什么时候已经不争气地流到了我的嘴边。莫愁偷走我的未来时，我没有哭；爸妈离世的时候，我也没有哭；老迪克在我眼前消失的时候，我同样没有哭。可是现在，我要眼睁睁地看着妹妹变成一个疯子，我再也无法控制自己的泪水。

“哥，别哭！”琳恩虚弱地抬起手，努力够到我的脸，替我抹去了泪水，“我会发生什么事情？我会死吗？”

“不会的，”我无法告诉妹妹事实的真相，“CuMG 要强行永久关闭你的 DCL 了。DCL 被永久关闭之前都是这样的。”我很担心莫愁此时会残忍地跳出来揭穿我的谎言。然而她没有。

“那你就别担心了。一只河马是不怕成为瞎子的。不过我今天真开心，总算把你在 CuMG 的饭碗给砸了，以后咱们又可以天天在一起了。哥，我感觉头好晕啊，好困……”琳恩逐渐闭上了眼，头垂了下来，就像睡着了一样，脸上挂着甜甜的笑意。

“你不用担心你妹妹了，她现在已经听不见了。等她明天早上醒来，就会成为一个疯子，一个治不好的疯子。我看，你现在还是担心一下你自己吧。”莫愁似乎很享受她的复仇。

“你要让我也变成疯子吗？”我停止了抽泣，用冷漠的语气反问她。

莫愁长叹一声，却没有直接回答我的问题：“我给了你最大的信任，你却辜负了我。你根本不知道，坐到我这么高的位置，都要经过安全审查。他们从我的 DCL 里清清楚楚地看到了咱们之间的关系。结果你却是个内奸，我还一直替你说好话。我算是完了，彻底完了。CuMG 高层与我有仇的人不会放过这个机会的。如果能保住安保总监的职位就算不错了，我这辈子都不可能当上 CuMG 的副总裁了。”

“你不累吗？”这个问题从我嘴中脱口而出，想都没想。

“累？这世界就是因为有你们这些怕苦怕累的人，才会存在这么多问题。如果每个人都像我一样积极上进，这世界只会变得更美好。”

我本想反驳她，却突然想起一句俗语：话不投机半句多。于是，我斜倚在座位上望向车窗外，忘记了莫愁的存在。夜色中的新京城好美啊！每栋大厦的表面都有各式各样的广告，其中好几个是推销 DCL 交互字处理软件的广告，因为我总在网上游览这种产品，却从未舍得花钱去买一套。不知道这东西是不是真有广告上说得那么好，但恐怕永远也不会有机会知道了。其他广告也很养眼：高山流水，竹林薄雾，无不让人看了流连忘返。最令人无法错过的，还是今夜刚刚登场的那两条立于天地之间的美腿。整个 CBD，乃至整个新京城，都被那并不存在的虚幻踩在了脚下。

只可惜，这光影尽是浮华，不曾有一根真正的光线穿过新京城的空气。如果没有 DCL，你就会看到人们快乐地生活在一座由二维码堆砌的死城之中，如同疯狂的人群在没有音乐的舞池之中扭动一样，既可笑至极，又可怖至极。

或许是因为该说的都说了，莫愁也保持了沉默，直到那些混乱的画面突然出现在我眼前。每一幅都一闪而过，速度太快，看不清内容。大概都是一些扭曲的人体，或是奇怪的符号，还有些猫猫狗狗的动物。它们断断续续地出现，叠加在城市的夜景之上，透着一种说不出的诡异。我不由自主地闭上了眼睛，但图像并未消失。它们当然不会消失，因为那是直接通过 DCL 显示给我看的。

我努力重新睁开双眼，在图像间隙的瞬间望着我的妹妹，想要把她睡梦中的笑脸最后一次印在脑海里——只有那里才是 CuMG 永远无法触碰的地方。我在心中默念着：琳恩，等着哥哥，我来陪你了。

看着这些奇怪的画面，困倦不停地袭来，身上也有了些凉意。我下意识地把手插进衣兜，本想裹紧外衣，不想却摸到了琳恩送给我的书，书里夹了那张她送我的钢笔画，画中有傻乎乎的兄妹俩，互相掐着对方的脖子，却笑得很甜。我本想把画拿出来，趁着清醒再最后看一眼。但我随即放弃了这个想法，因为我不想在疯疯癫癫的状态下把画搞丢，还是夹在那本《钢铁是怎样炼成的》里面比较安全。

突然之间，一个想法划过了我的脑海。我的确因为害怕而犹豫了一下，但马上就下定了决心。我伸出了两根手指，轻按在自己双眼的DCL上面。这是我第一次触碰DCL，它们竟然是微微发热的。

莫愁肯定是看到了我眼前的两根手指。扬声器里传来她惊恐的声音："肖恩，你想干什么？"

我知道自己几乎没有时间了，于是对莫愁说了最后一句话："莫愁，你一直想控制我的生活。但我不会让你得逞的。"

然后，我眼前的两根手指用力地戳了下去。

十三

我和妹妹辗转到达荷马组织的基地已经是一个月后的事情了。

我仍旧还是不能适应电子义眼那糟糕的成像质量。怪不得没有哪只河马会真的把自己搞瞎，靠着义眼生活。虽然这样做可以一劳永逸地逃避 CuMG 的追踪，但这东西偶尔用用还行，真的无法作为长期的依赖。就像现在的我，连自己吃饭都成问题，完全做不了任何有价值的事，成了荷马组织的一个累赘。

但荷马他不这么想。他说曾经“看”过我写的东西，认为我完全可以用键盘当作武器。

“用键盘敲敌人的头吗？”我开了句并不怎么高明的玩笑。

荷马很配合，微微笑了一下，继续说他的想法：“你应该写一本书，真正的书，不会被 DCL 篡改的书。”他继而拉起我的手，语气坚定地告诉我，“用这双手，你同样可以改变世界。”

我有点不适应这种“正义”的话题，揶揄道：“两个戴着义眼的瞎子谈写作，你不觉得有点可笑吗？”

荷马反应很快，脱口而出：“如果其中一个瞎子是荷马，我看没什么可大惊小怪的。”

听了这话，我不禁哑然失笑。通过这几天的接触，我已经明白了琳恩为什么会喜欢上这位盲眼领袖。虽然他比我小了十岁，但他身上却有着与他年龄不相称的成熟。这种成熟不是在社会上练就的油滑，而是以自尊为基础的宽容大度，以自信为基础的处变不惊。如果不是荷马调度得当，我和琳恩此刻恐怕还在新京城的牢狱之中呢。

“我说不过你。”实际上，我心服口服。

“但你还是不愿意写作？”没等我回答，荷马接着问道，“是因为心里还在恨她吗？”

我知道荷马指的是莫愁，所以摇了摇头。我需要恨她吗？她不过是为了活得更好而已。为了活得更好，她可以牺牲自己的爱情，甚至可以牺牲别人的生命。在这个虚伪而疯狂的时代，她不过是亿万身不由己的芸芸众生之一。我也曾是其中之一，努力地想要向上爬，不为把别人踩在脚下，只希望不要被别人踩在脚下。

仔细想想，我发现自己其实是在可怜她，可怜此刻的她一个人蜷缩在自己的那间豪宅之中，望着窗外永不停息的大雪落泪；可怜她即便身边有人陪伴，也永远寻不回内心的宁静。我甚至有点自责：最后亲手抠掉自己双眼的画面大概会成为莫愁一生的噩梦吧。

“与莫愁没关系。主要还是因为琳恩。”我侧头看了看身旁的妹妹。她坐在地板上，惬意而慵懒地斜倚在一张沙发跟前，目光中已经没有了往日的灵性，反而变得更加纯净。她怀里抱着一幅镶在相框里的钢笔画——那是她的宝贝，吃饭睡觉都不离手，除了洗澡的时候，谁也抢不走，否则她就要大哭大闹。

荷马若有所思地点了点头。因为戴着笨重的义眼装置，他点头的节奏总让我觉得滑稽。“肖恩，只要你愿意，你和琳恩可以一直住在这儿，什么也不用做。但如果有一天你想继续写作，那不妨从你们兄妹的故事写起吧。对于这个二维码的时代，人们只看到了它表面上的美丽，却忘了它背后的虚伪。要想终结它，我们需要唤醒更多的人。我相信，你的文字可以帮助更多的人看清这个世界的真相。”

就这样，我重新坐回了写字台前。斑驳的桌面上摆着一副古老的键盘，显示信号则直接接入了我的电子义眼。我试着敲下一个按键。它粘着我的手指弹回，手感很好，同时还发出了轻微的撞击声，很悦耳。我挪了挪椅子，让自己坐得尽量舒服一点。然后，我一键一顿地敲了起来，比我在CuMG总部地下三层的那间办公室里第一次输入DCL识别码时还要笨拙。几分钟之后，我终于搞定了书的名字——《二时代的终章》。

回车。

接下来我停了一会儿，好不容易才想到一个做作的笔名“李斯特洛夫斯基”，算是向《钢铁是怎样炼成的》作者奥斯特洛夫斯基致敬吧。我把这个笔名敲在书名下面，看起来很般配。

再回车。

这时，我听到了琳恩的笑声，于是暂时切断显示信号，用义眼望向琳恩，只见她把怀里的那幅画端到了眼前。虽然通过义眼看不清，但我知道在那幅画里有兄妹两人，互相掐着对方的脖子，脸上却是盈盈的笑意。琳恩左摇右晃地看着画，如同一个拿到了心爱玩具的婴儿一样。突然，她的嘴里发出了“哥……哥……哥”的声音，断断续续。

我的心瞬间融化了。

于是，我重新连接了显示信号，用手中的键盘敲出了早已想好的第一句话：

“这是人类历史上最美丽的时代，也是人类历史上最虚伪的时代。我叫它，二时代。”